平安朝文学と儒教の文学観

――源氏物語を読む意義を求めて――

工藤重矩【著】

笠間書院

序　平安朝の和文学と儒教の文学観——本書の案内をかねて

平安時代、古今和歌集にしても源氏物語にしても、和文学（和歌や物語等の仮名の文学）がその存在意義を主張しようとすれば、その障壁は常に儒教の価値観であった。平安時代の和歌や物語等に対する見方も基本的には儒教的文学観のもとにあったからである。そしてそれは平安時代のみならず、中世はもとより近世にも及ぶ強固な障壁であった。

本朝の儒学からみたとき、儒教的文学観とは、詳しくは第一章第二章に述べるが、要するに詩経観である。具体的に言えば、毛詩大序——唐太宗の命により孔穎達《くえいたつ》が編纂した五経正義は毛公の伝に始まり後漢の馬融《ばゆう》の注に鄭玄《じょうげん》が箋注《せんちゅう》を加えたところの毛詩鄭箋《もうしていせん》を採用したので、唐以降の詩経は即ち毛詩である。その毛詩の大序小序の作者については諸伝あるが、後漢書によれば、後漢の衛宏の作といわれている——、その毛詩大序に理論化されている詩経の読み方であり、遡って論語に残された孔子の詩経への言及である。

それらに示されている詩経の意義を要約すれば、詩は人格陶冶に始まって政治的道徳的効用を有する点において価値があり、詩（詩経）を読むとは政治的道徳的教訓を読み取るということである。それ故、毛伝も鄭箋（鄭玄注）も詩経を歴史的にあるいは道徳的に説明するのである。尚書（書経）や春秋左氏伝等の史書は、そこに記されている事実（事実は即ち真実であり、和語で言えば「まこと」である）を通して為政者としての教訓、人としての善なる道を学ぶことに意義があるが、詩経を読むことはそれら史書を読むのと同じ意義をもっていた。儒教的に見れば、政治的に道徳的に役に立たない文章に社会的価値はないに等しい。これが儒教の詩経観、即ち詩経毛伝の文学観の基本である。いま本書ではこれを「毛伝的詩経観」と、あるいは拡張して「毛伝的文学観」と、さらに一般化して「儒教的文学観」とも称することがあるが、指すところの根本は同じである。

その儒教の文学観を平安時代前期の貴族知識層は大学で必須の知識として学んだ。大学が衰退してからも、それは中世も近世も同じであるが、儒学が学び続けられるかぎり、儒学の中において多少の詩経観の変化はあるけれども、それでも詩経を読む意義は人格陶冶にあり為政者としての心構え教訓を得るにあるという詩経観が、その毛伝的詩経観がいわゆる文学観の柱であることは変わらない。

ところが、我が国の和歌も物語も、当然のことながら、儒教的価値の埒《らち》外にあった。儒教の経典のどこにも物語はもとより和歌のことは何も書かれていない。中央官吏養成機関たる大学には、漢詩漢文による試験はあっても、和歌による試験はない。文学史でかっては国風暗黒時代ともいわれた平安時代初頭、和歌は無用のもの価値無きものとして、儒教的価値の支配する公的世界からの衰退を余儀なくされた。現今の、入試科目にない教科が受験生の中で軽視されるのと同じ事情である。

社会・政治の制度の枠組みが律令体制となって以降、その制度が綻びても、その理念を支えた儒教が生き続ける限り、和歌や物語等の和文学に儒教的価値、即ち政治的道徳的有用性を付与することができなかった。和歌を「艶辞《えんじ》」と称した大江千里の句題和歌序にも、物語は「そらごと」であり女の気晴らしであるとする三宝絵詞の言い方にも、そして源氏物語螢巻のいわゆる物語論にも、根底にはそれがある。

そうして律令制度が実質を失った中世、そして近世においても、理念としての儒教的文学観への対応は、古今和歌集伊勢物語源氏物語等、和文学の研究（具体的には注釈）を担う人々にとって避けることのできない、大きく重い課題であり続けた。

儒教的文学観を否定し得ない以上は、和歌や物語を社会的（政治的道徳的）に有用で意義あるものと主張しようとすれば、儒教的文学観との調整をはかるか、或いは儒教以外の価値（例えば仏教、例えば我が国固有の伝統など）に拠るかしか方法はなかった。それ故、和歌や物語の社会的有用性を主張しようとする者たちは、きわどい論理を操りながら、なんとか儒教的文学観と同調させ、あるいは仏教的価値に寄り添いなどして、その存在意義を主張していったのである。

本書はその和文学の側の対応の経緯、苦闘の跡を、儒教の文学観（具体的には詩経毛伝の文学観）との関わりを通してたどろうとするものである。それはおのずから「文学は何の役にたつか」という問に対する、我が国における思考の跡をたどることでもある。

以下に各章の概要を述べ、読者の便とする。

第一章　和歌勅撰への道

先ず平安時代の貴族知識層が前述のような儒教の価値観を身につけていく経緯とその実践の状況を確認し、古今和歌集序はその価値観のなかで和歌の勅撰を可能にするためのきわめて戦略的な文章であるとする観点から、撰者達が構築した和歌勅撰の論理を考察し、併せて古今集以後の、和歌を我が国の習俗とする新たな動きをも概観した。

第二章　詩経毛伝と物語学

平安時代の和文学を「まこと」「そらごと」の観点から概観して、儒教的価値観に規制された文学意識を明らかにし、源氏物語螢巻の物語論、藤原俊成の判詞「源氏見ざる歌詠みは遺恨のことなり」の果たした役割、そして歌詠みの必読書となって後の注釈の発生、学問化、その学問化は詩の表現の背後に歴史事実を読み取る毛伝・鄭箋の注釈方法をモデルに四辻善成の河海抄に至って形を成すこと、同時に古今集や伊勢物語にもまた毛伝的注釈法を模すものがあったこと、それらのジャンルを超えた諸動向を通して平安・中世の儒教的文学観とそれに規制された和文学享受の様相を明らかにした。

第三章　源氏物語螢巻の物語論義

第二章で扱った物語論にあらためて詳細な読解を施した。光源氏のかたる物語論は通説でいわれている〈虚構の中の真実〉の主張ではなく、物語は全くの「そらごと」ではなく、事実即ち「まこと」を伝える史書と趣旨は同じであり、だから物語は日本紀（日本書紀）にもまさる道々しい有用の書なのだ、というのが光源氏の物語論の核心であることを述べた。

第四章　紫式部日記の「日本紀をこそ読みたまへけれ」について
紫式部日記には一条天皇が紫式部を「日本紀をこそ読み給ふべけれ」と褒めたことが記されている。通説では「読みたるべけれ」と改訂して解釈されているが、一条天皇の詞は日本紀講書に関連する言い方であり、本文改訂の必要はないことを述べ、また源氏物語の評価に日本書紀を引き合いに出す意義を儒教的文学観との関連から明らかにした。

第五章　源氏物語桐壺巻「いづれの御時にか」の注釈思想史
源氏物語注釈享受の流れを、准拠のような煩雑な注釈は求めない歌人的読みの流れ、物語を狂言綺語であり妄語であるとみなす仏教的享受の流れ、河内方を中心に精密化し准拠説を以て儒教と同調してゆく学問化（儒教化）の流れの三つの流れに分けて概観し、享受における文学観の反映という観点から源氏物語享受史の再整理を試みた。

第六章　源氏物語享受史における宋学受容の意義
岷江入楚の総論では源氏物語の趣旨は詩経・尚書・左伝・礼記・易の趣旨と同じだと主張しているが、そこに宋学の集成である五経大全が使用されていることを明らかにし、源氏物語の非道徳的な内容（不義密通など）を正当化するために、朱子の勧善懲悪の詩経解釈を受容するに至った中世源氏学の事情を考察した。

第七章　源氏物語享受史における寓言論の意義

中世の諸注釈書は、源氏物語は単なる虚言ではないことの論拠の一つとして荘子寓言の説を採用し、源氏も紫上も架空の人物だが、そこには紫式部の思想が託されており、その内容は実なのだという論法を以て作意を説明した。中世源氏学が何故に荘子の寓言を取り入れたか、寓言説の発生と展開、准拠説との関連、そして近世に至って寓言説が准拠説から切り離されていく、その享受史的意義を考察した。

第八章　大和物語と伊勢物語

平安後期から中世にかけては、大和物語は歌学書としての扱いをうけ伊勢・大和と併称されてきたが、近世に至って大和物語に注釈が施され刊行されるようになった。そのとき、中世の源氏物語と同じような儒教的教誡の立場からの注が加えられた。それらの事情と、近代になって、歌学書ではなく歌物語として扱われるようになって後の伊勢物語・大和物語の評価軸の変化を、事実と虚構の観点から考察した。

第九章　本居宣長の矛盾

宣長の「物のあはれを知る」の説は文学の枠内にとどまるものということを、詩経の詩を本意と読者の用（効用）という二段階にわけて理解する、伊藤仁斎等の近世儒学の詩経解釈の構造と対比しつつ確認し、宣長の「物のあはれを知る」の説が、物語の本意の理解において儒教的教誡説を強く否定したにもかかわらず、源氏物語を読むことの社会的効用を説くに及んで、結局は儒教的教誡説と妥協せざるをえなかったことを述べ、詩経解釈を規範とした文学観の規制力の強さを確認した。

本書をまとめるにあたって、それぞれ必要な補足修正を加え、初出時における各論文間の重複を削るようにつとめたが、もともとが独立した論文として書かれたものであり、重複を完全には避け得ていない。また重複して書かれていたことの多くは儒教的文学観に関することで、それは各論文の基礎となる認識でもある故に、いまこの序章に取り出して述べた。このこと以外にもしばしば繰り返しがあるが、それらは各章の論を進める上でどうしても繰り返さざるを得ないものであり、注記に依って他の章の該当部分を繰るよりは、その所に有る方が読者の便宜でもあろうと考えての措置である。あるいは煩わしいと感じられるかもしれないが、御諒恕をお願いしたい。

引用本文のテキストはそれぞれの所に記した。清濁、句読点、漢字の当て方、字体など、表記をあらためたところがある。また引用文中の漢字の訓みは歴史的仮名遣いに拠るが、字音語については現代仮名遣いとした。

平安朝文学と儒教の文学観・目次

——源氏物語を読む意義を求めて

第一章　和歌勅撰への道——古今集序の論理

はじめに

和歌を「艶辞《えんじ》」と捉える平安朝前期の知識人の和歌観には大学寮で学んだ儒教的文学観（詩経毛伝の文学観）の影響がある。その儒教的価値観の中で和歌を勅撰（公的事業）となすために古今和歌集の撰者達はいかなる論理を構築したか。そのことを古今和歌集真名序の記述を通して明らかにする。

そのさいに先ず明らかにしておくべきは、検討の対象を真名序とするか、あるいは仮名序とするか、その理由は何か、である。その問題はかなり複雑で、それを論じ始めると、当面の課題である和歌勅撰の論理の説明にとってあまりにも横道に逸れすぎる。それ故、両序の検討は本章末尾の「付　真名序と仮名序の問題」に譲り、ここでは真名序を考察の対象として論述をすすめる。

一　和歌勅撰への道

古今集が勅撰されるに至る和歌史の道のりを考えるとき、その根本的問題点も解答も古今集序に見いだすことができる。古今集序が和歌の勅撰を正当化するための戦略的文章であることはかつて拙論に述べた(1)が、その趣旨を敷衍しつつ、何故そのような戦略を必要としたか、撰者たちは何を武器として戦ったのかを考察する。

1　貴族の子孫と大学寮

大学は天智天皇により設置され、大宝令（七〇一年）で制度が整備された(2)。桓武天皇の平安京遷都の後、平城天皇は、新政府の政策の一環として能力主義による官吏登用を目指し、大同元年（八〇六）に諸王および五位以上の子孫で十歳以上の者を皆大学に入学せしむる旨の詔を発した（日本後紀・大同元年六月十日）。この時の理念は「国を経《をさ》め家を治むるは文より善きは莫《な》く、身を立て名を揚《あ》ぐるは学より尚《たふと》きは莫し」であり、それ故「拾芥《しゅうかい》磨《ま》玉《ぎょく》の彦《げん》〔官人を志す者〕をして環林〔大学〕に霧のごと集めしめ、呑鳥《どんちょう》彫虫《ちょうちゅう》の髦《ぼう》〔詩文に巧みな者〕をして璧沼《へきしょう》〔大学〕に風のごと馳せしめん」としたのだが、「朽木は琢《みが》き難く、愚心は移らず。徒らに多年を積みて、未だ一業も成らず」という状態となったので、嵯峨天皇が即位して数年後の弘仁三年（八一二）には「今より以後、宜しく前勅を改め、其の好むところに任せ、稍《すこし》物情に合はすべし」として希望入学に改められた。

しかしながら、貴族の子孫の大学入学、そして試験による官吏登用は、新政府の基本政策のひとつであったから、実情はともかくとして、そのままなし崩しに新制度が崩壊してゆくのを座視するわけにもいかなかったのであろう、多治比今麻呂の「諸氏の子孫は咸《みな》大学寮に下し、経史を習読せしめ、学業用ゐるに足らば、才を量《はか》りて職を授けよ」云々という奏状を承けて、天長元年（八二四）八月八日には再び全員入学の詔が、同二十日には太政官符が発せられている（本朝文粋巻二・公卿意見六箇条）。ただ、この時の詔は「五位以上の子孫の年二十以下の者は咸《みな》大学寮に下せ」というものであったから、「年二十以下の者」と規定することで一定年限だけを義務化とし、実情に妥協したのである。

この後の推移は判然としない。おそらくは遠からず再び希望者のみの入学となったものと推測される。周知のごとく、平安中期以降は能力主義が後退し、再び門地を重視する風が蔓延し、上級貴族の子孫は大学寮を敬遠した。ただ、平安時代後期に至っても、中下級官僚とくに儒系の官を目指す者の学問によって立身しようとする考えは変らない。そのことは本朝文粋・本朝続文粋に収められている申文を一見すれば明らかであり、ここに改めて例示するまでもないであろう。

平安前期の大学政策は、前述のように諸王および五位以上（名例律でいう貴［三位以上］通貴［四位五位］以上のいわゆる貴族）の子孫においては義務入学であった（六位以下は願いによる許可制である）。大学に入学した学生は、初め明経道で論語・礼記・尚書・毛詩等の一般的経書を学び、その後に道々の専門に分かれる。そのとき、貴族の子孫の多くは歴史文学コースである紀伝道（文章道）を選んだ。そのことが平安前期における漢詩文隆盛の一因でもあるのだが、本稿の課題との関連で確認すべきは、平安前期においては貴族の子や孫は半ば強制的に儒学と作詩作文を学んだ、ということである。そして次に確認しなければならないことは、大学で「文学」とは如何なるものと学んだか、である。

2　大学寮で学ぶ文学観——毛詩と論語の文学観

本朝における律令制度の思想的支えである儒教においては、いわゆる「文学観」は「詩経観」でもある。詩経の意義がいわゆる文学の意義である。その詩経を大学寮の学生はどのように学んだか。学令によれば、詩経は即ち毛詩であり、毛詩は鄭玄の注で読むことになっている。(3) その毛詩大序は詩の道徳的政治的効用を次のように言う。(4)

関雎《かんしょ》は后妃の徳なり。風《ふう》の始めなり。天下を風して、夫婦を正す所以なり。故に之を郷人に用ゐ、之を邦国に用ゐる。風は風なり、教なり。風は以て之を動かし、教は以て之を化す。詩は志の之《ゆ》く所なり。心に在るを志と為し、言に発するを詩と為す。情、中に動きて、言に形《あら》はる。之を言ひて足らず。故に嗟嘆す。之を嗟嘆して足らず。故に之を永歌す。之を永歌して足らず。手の舞ひ、足の踏むを知らず。情、声に発し、声、文《あや》を成す。之を音と謂ふ。治世の音は安くして以て楽しむ。其の政、和すればなり。乱世の音は怨み以て怒る。其の政、乖《そむ》けばなり。亡国の音は哀しみ以て思ふ。其の民、困《くるし》めばなり。故に、得失を正し、天地を動かし、鬼神を感ぜしむるは、詩より近きは莫し。先王是を以て、夫婦を経《ただ》し、孝敬を成し、人倫を厚くし、教化を美《うるはしう》し、風を移し、俗を易《か》ふ。

この道徳的効用・政治的効用の主張は、おのずから論語にさかのぼることができる。孔子の詩経観をうかがうことのできる言葉の幾つかを拾ってみよう。言うまでもなく、左の文中の「詩」は「詩経」または「詩経の詩」を意味する（訓はほぼ金谷治『論語』岩波文庫）。

・子貢曰く、貧にして諂《へつら》ふこと無く、富みて驕ること無きは、如何。子曰く、可なり。未だ、貧しくして道を楽しみ、富みて礼を好む者には若《し》かざるなり。子貢曰く、詩に云ふ、切するがごとく磋するがごとく琢するがごとく磨するがごとしとは、其れ斯《こ》れを謂ふか。子曰く、賜や、始めて与《とも》に詩を言うべきのみ。諸れに往《こ》を告げて来を知る者なり。（学而第一）

○切磋琢磨…詩経衛風「淇奥《きいく》」の詩。武公の徳を美《ほむ》るなり。（毛詩序）

骨を治《みが》くを切と曰ひ、象に磋と曰ひ、玉に琢と曰ひ、石に磨と曰ふ。その学びて成るを道《い》ふなり。その規諫を聴きて以て自ら修ること玉石の琢磨せらるるが如し。（毛伝）

・子夏問ひて曰く、巧笑倩《せん》たり、美目盼《はん》たり、素以て絢《あや》を為すとは何の謂《いひ》ぞや。子曰く、絵の事は素を後にす。曰く、礼は後か。子曰く、予を起こす者は商なり、始めて与に詩を言ふのみ。（八佾第三）

○巧笑倩兮…逸詩か。衛風「碩人《せきじん》」に「巧笑倩兮、美目盼兮」の句あり。「素以為絢」の句なし。

・子曰く、詩に興り、礼に立ち、楽に成る。（泰伯第八）

・子曰く、詩三百を誦し、これに授くるに政を以てして達せず、四方に使して専対する能はざれば、多しと雖も亦た奚《なに》を以て為さん。（子路第十三）

・子、伯魚に謂ひて曰く、女《なんぢ》、周南・召南を為《まな》びたるか。人にして周南・召南を為ばずんば、其れ猶ほ正しく牆《かき》に面して立つがごときか。（陽貨第十七）

・子曰く、小子、何ぞ夫《か》の詩を学ぶ莫きや。詩は以て興す可く、以て観る可く、以て群す可く、以

て怨む可し。邇《ちか》くは父に事《つか》へ、遠くは君に事へ、多く鳥獣草木の名を識る。（陽貨第十七）

「詩云」として詩経の一句を引き教誡とすることは、礼記や春秋左氏伝にも多くの例があり、孝経は十八章のうち九章に詩経を引用している。詩は今のいわゆる文学と同じではない。為政者としての人格形成、感情の表し方、政治上の心得、それらを詩経の詩を通して学ぶことが、儒学の徒にとっての詩経を読むということである。

3　本朝の漢詩集の詩観

毛詩鄭箋《ていせん》で詩経を学び、論語（鄭玄《じょうげん》・何晏《かあん》の注）を学ぶ者にとって、詩の理念は右のようなものであった。その結果は端的に平安朝初期の勅撰漢詩集の序文に反映されている。それらも引用され古した文章であるが、論述の道筋として省略するわけにもいかない。小島憲之『国風暗黒時代の文学』を参考に読み下し文で示す。

・臣岑守言《まう》さく、魏の文帝に曰へること有り、文章は経国の大業にして不朽の盛事なり、年寿は時有りて尽き、栄楽は其の身に止まる、と。信《まこと》なる哉。（凌雲新集　弘仁五年［八一四］成る）

・臣聞けり、天は書契を肇《はじ》め、奎《けい》は文章を主《つかさど》る、古へ採詩の官有り、王なる者は以て得失を知れり、と。故に、文章は、上下の象《かたち》を宣《あら》はし、人倫の叙《ついで》を明らかにし、理を窮め性を尽くし、以て万物の宜《よろ》しきを究むる所以の者なり。且つ、文質彬々として然る後に君子なり。譬へば猶ほ衣裳の綺縠《きこく》有り、翔鳥の羽儀有るがごとし。楚漢以来、詞人武《あと》を踵《つ》ぐ。洛汭《らくぜい》と江左とは其の流れ尤も隆なり。揚雄法言の愚、道を破りて罪有り。魏文典論の智、国を経めて窮り無し。是に知れり、文の時義、大いなる哉。（中略）君上に在りては則ち天文の壮観なり。臣下に在りては則ち王佐の良媒なり。（経国集　天長四年〔八二七〕成る）

凌雲新集の序は、魏の文帝（曹丕）の「典論」（文選所収）を引いて「文章は経国の大業にして不朽の盛事」であるという。経国集はその理念を書名に露わに示しているが、その序では書経や漢書藝文志に伝えられる「古有采詩之官、王者所以観風俗、知得失、自考正（古へ采詩の官有り、王なる者の風俗を観、得失を知り、自ら考正する所以なり）」を引いて、政治的効用を揚言している。一方で論語雍也篇の「文質彬々」云々を引いて文章における修辞をも重視しようとする点には留意すべきであるが、詩の存在意義が「君上に在りては則ち天文の壮観なり。臣下に在りては則ち王佐の良媒なり」にあると主張していることは疑いない。

書物の序文は、昔も今も、その編纂著述の意義を宣揚する、いわば戦略的文章であるが、その序文を書くにあたって勅撰漢詩集は詩の政治的教誡的効用を揚言したのである。その文学観が毛詩大序の詩観と連続することは言うまでもない。

4　本朝における毛詩の論語的（教戒的）利用

詩経（毛詩）を学ぶ趣旨が論語に述べるごとくであるなら、そして勅撰詩集序に言うとおり「文章は経国の大業」であり「王佐の良媒」であるなら、おのずから詩経は詩文以外の分野、政事に関する分野において利用されたはずであり、その時それが毛詩鄭箋による理解であろうことは言うまでもない。その本朝における例の幾つかを見ておこう。

まず令の公的解釈の書である令《りょうの》義解《ぎげ》の戸令（棄妻の条）に引用される例。棄妻の条件七つ（七出之状）のうちの第四の「口舌」についての説明である。〔 〕は義解の文章。

四、口舌〔謂、多言也。婦有長舌、維厲之階、是也。〕

四に口舌〔謂ふこころは、多言なり。婦の長舌有るは、維《これ》厲《わざはひ》の階《きざはし》、とは是なり。〕

「口舌」とは「多言」をいうのだが、それはたんなるオシャベリではない。詩経大雅「瞻卬《せんぎょう》」に「婦有長舌、維厲之階、乱匪降自天、生自婦人、匪教匪誨、時維婦寺（婦の長舌有るは、維《これ》厲の階、乱の天より降るに匪《あら》ず、婦人より生ず、教ふるに匪ず誨《をし》ふるに匪ず、時《これ》維婦を寺《ちか》づく）」とあるそれで、鄭玄の箋注はこれを「長舌とは、言語多きを喩ふ。是れ王の大厲を降す階なり。階は由って上下する所也。今、王に此の乱政有るは、天より下すに非ず。ただ婦人より出づるのみ。又、人の王に教えて乱を為さしめ、王に語りて悪を為さしむる者有るに非ず。これ婦人を近愛し、其の言を用ゐる故なり」と解する。つまり義解の法解釈では、棄妻の条件たる口舌とは夫の公の仕事に口出ししてくるような言語の多さをいうのであろう。なお、令集解《りょうのしゅうげ》には「古記云く、謂ふこころは、悪言して彼此の中を交通し、推問せられ並びに罪に至るの類なり」とある。この古記の解釈を岩波思想大系『律令』の補注は「おそらく法意とは異なるが」というが、法意がどうであったかは説明されていない。

次は日本後紀大同三年（八〇八）五月十日平城天皇の詔（諸国、飢饉疫病のため、畿内・七道の飢疫を言上する諸国の調税を免じ、医薬を設けて救済せよとの詔）の例。

此皆朕之過也。兆庶何辜。静言念之、無忘寤寐。詩不云乎、民亦労止、汔可小康。

これ皆朕が過《あやま》ちなり。兆庶、何の辜《つみ》かあらん。静かに言《ここ》に之を念《おも》へば、寤寐《ごび》に忘るる無し。詩に云はずや、民また労す、汔《ほとん》ど小康すべし、と。

傍線部分は詩経大雅「民労」による。毛詩序に「民労は、召の穆公《ぼくこう》、厲王《れいおう》を刺《そし》る也」といい、鄭箋には「厲王は成王の七世の孫也。時に賦斂《ふれん》は重数し、徭役は煩多にして、民人労苦す」云々とある。「小康」は少し安んずること。鄭箋では「康、綏《すい》、皆な安んずる也。恵愛也。今、周の民、罷労するなり。王、以て小《すこ》し之を安んずべきを幾《ねが》ふ。京師の人を愛《いつくし》み、以て天下を安んず。京師は、諸夏の根本なり」とする。罷労は疲労。平城天皇は毛詩を引いて、不徳を省み、疲弊する民を安んずべきを示したのである。

いま一例、三代実録貞観四年（八六二）十二月二十七日、右大臣藤原良相の上表文を挙げよう。

中外之国、小大之政、所以治而不乱者、唯以任得其人也。脱、非其人、則雖有峻法厳令、然是為乱之階、終非為治之備矣。故詩曰、人之云亡、邦国殄瘁。

中外の国、小大の政、治まりて乱れざる所以のものは、唯だ任ずるに其の人を得るを以てなり。脱《もし》、其の人にあらざれば、則ち峻法厳令有りと雖も、然れども是れ乱を為すの階にして、終に治を為すの備へにあらず。故に詩に曰ふ、人の云《ここ》に亡ずれば、邦国殄瘁《てんすい》す、と。

これは前引の大雅「瞻卬」の言葉である。鄭玄箋は「賢人、皆な言《ここ》に奔亡すれば、則ち天下邦国、将に尽《ことごと》く困病せんとす」という。奔亡は、逃亡、逃走。藤原良相は、国家の政治の根本はその人を得るにあることを毛詩を引いて述べているのである。

これらにおける毛詩の引用の仕方は、毛詩を孔子の教えのとおりに学んでいたことの証左である。そして作詩するときには、勅撰漢詩集の序に引用し主張する「文章は経国の大業」「君上に在りては則ち天文の壮観なり、臣下に在りては則ち王佐の良媒なり」という理念に拠っていた。序は戦略的文章ではあるが、律令社会の人々にあっては、それはどうでもよいタテマエではない。拠るべき理念、掲げるべき理念である。その理念を掲げることができなければ、それは国家経営、政事、公事とは関係のない、いわば遊びでしかない。遊びであるなら、それを勅撰集とすることはできない。だから、戦略としてもかの理念は掲げなければならなかったのである。

平安初期、古今集以前、和歌の置かれていたのはそのような環境である。古今集が勅撰集として編纂されることになったとき、撰者たちがまず解決しておくべき課題は、和歌は遊びではない、という証明である。その証明をどのようにしたかを述べるまえに、順序としてやはり平安初期における和歌に対する社会的評価を見ておかねばならないであろう。

5　古今集以前の儒系官僚の和歌観

文学史で国風暗黒時代あるいは唐風隆盛時代と呼ばれる平安時代初期の半世紀の和歌の状況、そこからしだいに宮廷の表舞台に復活して来る経過は諸書に詳述されるところだから、ここにあらためて説明する必要はないであろう。

嵯峨上皇の崩御（八四二年）は文学史的にも大きな画期であった。その事があった仁明朝の後半から良峰宗貞（遍照）を始とする六歌仙の活躍の時代にはいる。古今集序が近代において「古風を存する者」として花山僧正（遍照）に始まり続いて在原業平（八二五〜八八〇）を挙げるのは、仁明朝後半から文徳朝（八五〇年即位）にかけてが和歌史の画期と認識していたからでもあろう。清和・陽成朝を経て光孝・宇多天皇（八八四年即位）の時代になると、在民部卿家歌合（八八七年以前）仁和中将御息所歌合（八八七年以前）班子女王歌合（八九三以前）寛平御時后宮歌合（八九六以前）等の歌合も開催され、さらには新撰万葉集（上巻は寛平五年〔八九三〕撰。下巻には延喜一三年〔九一三〕に漢詩を増補）句題和歌（大江千里。寛平六年。寛平九年とも）等の歌集の編纂も企てられるようになった。

これらの実態なしには古今集の企画もありえなかったであろうが、しかしなお一方では、三史五経に象徴される漢学（儒学）は必須のものとして学ばれており、論語・毛詩などによる儒教的文学観は変わることなく受容され続けていた。

句題和歌はその序によれば、宇多天皇の勅により「古今の和歌の多少を献上せよ」と命じられての編纂であるが、序（群書類従本）には次のように言う。

臣千里謹言、去二月十日参議朝臣伝勅曰、古今和歌多少献上。臣、奉命以後、魂神不安、遂臥重痾、延以至今。臣、儒門余孽、側聴言詩、未習艶辞、不知所為。今臣僅捜古句、構成新歌、別亦加自詠十首。惣百二十首。悚恐震慴、謹以挙進。豈求駭目、只欲解頤。千里、誠恐懼誠謹言。

寛平六年四月二十五日　　散位従五位上大江朝臣千里

臣千里謹みて言《まう》す。去ぬる二月十日、参議朝臣勅を伝へて曰く、古今の和歌の多少を献上せよ、と。臣、命を奉りて以後、魂神安んぜず、遂に重痾に臥し、延へて以て今に至る。臣、儒門の余孽《よげつ》なり、側《ほのか》に言詩を聴けども、未だ艶辞に習はざれば、為す所を知らず。今、臣、僅に古句を捜《さぐ》りて、新歌を構へ成し、別に亦自詠十首を加ふ。惣《すべ》て百二十首。悚恐震慴《しょうきょうしんしょう》、謹みて以て挙進す。豈に目を駭《おどろ》かすを求めんや、只だ頤《おとがひ》を解かんことを欲するのみ。千里、誠恐誠懼《く》（原文「懼誠」を改めた）、謹みて言す。

金子彦二郎[5]は、句題和歌の序文から知られる和歌史的情勢を、宇多天皇の和歌の尚美と漢詩和歌の並び行われる機運にあること、儒門の余孽（余孽はひこばえ、端くれの意）たる者も詩以外に和歌をも具備しなければならない時代になったこと、句題による賦詩の方法を和歌にも応用したこと、等を指摘している。これらのことは和歌が古今集勅撰へと向って進んでいることを示すものである。しかしまた同時に、和歌勅撰への道が平坦ではなかったことも示している。

千里は「臣、儒門の余孽なり、側に言詩を聴けども、未だ艶辞に習はず」と、自分が儒門の出であり和歌には未習熟であると言っている。たしかに大江千里は大儒大江音人の子息ではあるが、和歌について「為すところを知らず」と言うのは謙辞の一種と金子彦二郎も言うごとくであろう。「古今の和歌の多少」を献じ得ると認められていたからこその下命であろう故、本当に古今の和歌を献じようとすれば、それが不可能であったとは思えない。ところが千里は別の方法を選んだ。金子彦二郎はその機微を「勅命を奉じてから『魂神不安。遂臥重痾。』とまで告白している所を観、かつその附録自詠十首が悉く身の不遇沈淪を愁へ愬へてゐる歌であることなどをも併せ考察すれば、実はひたすら人目を駭かし、叡感にあづかり、栄進の機縁ともなそうと焦心苦慮してゐた実情も想察されるのである」(九三頁)と言っている。

まさに自詠の述懐歌は官位不遇の愁訴の歌だから、その意図はあったであろう。もしそのような意図があれば、その訴えには漢学の知識の有ることを示さなければならない。和歌の知識を誇示しても意味はない。その事情が「僅に古句を捜りて、新歌を構へ成す」という、白氏文集の解釈としての和歌を詠むことに向かわせたのではないか。その目で見れば、「臣は儒門の余糵なり、側に言詩を聴けども、未だ艶辞に習はず」はひたすらに儒学を学んだことの直截的表現である。「魂神安んぜず、遂に重痾に臥し、延へて以て今に至る」は、求められた「古今の和歌」を献上しないこと、天皇の求める和歌と異なることへの言い訳でもあろう。

新撰万葉集は、寛平御時后宮歌合の歌などを上下巻に分かち四季・恋に分類して、上巻の和歌には七絶の漢詩を添えたものが原形とされ、上巻序文の日付である宇多天皇の寛平五年(八九三)九月二十五日を以て成立年次とされている。編者は未詳。日本紀略に「菅原朝臣撰進新撰万葉集二巻」とあるが、他に明証はない。上巻序文にいう漢詩を付したという「先生」をかつては菅原道真に比定することが行われた(6)。もし先生を道真と仮定すると、序の言うところに従えば和歌の編纂と漢詩作者は別人だから、当然に和歌の編纂は道真ではないし、序文の作者も道真では有り得ない。上巻序文の作者もその成立事情もまだ明確になっていないが、寛平五年頃の和歌史の状況を示すものとして扱うことに問題はないであろう。

新撰万葉集上巻には句題和歌とは逆に、和歌を漢詩に翻案した七言絶句が付されており、その和歌と漢詩との関係については小島憲之『古今集以前』に詳しい考察がある。本稿で指摘したいのは、和歌が漢詩に翻訳され併記されたことにより、結果として和歌の社会的評価を引き上げたことである。漢詩を付すことを提案したのが誰で、実際に漢詩を作ったのが誰であるか、なお明らかではないが、漢詩への翻訳の試みは、見かけには、表現において和歌も漢詩と同じ内容を含み得ることの保証となった。もし和歌の社会的価値の向上という戦略を含んだうえでの企画であるなら、またそうでなくても、この企画は結果として古今集勅撰のためには大きな一歩であったと言えよう。後に見るが、古今集序の主張する和歌勅撰の論理の根本は〈和歌と漢詩は同じ〉というように存したからである。そのことを新撰万葉集上巻は表現の面で保証したのである。

句題和歌と新撰万葉集とではその編纂意識の向かう方向は逆とも言えるが、句題和歌は漢詩を和歌に翻訳することで、新撰万葉集は和歌を漢詩に翻訳することで、和歌と漢詩とが別のものでないことが示された。和歌は漢詩に引き寄せられて次第にその社会的価値を高めていく。

6　大内記紀友則の役割

醍醐天皇は、大内記紀友則、御書所預紀貫之、前甲斐少目凡河内躬恒、右衛門府生壬生忠岑に詔して家集並びに古来の旧歌を献ぜしめ、続万葉集と称したが、更に重ねて詔があり、部類して二十巻とし古今和歌集と名付けた。四人の撰者がどのような基準で選ばれたか、なお不明の部分が多い。藤原時平との繋がりを想定するのは一つの案だが、筆頭撰者である紀友則について言えば、その「大内記」という官は勅撰集撰者として重要である。

大内記なる官は、官職秘抄によれば、紀伝道出身者が就き「多くは大業の人を用ゐる。或いは文章生之に任ずる例有り。（中略）凡そ此の官を授かる輩、殊に才幹名誉を撰らばる」とあり、職原鈔にも「儒門の中、文筆に堪へたる者、之に任ず。詔勅宣命を草する故なり」とある。内記は中務省に属するが、上下諸人の位記をも奉行するので、特に内記局と言うともある。

紀友則は、三十六人歌仙伝によれば、寛平十年（八九八）正月に少内記に任ぜられている。少内記は「文章生、紀伝学生、本局の挙奏に預りて之に任ず。（中略）能筆の輩を以て最《さい》と為す。道風の兵衛尉より之に任じ、敏行の内舎人より之に遷《うつ》るは、是なり」とあって、能筆の者が任ぜられた。紀友則は延喜四年（九〇四）正月には大内記に昇った。少内記大内記に任じられた事情は明確でない。能筆の故とする考えもあるが、村瀬敏夫『紀貫之伝の研究』（桜楓社、昭和五六年）は時平との関係を重視し、その関係で筆頭撰者になったと推測している。

紀友則の任大内記が能文の故か能筆の故かはさておいて、「大内記」という官職は勅撰集筆頭撰者としては留意すべき官職である。凌雲集は左馬頭兼内蔵頭美濃守小野岑守が式部少輔菅原清公・大学助勇山文継と議して編纂した。文華秀麗集は大舎人頭兼信濃守仲雄王・式部少輔兼阿波守菅原清公・

大学助紀伝博士勇山文継・大内記滋野貞主・少内記兼播磨少目桑原腹赤が編纂した。経国集は東宮学士滋野貞主が参議式部大輔南淵弘貞・大学頭文章博士播磨権守菅原清公・東宮学士安野文継・中務大輔安部吉人らと編纂した。三勅撰漢詩集の編纂に関与した者の中で現職の大内記は文華秀麗集の滋野貞主のみであるが、「大内記」紀友則を筆頭撰者に迎え初めての勅撰和歌集編纂を試みる古今集にとって、勅撰漢詩集の編者に現任の大内記がいたことの意味は小さくない。

大内記は宮中の文学的行事において独特の役割を果たした。(7) 例えば、日本書紀の講書の後の竟宴《きょうえん》では日本書紀の人物を題に和歌が詠まれるが、その序文は大内記が担当した。元慶には菅野惟肖、延喜には三統理平、天慶には橘直幹、みな現任の大内記であった。また内記が宮中の詩宴に優先的に文人となるのも平安時代の例である。そのような折に大内記が序を作ることも例がある。延喜十七年三月花の宴での大内記三統理平などはその例。

仮に能筆による選任であるにせよ、大内記の官は勅撰集古今集にとっては極めて重い意味を持つ。その効果を計ったうえで、寛平十年（八九八）正月に少内記に任ぜられていた紀友則を撰者とし、延喜四年正月に大内記に昇進させたのであれば、紀友則を選んだ者は古今集を権威づけるための要点を的確に押さえていたことが知られる。古今集勅撰の推進者が、村瀬敏夫(8)および山口博(9)が強く説く左大臣藤原時平であるとすれば、延喜四年の大内記昇進も奏覧を視野にいれた措置と見なすことができよう。少内記はもとより、大内記も決して高位の官職ではないが、勅撰和歌集の撰者の官職としては申し分のない、むしろ最も適切な官職であった。

二　古今集の成立

1　古今集序の戦略

古今集真名序の構成は、どこで区切るかには異論があるかもしれないが、おおよそ次の四部分からなる。

（1）和歌の本質と意義（夫和歌者〜自然之理也）
（2）和歌の歴史と歌風の変遷（然而神世七代〜不知和歌之趣者也）
（3）古今集勅撰の意図（俗人争事栄利〜名曰古今和歌集）
（4）撰者の辞（臣等詞少春花之艶〜）

さて（3）において、古今集真名序（仮名序でも趣旨はほぼ同じ）は勅撰の意図を説明して、既絶之風を継ぎ久廃之道を興すにあると言う。真名序のその部分（本文は新古典大系『本朝文粋』による）。

昔、平城天子、詔侍臣、令撰万葉集。自爾以来、時歴十代、数過百年。其間和歌、棄不被採。雖風流如野相公、雅情如在納言、而皆依他才聞、不以斯道顕。伏惟、陛下御宇于今九載。仁流秋津洲之外、恵茂筑波山之陰。淵変為瀬之声、寂々閉口、砂長為巌之頌、洋々満耳。思継既絶之風、欲興久廃之道。爰詔……

昔、平城の天子、侍臣に詔して、万葉集を撰らばしむ。それよりこのかた、時は十代を歴《へ》、数は百年を過ぎたり。其の間、和歌は棄てて採られず。風流は野相公の如く雅情は在納言の如しと雖も、皆な他の才に依りて聞え、斯の道を以て顕はれず。伏して惟《おも》んみるに、陛下の御宇、今に九載なり。仁は秋津洲《しま》の外に流れ、恵は筑波山の陰よりも茂し。淵変じて瀬と為るの声、寂々として口を閉ざす、砂長じて巌と為るの頌、洋々として耳に満ちたり。既絶の風を継がんことを思ひ、久廃の道を興さんことを欲す。爰詔……

何か新たなる事業を為そうとするとき、復古・再興を言うのは、時の今昔、洋の東西を問わず常に見られる現象であり、安易ではあるが最も説得力をもつ理由付けである。古今集撰者たちもまたその論理を用いた。即ち、万葉集が平城の天子の詔による撰であることを言い、その後十代百年の間、和歌は「棄てて採られず」という状態であった、それが今上陛下の御代となり、仁恵あまねく国内外に及び、怨嗟の声なく慶賀の声は世に満ちている、そこで久しく廃絶しているいにしえの和歌の道を継承再興すべく、和歌集編纂の詔が発せられた。和歌は既に勅撰の先例があり、その再興だという。

世がよく治まっているが故に詩文を編集しようという言い方は、最初の勅撰漢詩集である凌雲集の序にも見られる。凌雲集序は「臣岑守言さく、魏の文帝に曰へること有り、文章は経国の大業にして不朽の盛事なり」云々と始まるが、時の天皇である嵯峨天皇の政治と学問とを称え、かつ「世機の静《せい》謐《ひつ》に属し、琴書に託して日を終ふ、光陰の暮れ易きを歎き、斯文の将に墜ちなんとするを惜しむ。爰に臣等に詔して」と、編集の動機を述べる。無為にして治まっている御代だから、かえって「経国の大業」たる文章の道が将に墜ちなんとすることを危惧するという。漢詩文の政治的意義を確認し称揚するための撰集だというのである。古今集真名序が和歌の道の再興と言うのとは、和歌と漢詩の置かれている状況の違いにしたがって異なるけれども、勅撰集の撰集事業が治まれる世を頌し、かつはその助けとなるべきことを主張するのは、詔による撰集としての共通する言い方であろう(10)。

真名序が再興を宣言している古への和歌の有り方、即ち真名序の冒頭に述べられている和歌の本質と効用の記述が、毛詩の大序をほぼそのまま借りていることは周知のとおりである。あらためて原文を引用するまでもないとは思うが、やはり確認をしておこう。比較しやすいように原文のまま示す。

・(大序) ……詩者志之所之也。在心為志、発言為詩。情動於中、而形於言。……治世之音、安以楽。其政和。乱世之音、怨以怒。其政乖。亡国之音、哀以思。其民困。故、正得失、動天地、感鬼神、莫近於詩。先王、以是、経夫婦、成孝敬、厚人倫、美教化、移風俗。故、詩有六義焉。一曰風。二曰賦。三曰比。四曰興。五曰雅。六曰頌。上以風化下、下以風刺上。主文而譎諫。言之者無罪、聞之者足以戒。

・(真名序) 夫和歌者、託其根於心地、発其花於詞林者也。人之在世、不能無為。思慮易遷、哀楽相変。感生於志、詠形於言。是以、逸者其声楽、怨者其吟悲。可以述懐、可以発憤。動天地、感鬼神、化人倫、和夫婦、莫宜於和歌。和歌有六義。一曰風、……

古今集序は、和歌の本質と効用を毛詩大序に言うところと全く同じだと主張し、続いて我が国の和歌の歴史を述べる。大津皇子に始まった賦詩が我が日域の俗を化し、民業一変して和歌がしだいに衰えるのだが、それ以前は、後に漢詩が果たすことになった政治的教戒的役割を、実は和歌が果たしていたのだと言う。

但見上古歌、多存古質之語、未為耳目之翫、徒為教戒之端。古天子、毎良辰美景、詔侍臣預宴莚者、献和歌。君臣之情、由斯可見、賢愚之性、於是相分。所以随民之欲択士之才也。

但だ上古の歌を見るに、多く古質の語を存し、未だ耳目の翫びと為さず、徒《ただ》に教戒の端《はじめ》と為す。古の天子、良辰美景毎に、侍臣の宴莚に預れる者に詔して、和歌を献ぜしむ。君臣の情、斯に由りて見るべく、賢愚の性、是に於いて相ひ分る。民の欲するに随ひ、士の才を択ぶ所以なり。

天子が和歌を献詠せしめ、それによって臣下の賢愚を判断し、民の欲するところに随い、賢才の士を選ぶ手段としていたというのも、漢詩の役割を意識した言辞である。

しかしながら、これらの真名序の記述は事実ではなく、この箇所のみならず序全体が和歌を勅撰集となすための戦略的文章なのだが、そのことは早く本居宣長も石上私淑言《いそのかみささめごと》巻三に指摘している。石上私淑言には、ある人の非難や質問に答えるかたちで宣長の主張が述べられている。その一つ、ある人の非難に、真名序のこの部分や貫之の新撰和歌序の「厚人倫、成孝敬、上以風化下、下以諷刺上、雖誠仮文於綺靡之下、然復取義於教誡之中也（人倫を厚くし、孝敬を成し、上は以て下を風化し、下は以て上を諷刺す、誠に文を綺靡の下に仮ると雖も、然れども復た義を教誡の中に取れる也）」をも挙げて、宣長が「歌は物のあはれをむねとして、儒仏の教へにかかはらず」というのは納得できないと言う。これに対して宣長は次のように答えている。

ことにこれ〔古今集序〕は勅撰の序なり。すべて朝廷に奉るものは、世の中の政に益あることを申すが常の定まれることなれば、さいはひに唐にてかの詩の用を論じおきたる心ばへを借りて、政のたすけとなるよしをむねといひ、〔中略〕朝廷にも必ず採り用いらるべきわざぞといふ心にて、真名序はさらにもいはず、仮名序までさる心ばへをば書かれたるなり。それをありのままに、歌はただ物のあはれをむねとして思ふ心をいひのぶるものぞとやうにのみいひては、ものはかなく聞えて、朝廷の政に用あるべくも思はれぬゆゑぞかし。〔新潮古典集成『本居宣長集』四三六頁〕

また先に引用した「但だ上古の歌を見るに」云々の教戒の端のこと、民の欲求を知る手段、士を選択する手段としたこと、等の記述についても、同じ趣旨を繰り返す。

序の趣きは、もとより歌はひたすら人の教へにすべく、国の政に用ゆべき物によむもののやうにいひて、上つ代はみなさのみありしやうにいひなせるが、当たらぬとはいふなり。されどかれは朝廷に用いられむことをむねとせるゆゑに、もはら唐歌の心ばへを借りて書けるなれば深く難ずべきにはあらねども、歌のやうを本末つまびらかに知らむとならば、なほくはしく考へ味ひてみだりに信ずべきことにはたあらず。〔四四八頁〕

序の詞をみだりに信じてはならぬという宣長の、その和歌についての主張を信ずるかどうかは措いて、「朝廷に用いられむことをむねと」して書いたものだから序を信じてはならぬ、というのはまったくその通りである。そしてその事情は勅撰漢詩集も同じだったのだが、宣長の言うとおり、勅撰集の序としては（和歌の集を勅撰集としての体裁に整えるためには、と言い換える方がより撰者の置かれた実情に近い）、和歌を詠むことは「世の中の政に益あること」だと主張しなければならなかった。そうでなければ、勅撰、すなわち公的事業と為し得ない。物語創作が公的事業となり得ない（勅撰物語集が編纂されない）のは、儒教的価値体系の中で物語は「そらごと」「女の御心をやるもの」という世間の評価を改める理論を作り得なかったからである。またその理論を作る必要を当時の人々が感じなかったからである。

2　古今集勅撰の論理

和歌の勅撰集を出現させるためには、和歌が「世の中の政に益あること」だと言わなければならない。そこで撰者たちが考えた理屈はおそらく次のようなことではなかろうか。

漢詩は儒教の中で政治的道徳的効用の理論が確立されている。だから、和歌が漢詩と同じであることを証明すれば、和歌に政治的道徳的効用があると言い得る。

つまりは単純な三段論法である。和歌と漢詩が同じものであることさえ言えれば、漢詩の勅撰集が編纂されたように、和歌の勅撰集も可能となる。古今集序は和歌と漢詩が同じものであることを言うための戦略的文章である。だから、毛詩大序を下敷にしていることがはっきりと読者にわかるようにしているのであろう。「和歌有六義」云々の露骨な記述は、和歌が漢詩と同じであることの直截の主張である。もとより当時の人々（醍醐天皇も含めて）に毛詩の借用と知られるのは当然であるが、おそらく人々にも古今集序のその記述を〈なるほど和歌と漢詩は同じだったのだな〉と読むという暗黙の了解があったのであろう。そうでなければ、あのような露骨な借用はできないであろう。誰にでもそれと分かる露骨な借用は、何としてでも和歌に政治的教誡的効用があることを言わなければ、和歌集の編纂を公的事業とはなしえないからであって、毛詩の理解が不十分である、和歌独自の理論ではない、という類の問題ではない。和歌独自の理論ではむしろ逆効果なのである。

和歌の本質として政治的教誡的効用があることは毛詩大序等を用いて証明した。次には実際にそれが史実として存在したのだと強弁したのが「但だ上古の歌を見るに」云々以下の部分である。この部分も宣長を始め現在に至るまで史実と見なす者はいないであろう。だが、古今集序にとっては前述の和歌の本質を傍証するものとして是非とも必要な部分である。科挙を模した我が国の試験においても擬文章生試・文章生試では実際に作詩の試験があったし、対策は当然ながら漢文で答案が書かれた。漢詩がそうであると主張しているように、和歌も「民の欲するところを聞き」また「士の才を択ぶ」手段であったと言わなければならない。しかし、和歌にはその事実がない。だから、漢詩が我が国の俗と化し民業が一変する以前の「上古」にはそれが存在したと強弁した。

作詩が我が国の俗を一変させてより以降、和歌はしだいに衰え始めた。それでもなおその頃は、先師柿本大夫が神妙の思を高く振るい古今の間に独歩したし、また山辺赤人もいて、ともに和歌の仙であった。だが、和歌はついに半ばは婦人の具となり、大夫の前には進め難いものとなった。その衰えた「近代」の中でわずかに「古風」を保っていたのがいわゆる六歌仙だった、というのが序が描いた和歌史の図式である。その図式の故に、六歌仙の歌には必ず美点と欠点（真名序では「長短」と、仮名序では「得たるところ得ぬところ」）が存するとの評価になっている。毛詩を借りた和歌の本質論、上代の和歌の有り様、これらが借用であり史実でないことは理解しやすいが、今でも比較的に信用されている六歌仙[11]（特に在原業平や小野小町）への評価も、古今集序全体の戦略、図式の中に位置づけられているのである。

かくて撰者は「俗人、争ひて栄利を事とし、和歌を用ゐず。悲しい哉」の嘆を発し、ついで魏の文帝の「典論」の「文章は経国の大業にして不朽の盛事なり、年寿は時有りて尽き、栄楽は其の身に止まる」を踏まえて「貴は相将を兼ね、富は金銭を余すと雖も、骨は未だ土中に腐《く》ちざるに、名は先づ世上より滅ぶ。適々《たまたま》後輩のために知らるる者は、唯だ和歌の人のみ。何となれば、語は人耳に近く、義は神明に通じたればなり」と、和歌の意義の再確認へと進む。

そして今上陛下（醍醐天皇）の治まれる世を称え、百年前に平城の天子が万葉集の勅撰をなして後は久しく絶えていた和歌の道を、いま聖帝たる今上陛下が再び興こし、古への本来の和歌の在り方に戻すべく和歌勅撰の詔を下だされた。――このように撰者（序作者）は古今集勅撰へ至る道筋を描いていく。

古今集真名序の目指すところはひとつ。和歌を勅撰となし得る根拠の提示である。それを当時の価値観の主流を形成していた儒教の価値観（儒教の文学観）の中で行ったのである。そのためには和歌にも政治的教誡的効用があると言わなければならない。それで、おそらくは便法として、和歌の本質は漢詩のそれと同じであることを主張した。その裏付けに虚実とりまぜた和歌史を描いた。また一方で、和歌は既に勅撰集（万葉集）を持っていることを示し、聖帝による和歌の道の再興として、古今集の勅撰を位置づけようとした。古今集真名序はその二つの道筋をうまく交差させることによって勅撰の根拠を提示しようとしたのだと思われる。

何故にそのような複雑な、別の言い方をすれば見え透いた手を使ってまで、和歌に儒教的な（毛伝的な）理念を必要としたのかといえば、本稿の前半に見たごとき文学観がこの時代の文学観であり、和歌の撰集を勅撰（公事）として行うからには、政事に有益であると言う必要があったからである。

宇多朝から醍醐朝にかけての度重なる歌合の開催、宇多天皇による古今の和歌の蒐集、新撰万葉集の編纂、これらから見て和歌実作の側からは古今集撰集の機運は熟していたと言ってよいであろう。古今集序の理念が先にできてから撰集の詔が出たのではなく、おそらくは始めに詔があったのであろう。序によれば、初めは紀友則・紀貫之らに詔して各々家集並びに古来の旧歌を献ぜしめ、それは続万葉集と呼ばれた。この段階で序が付されていたかどうかも全く不明である。この時、重ねて詔が有って、奉れる歌を部類し二十巻とし古今和歌集と名付けたという。「淵変じて瀬と為るの声、寂々として口を閉ざす、砂長じて巌と為るの頌、洋々として耳に満つ」の表現と「賀部」の和歌とが対応していることなどを考慮すれば、序文の理屈は再度の詔の後に編纂しつつ考えたものであろう。

そうではあっても、和歌にも勅撰に値する価値があることを明示できなければ、奉献にあたっての奏上文の役割を持つ勅撰集の序文は書けない。撰者たちがいま序文に見られるような理論にたどりついたとき、ようやく古今集は勅撰集として奏覧できるところにたどりついたのだと言えよう。

三　古今集勅撰以後の論理

古今集序によって構築された和歌の政治的効用の論は、もともと和歌集勅撰のための論であったから、古今集の勅撰が実現して以降はその実質的な役割を終えた。勅撰集の編纂が継続されるかぎり、和歌の公的価値は勅撰そのことによって保証されることとなったのである。

それ故、和歌の学にとって次の問題は、いかなる和歌が優れた和歌かという技術的な側面が当面の課題となる。藤原公任の新撰髄脳は、和歌の本質論・効用論を言わず、詠歌の心得や歌の優劣・形式などの技術的側面をもっぱらにする。理念としての和歌効用論は古今集序にゆだねて、特にあらたまった場ではやむをえないとしても、普通にはそれ以上は言及しないというのが、おそらくは公任のみならず平安中期の歌人たちの、それは賢明とも評しうる現実的な対応だった。

その一方で、十世紀後半頃から和歌を我が国の「風俗」であるとする言辞がしばしば見られるようになる[12]。古今集序でも和歌の勅撰の意義を「既絶の風を継ぎ」「久廃の道を興す」ことだと言っていたし、漢詩が移入されて「日域の俗」は一変したが、和歌は素戔嗚尊《すさのをのみこと》に起こり、人代に至って大いに興隆したとも言っていた。和歌の勅撰が果たされ、また村上朝を経て文化全般が和風化するなかで、和歌を我が国固有の風俗（くにぶり）だとする主張が出てくるのはおのずからの勢いであろう。藤原有国（九四三～一〇一一）は「讃法華経二十八品和歌序」（本朝文粋）に次のように言っている。

和歌者、志之所之也。用之郷人焉、用之邦国矣。情動於中、言形於外。（中略）上自神代、下訖

人俗、国風之始也。故、以和為首、吟詠之至也。故、以歌為名、和歌之美也。其来遠矣。（後略。和歌史の記述あり）

和歌は志の之《ゆ》く所なり。之《これ》を郷人に用ゐ、之を邦国に用ゐる。情、中に動き、言、外に形《あら》はる。（中略）上は神代より下は人俗に訖《およ》ぶは国風の始なり。故に、和を以て首《はじめ》と為すは吟詠の至りなり。故に、歌を以て名と為すは和歌の美なり。其の来たれるや遠し。

和歌は志の之くところなり云々は前にも引用した毛詩大序の言葉であり、毛詩大序の詩論をもって和歌の論とするのは古今集序の敷いた軌道の上にあるが、また同時に有国は、和歌を以て喜怒哀楽の情をあらわすのは神代から人俗におよぶ「国風の始め」であるとも、その由来は遠いとも言う。「国風」は詩経の国風に依っているであろうが、和歌を我が国の国風（くにぶり）だというところに、和歌と漢詩とを対比させる意識が窺える。

藤原伊周（九七四～一〇一〇）も中宮彰子御産百日の祝の折の「一條院御時中宮御産百日和歌序」（本朝文粋）に「風俗」の語を用いている。

康哉、帝道。誰不歓娯。請課風俗、将献寿詞、云爾。

康なる哉、帝道。誰か歓娯せざらん。請ふらくは風俗を課し、将に寿詞を献ぜんと、云ふこと爾《しか》り。

次の和歌体十種[13]は、壬生忠岑に仮託された平安後期成立の偽書であるが、おそらくはそれ故に和歌と漢詩とが同趣意であることを強調している。

夫和歌者、我朝之風俗也。興於神代、盛于人世。詠物諷人之趣、同彼漢家詩章之有六義。然猶時世澆季、知其体者少。至于以風雅之義、當美刺之詞。先師土州刺史、叙古今歌、粗以旨帰実。今之所撰者、只明外皃之区別、欲時習之易諭也。于時天慶八年冬十月、壬生忠岑撰。

夫《そ》れ和歌は、我朝の風俗なり。神代に興り、人世に盛なり。物を詠じ人を諷するの趣、彼の漢家の詩章の六義有るに同じ。然れども、猶ほ時世は澆季《ぎょうき》にして、其の体を知れる者少《まれ》なり。風雅の義を以て、美刺《びし》の詞に當つるに至りては、先師土州刺史、古今の歌に叙べ、粗々以て実に帰すること有り。今の撰ぶ所は、只だ外皃《ぼう》の区別を明らかにし、時習の諭《さと》り易からんことを欲《ねが》ふのみなり。

先ずは「和歌は我が朝の風俗」と言い、詠物諷諫の趣意は漢詩と同じだともいう。そして和歌における美刺（称美と諷刺）の意義は土州刺史（土佐守）紀貫之が古今集で述べ決着しているからあらためては言及しないと言う。和歌体十種の著者の言いたいことは初学者のために外貌（歌体）の区別をするのだという技術的な事柄なのだが、それでも毛詩大序の詩論に依拠したいわゆる和漢同情の論を以て飾ることも忘れていない。

このように、和歌を我が国の風俗と称することは十世紀半ば頃から広まっていくようであるが、晴れの場、或いはあらたまった姿勢を見せようとするときは、「風俗」の語と共に毛詩大序に由来する政治的道徳的効用を揚言することも例となっていることがわかる。

最後に新古今和歌集真名序を見ておこう。便宜により訓み下し文で引用する（久保田淳『新古今和歌集』角川ソフィア文庫により、訓読を一部改めた）。

夫れ和歌は、群徳の祖、百福の宗なり。玄象《げんしょう》天成り、五際六情の義未だ著《あらは》れず、素鵞《そが》地静かに、三十一字の詠甫《はじ》めて興る。爾来、源流寔《まこと》に繁く、長短異なりと雖も、或は下情を抒べて聞に達し、或は上徳を宣べて化を致し、或は遊宴に属《つ》いて懐を書し、或は艶色を採りて言を寄す。誠に是、理世撫民の鴻徽、賞心楽事の亀鑑なる者なり。（中略）

伏して惟《おも》んみれば、代邸より来たりて天子の位を践《ふ》み、漢宮を謝して汾陽《ふんよう》の蹤を追ふ。今上陛下の厳親なり、帝道の諮詢《しじゅん》に隙《いとま》無しと雖も、日域《じちいき》朝廷の本主なり、争《いか》でか我が国の習俗を賞せざらむ。

引用の前半は和歌の本質・意義をのべているが、脚注にも指摘されるごとく漢籍を踏まえて記述されている。「理世撫民の鴻徽」の語に古今集序以来の儒教的文学観が端的に反映していることが知られ、後半の後鳥羽院の勅撰集編纂の院宣を称える部分にかの「我が国の習俗」の語が用いられているところに、前述の和歌は我が国の風俗という認識の受け継がれていることも知られる。勅撰集編纂の継続という事実を背景に「我が国の風俗」という価値軸が加わったけれども、古今集序において儒教的文学観に同調させるべく構築された〈和歌と漢詩の意義は同じ〉とする論理は、儒教的価値観がその時代の知識層の価値観を支配している限り、取り下げることができなかったのである。

和歌でさえも儒教的価値観から自由になることはかくも困難だった。おそらくそれは、平安時代、勅撰集の撰者となる、或いは歌学書を編む、或いは和歌に関わる文章を草する者達のほとんどが、高低軽重の差はあっても位階官職を有して朝廷に列なり、皆々ともかくも政事に従うべき立場の者たちだったことにもよるであろう。それが中世を経てどのように変わっていくか、歌学を担う人々の社会的立場と掲げられた理念との関係を追跡しなければならないが、既にその余力がない。(14)

我が国の風俗と主張しえた和歌さえこのような困難を抱えていたのなら、物語はどのようにしてその価値を主張したか。それが次章からの課題である。

付　真名序と仮名序の問題

1　真名序・仮名序の問題研究史

古今集の成立をめぐる和歌史の問題を扱うとき、序文全般の問題としては、序は奏覧本に添えられていたか、添えられていたならば真名序と仮名序のどちらであったか、真名序と仮名序とどちらが先に書かれたか、それぞれの作者は誰か、等がある。これらは古くから様々に論じられているが、古今集の伝本の問題とも絡んで甚だ複雑である。しばらくこれまでの検討の跡をたどってみよう。

早く藤原清輔は袋草紙に両序の問題につき様々の流説と疑問とを記している。その中で俊成の談として、基俊は「序は貫之仮名をもって土代を書き、淑望をして草せしむる者なり」云々と答えたと言い、能因家集の序に古今集に言及して「王道の股肱の臣は衆心を訪ねて詞を揀《えら》び、儒林の河漢の才は巻首に則るをもって序を題す」とあるのを引いて「かくのごときは真名序を用ゐるか」と、基俊の説に傾いている（新古典大系五三頁以下）。

明治の藤岡作太郎『国文学全史　平安朝篇』（平凡社東洋文庫）は、清輔の説、清輔を批判する八雲御抄・古今序註の説、真名序仮名序ともに貫之の作とする上田秋成の説、真名序は偽作とする香川景樹の説等を紹介し、一旦は「真字序の前後正否はとまれかくまれ、仮名序の貫之の手に成れることは、十人一口、これに異議を挟むものなきなり」としながらも、貫之の文章を論じ進むにつれて秋成説に賛同し、真名序仮名序ともに貫之作を主張している。近年では萩谷朴（「紀貫之」『和歌文学講座6』桜楓社、昭和四五年）がこの考えである。

現在、真名序が紀淑望作、仮名序が紀貫之作、という点ではほぼ一致しているが、真名序と仮名序のどちらが先に書かれたかでは、考えが二分される。どちらが先という場合も、どちらが奏覧本に付されていたかとなるとまた説が分かれる。真名序仮名序の問題はひどく錯綜しており、近年にも幾度か整理検討が試みられた。

小沢正夫『古代歌学の形成』（塙書房、昭和三八年）は両序の内容を詳細に分析するとともに先後関係についても検討を加え、真名序が先で仮名序は後、真名序に飽き足りなかった貫之が書き改めたと言う。[15]ところが久曾神昇『古今和歌集成立論研究編』（風間書房、昭和三八年）は仮名序が先で奏覧のために時代の意識から真名序を依頼したが、結局は真名序も仮名序も奏覧本からは除去したという。松田武夫「古今集序の争点」（『講座日本文学の争点2中古編』明治書院、昭和四三年）はこの問題の論点整理を試みて、従来の通説どおり「仮名序が紀貫之により先に書かれて、それをもとに真名序が書かれたであろう」と結論している。一方、山口博「古今集の形成」（『王朝歌壇の研究宇多醍醐朱雀朝篇』桜楓社、昭和四八年）もさまざまな側面から詳細に検討し、真名序を正序と結論した。さらに中田武司『古今和歌集の形成』（桜楓社、昭和五七年）は袋草紙の記事を検討して「両序は奏覧本のために予定されたものの、何らかの理由によって奏覧本には添えられなかったようである」とした。これと類似の説には樋口芳麻呂「古今和歌集成立私考」（『講座平安文学論究第二輯』風間書房、昭和六〇年）がある。村瀬敏夫「古今集の成立」（『和歌文学講座4』勉誠社、平成五年）は真名序が先で奏覧本に付され仮名序はそれに基づき後に書き改められたと言う。[16]これらを承けて片桐洋一『古今和歌集全評釈（上）』（講談社、平成一〇年）は「真名序が先にあって、それを参考にしながら仮名序が書かれ、仮名序が正式の序になったという西下・高橋・小沢の諸氏の論は、それぞれに小異はあっても、もはや通説になってしまったといえるのである。なお、私自身の考えも、大綱としては右の諸氏と同じと言ってよい」と言い、真名序も「その草稿は貫之自身の手になったであろうことは疑えないと思うのである」と言う。[17]また熊谷直春「古今集両序の成立」（『古代研究』三五号、平成一四年一月）は、真名序は四月十五日の上奏文で仮名序は十八日の奏覧用の序文であるという。なお前後関係と直接には関係しないが、渡辺秀夫「和漢比較のなかの古今集両序」（『国語国文』平成一二年一一月号）は両序を漢文と和文の位相差という観点からそれぞれの特質を詳細に論じている。

かくのとおり諸説錯綜しており、解決は容易でない。また本稿においてもその全体にわたる検討は不可能である。本稿の課題に直截関係するどちらが正式の序（奏覧本に付された序）かに限って次に検討する。

2　勅撰集の序文

本稿の課題である古今集の成立に至る道のりを考察するにあたっては、撰者（真名序の作者が紀淑望であっても撰者の立場で書いているので、序の主体は撰者であるという意味で撰者が書いたものとして序文を扱う）が奏覧本に付すべく描いた和歌および和歌史についての認識が問題である。それゆえ以下には、正式の序文は真名序か仮名序かということに論点を絞って検討する。それが巡り巡って本稿の課題と結び付くはずである。

両序には内容的に少し相違があり、『仮名序』の方が和歌を本当に理解した人が、古今集の精神をその序文に盛り込むために、細かな点にまで神経を使って書いたもののように思われるのに対して、『真名序』は序文としての形式は整っているものの、これを書くために重要な参考資料となった中国の詩論を本当に消化しきっているとはいえない」（新編日本古典文学全集解説）という評価もある。この評価は「真名序が先だが、紀貫之にはその内容に不満があり、仮名序を書いたが、両序とも奏覧本には付さなかった」という樋口芳麻呂の考えとも通ずる。しかし、内容の精粗、論点の強弱の置き方の問題と、正式な序文であるかどうかの問題は別である。

いまひとつ混同してはならない問題に伝本と序文の関係がある。いかなる伝本にいかなる序が備わるかは、前掲の久曾神昇・中田武司に整理があるが、中田武司も「もっとも、これらの分類は、考えてみれば伝本の系統分類には有益であるかもしれないが、両序の先後問題には直接益あるところではないかもしれない」「これらの整理の上に立つと、『序』そのものが独立的に異同を持つ過程がより具体的に認識できる」と言い、独立して存在する本朝文粋の真名序の意義を指摘するごとく、「序」は本文とは独立に仮名序真名序が交差して写され加えられてゆく。しかも実際に醍醐天皇に奏覧された本そのものは現存しない。奏覧本系統の伝本に真名序（仮名序）がないからといって、それがただちに延喜五年奏覧本の「無序」に繋がるわけでもない。このことは既に村瀬敏夫にも指摘がある。

右の事を考慮して、いま真名序仮名序の先後関係を問わず、奏覧本には序は付されていたか、それは真名序か仮名序か、ということのみを問題にした場合、

・奏覧本に序は付されていた。

・その序は真名序であった。

と考えるのが穏当であろう。

右の結論はおおむね山口博の見解を是とするものである。早く日本古典文学大系『古今和歌集』の解説（西下経一執筆昭和三三年）に「序文は上奏文であり、上奏文は漢文で書くのが普通であるから」とある認識は、序文を考えるさいの出発点でなければならない。しかし、西下の解説は続けて「まず真名序が書かれたであろう。但し上奏文は日付を別行に書き、上奏者を連記して、官位を記して正式の署名にするのが普通であるが、古今集の真名序は『于時延喜五年歳次乙丑四月十八日。臣貫之等謹序』とあって、正式な上奏文とは認めがたい」と言う。正式な上奏文と認められない理由に日付が別行に書かれていることを挙げるのは、山口博も言うとおり、写本の段階となっては意味のないことであろう。貫之の名のみを記すこと、しかもより上位者である紀友則の名を記さないこと等の疑問につ

いては、田中喜美春「古今集延喜五年奏覧考」(『国語と国文学』昭和四八年一月・二月号)が勅撰漢詩集等の例を引いて、貫之が代表となっていることに不審を抱く必要のないことを証している。

真名序は「古今和歌序」として本朝文粋巻十一和歌序に「新撰和歌序」等と共に収められ、またその一部が和漢朗詠集にも採られている。従って真名序の存在は疑えないことであり、その内容から古今集に付されたと考えざるを得ない。なお疑問を挟む余地があるとすれば、現に残っている真名序が本朝文粋所収のものも含めて、はたして延喜五年醍醐天皇に奏覧嘉納された古今集に付されていた序とまったく同文かどうか(撰者の手控えからの流布ではないか)であるが、いまその追究は不可能であろう。

古今集の時代、和歌の集であっても序文は漢文で書くこと、句題和歌(千里集)・新撰万葉集・新撰和歌などに徴して明らかであり、醍醐天皇の崩御により奏覧することはできなかったが、天皇の命を承けて編纂した紀貫之の新撰和歌の序が漢文であることは、古今集の序も漢文であっただろうと想定させるのに十分な資料である。このことは既に先学の指摘するところであるが、にもかかわらず、貫之の仮名序を尊重したいあまりか、仮名序が正式の序であるとか、真名序があるいは仮名序もふくめて、序が奏覧本に付されていないとか言うのは、本末を転倒していると思う。古今集以後においてさえ、遊宴における和歌の序でも、本朝文粋・本朝続文粋に見られるとおり、漢文が多い。和歌の集だからといって仮名で書くわけではない。まして勅撰集は天皇に奏上するのだから、その序は上奏文に準ずる公文書である。当時にあっては漢文で書くのが当然と考えるべきでろう。

真名序の作者が紀淑望であるのも、撰者の書くべきを代作したと見なす従来の考えでよい。序は撰者のものとして書かれるのだから、実際の作者が誰であるかは問題にされない。たとえば、大臣等の辞表はしかるべき能文の儒者に書かせるのが普通だが、それで他人の文章だから失礼だなどとは言われない。しかも本朝文粋・本朝続文粋等には、原作者の文章として採用されている。だから本朝文粋に紀淑望の名で採録されているのは異例ではない。ただ古今集としては、紀貫之ら撰者の文章として書かれていると見なすべきは言うまでもない。

古今集の序は、あらゆる書序に共通することとして、その書の撰進に至る経緯と撰集の意義とを明らかにするのが第一の目的である。したがって、序を純粋に和歌を論じた文章として扱えば、序の意図とはやや異なる。このところが序を歌論・歌学の資料として扱うさいに最も留意すべき点である。仮名序によって「貫之の歌論」を論ずるのは許される範囲であるが、淑望の真名序では「貫之の歌論」を論じにくいからとて、真名序を従とする、あるいは正式ではないとするのは、勅撰集である古今集の序への扱いとしては許されないことである。おそらく、紀淑望に依頼するにあたっては、撰者が書くべき内容を指定したであろう。それが今の仮名序であるか、仮名序の基となるものであるか、もっと簡単な覚書のようなものであるか、それは不明だが、古今集としての正式の序文は真名序である。本論（和歌勅撰への道）の検討からも、漢文でなければならない所以は明らかであろう。

注

（1）拙稿「古今和歌集真名序の業和歌者について」（『古今集と漢文学』和漢比較文学叢書第一期。汲古書院、平成九年）。後に『平安朝律令社会の文学』（ぺりかん社、平成五年）に「和歌を業とする者の系譜」として所収。

（2）大学寮の制度については、桃裕行『上代学制の研究』（吉川弘文館、昭和五八年再刊）および久木幸男『日本古代学校の研究』（玉川大学出版部、平成二年）による。
（3）毛亨より伝わる毛詩は前漢末に官学となり、後漢の衛宏が詩序を作り（後漢書。詩序の作者については諸説がある）、さらに馬融の注に鄭玄が箋注を加えた『毛詩鄭箋』が、唐初に孔穎達等編の『五経正義』に採用され、それが本朝においても大学の教科書となった。毛詩は『四部叢刊』により、冨山房漢文大系『毛詩尚書』等を参照した。
（4）訓読はほぼ高田信治『詩経』（漢詩大系、集英社）によるが、「経夫婦」「美教化」の訓は静嘉堂文庫蔵毛詩（『毛詩鄭箋』古典研究会叢書、汲古書院）の傍訓に依った。
（5）金子彦二郎『増補平安時代文学と白氏文集』（藝林舎、昭和五二年版。原版は昭和三〇年）「第二句題和歌の研究」の「第二章　千里とその句題和歌」一七七頁以下。及び第八章の「結語」による。
（6）小島憲之「万葉集の編纂に関する一解釈」（『万葉集研究　第一集』塙書房、昭和四七年）は、先生は道真で、和歌の一部に道真が詩を加えていたものに後に道真の弟子筋の者が更に詩を加え序を書いたと推測している。しかし、先生は自分の師匠ではなく先人を敬して言う語だから、師弟関係者を想定する根拠もない。
（7）拙著『平安朝律令社会の文学』一四五頁。
（8）村瀬敏夫『紀貫之伝の研究』（桜楓社、昭和五六年）。
（9）山口博『王朝歌壇の研究　宇多醍醐朱雀朝篇』（桜楓社、昭和四八年）。この著書は古今集撰進前後の儒教的思想の指摘など参考になる点が多い。
（10）渡辺秀夫「和漢比較のなかの古今集両序」（『国語国文』平成一二年一一月号）は、帝徳賛美の表現として「興廃継絶」の類型があることを例を挙げて示している。なお、真名序のイデオロギーの分析等、本稿に重なるが、拙稿ではそれを勅撰のための真名序の戦略という観点から論じるものである。

(11) 拙著『平安朝和歌漢詩文新考　継承と批判』(風間書房、平成一二年)第一章「在原業平『月やあらぬ』の解釈」の「補記」に、このことについて言及した。

(12) 紀長谷雄「太上法皇賀玄宗法師八十之齢和歌序」(本朝文粋)に「仮物以祝之、取喩以賀之。此間風俗勿相軽矣」とあるのは早い例であろう。ただ、詠歌そのものを指すのではなく、祝事に和歌を献ずるならわしを言うのかもしれない。それで、いま本文には掲出しなかった。

(13) 『和歌体十種』(二玄社　日本名筆撰)による。なお、底本は「粗以旨帰矣」であるが、大東急記念文庫本奥義抄付載の忠岑十体の「怨以有帰実」により訂した。なお原田芳起(『探求日本文学中古中世編』風間書房、昭和五四年)は「怨以有帰実」とする。

(14) 中世の政事から切り離された貴族、政事の主体となった武士階層の和歌享受、近世の堂上、幕府大名周辺、武士、町人等々の立場の違いと和歌観との関係なども問題とすべきだが、いまその先行研究の追跡をなしえていない。なお、本書第八章の注5参照。

(15) 小沢正夫『古代歌学の形成』(塙書房、昭和三八年)。昭和四六年の日本古典文学全集『古今和歌集』の解説では「私の考えをいうなら、『真名序』を先に書いてみたがどうも気に入らなかったので(あるいは最初から試作のつもりであったのかもしれない)、内容に相当の変更を加え、和歌の勅撰集にふさわしい仮名の文章でもう一度書いたのが『仮名序』であろう」と『古代歌学の形成』の結論を記していたのだが、新編版では前後の文章はほぼ同じながら、上記の一文のみが削除されている。どのような意図なのかわからないが、何か積極的主張をすることをためらわせるものを感じていたのであろう。

(16) 『紀貫之伝の研究』(桜楓社、昭和五六年)の一九九頁以下では、真名序を淑望に依頼するさいの貫之による仮名の草案の提示を想定している。

(17) ただし、昭和五一年の『シンポジウム日本文学2古今集』(学生社)では、
二つ序があるのはおかしいから、本来はやはり「真名序」だけだったのでしょうが、貫之が後になってそれを「仮名序」に変えた。(中略)誤解をおそれずに言えば、「仮名序」は「真名序」の偽書です。貫之が一般の人、特に女性向きに作ったものと思うのです。

と発言していた。


【付記】

本章の「三 古今集勅撰以後の論理」は、このたび新たに書き加えたものである。和歌を我が国の風俗と言うことをめぐっては、本稿と論点を異にするが、小川豊生「和歌風俗論序説—〈和歌は我国の風俗なり〉を起点に—」(『講座平安文学論究 第十七輯』風間書房、平成一五年)同「〈和歌は我国の風俗なり〉再攷」(『日本文学』六三巻五号、平成二六年五月)がある。

第二章　詩経毛伝と物語学——源氏物語螢巻の物語論と河海抄の思想

一　はじめに

平安時代、和歌等の和文学に対する見方も基本的には儒教の毛伝的文学観のもとにあったこと、その中で和歌は天皇（勅撰）という価値に拠りつつ毛伝的文学観とも同調させて社会的効用、端的に言えば政治的効用を主張したことは第一章（和歌勅撰への道）に述べた。では物語は如何にして価値を主張したか。

儒教的観点から見て、批判に耐えうるかたちで源氏物語の価値を明確に主張したのは、四辻善成（一三二六～一四〇二）の河海抄である。その河海抄の主張の淵源は遠く源氏物語螢巻の物語論義に遡ることができる。しかし、その紫式部の意図は同時代はもとより後人にも十分には理解されなかったように見える。それが、紫式部の求めていたものとはすこし違った形ではあるが、四辻善成の河海抄によって受け継がれ、以後の源氏物語学の指針となった。本章ではその経緯を詩経毛伝の文学観との関係を通して考察する。

河海抄の考察を行う前に、律令時代の文学観が毛伝の文学観であったこと、それは漢詩文のみならず、和文の領域においても同じ価値観によって評価されていたこと、中世の古今集・伊勢物語の享受・研究においても毛伝的解釈が行われていたこと等、その一部は第一章と重なるが、事の順序として明らかにしておかなければならない。その後に河海抄のもつ意義について述べる。

二　毛伝と平安時代の文学観

平安時代の人々がいわゆる文学をどのように理解していたかは、詩経をどのように理解していたか、と言い換えることができる。そのことをいま簡略に整理しておこう。

大学寮で学ぶ詩経は律令（学令）により毛詩鄭玄注に拠ると定められていた。論語等に言及される詩経の読み方と毛詩鄭玄注とを併せ見れば、おおよそ次のようになる。

論語には詩経への言及が散見するが、「詩に興り、礼に立ち、楽に成る」（泰伯第八）「詩は以て興すべく、以て観るべく、以て群すべく、以て怨むべし。邇《ちか》くは父に事《つか》へ、遠くは君に事へ」（陽貨第一七）に要約されるであろう。書経には「古へ採詩の官有り、王なる者の、風俗を観、得失を知り、自ら考正する所以なり」ともある。毛詩大序の「得失を正し、天地を動かし、鬼神を感ぜしむるは、詩より近きはなし。先王是を以て、夫婦を経《ただ》し、孝敬を成し、人倫を厚くし、教化を美《うるはしう》し、風を移し、俗を易《か》ふ」は、その延長線上にある。要するに、詩（詩経）は人格の形成陶冶に役立つ、政治に役立つということである。逆に言えば、それらに役立たなければ、詩を読む意味はない。詩の果たした働きが、歴史的事実としてそうであったか、そうであるか、ではなく、理念としてそうであらねばならぬということである。

大学寮等で儒学を学んだ平安時代の貴族・官僚は、詩経とはそのようなものだと理解した。その理解は、例えば凌雲新集序の「魏の文帝に曰へることあり、文章は経国の大業にして不朽の盛事なり」云々の引用、また経国集序の「（文章は）君上に在りては則ち天文の壮観なり、臣下に在りては則ち王佐の良媒なり」にも直截に反映している。詩経の詩の一々の読み方も、例えば大同三年（八〇八）の疫病の流行の故に諸国の調税を免ずる詔に「此れ皆朕が過ちなり。兆庶、何の辜《つみ》かあらん。静かにここに之を念《おも》へば、寤寐《ごび》に忘るる無し。詩に云はずや、民また労す、汔《ほとん》ど小康すべし、と」とある。この「詩」は詩経大雅「民労」のそれで、詩序には「民労は、召の穆《ぼく》公、厲《れい》王を刺《そし》るなり」と、鄭玄注には「時に賦斂《ふれん》は重数し、徭役は煩多にして、民人労苦す。（中略）今、周の民、罷労するなり。王、以て小《すこ》し之を安んずべきを幾《ねが》ふ」云々とある。平城天皇は詩経を引いて、みずからの不徳を省み、疲労する民を安んずべきを宣したのである。詩経（詩）はこのように読まれ、このように利用された。それが平安朝人の詩経に対する考え方、読み方である。

右のような文章観は、漢詩文のみならず和文を見るときにもおのずからそれが前提となった。和歌を勅撰集として編纂するための苦闘は既に第一章に述べたが、古今集序は和歌が勅撰されるに至る経緯を述べる中で、和歌はもともと古の世では「教誡」と「賢愚の判別」「官吏の選抜」に用いられていた、と言う。即ちそれは儒教的理念において漢詩が果たしていた（果たすべきと観念されていた）役割である。古代において和歌は漢詩と同じ教誡的政治的意義があった、即ち勅撰に値する公的意義があるのだと言い、それを復活するのだという言い方で、現在の和歌の公的価値を主張した。

紀貫之たちの編み出した和歌集を勅撰するための理屈は単純な三段論法によっている。漢詩には教誡的政治的価値がある。和歌は漢詩と同じ役割を果たしていた。だから和歌には教誡的政治的価値がある。このような論法なので、最も肝腎な点は、和歌は漢詩と同じだということの証明である。それで架空の和歌史を描き、毛詩大序をそのまま利用した和歌六義論を展開した。毛詩大序の詩論が当時の文学観だから、それに適合させなければ価値ある文章とは見なされなかったのである。

このような価値観（文学観）のなかで、物語はどのようにしてその存在意義を主張していったのだろうか。

三　「まこと」と「そらごと」の文学観――源氏物語螢巻の物語論

平安時代の人々が物語の価値を言うときのキーワードは「まこと」と「そらごと」(1)である。例えば、道綱母はかげろふ日記の冒頭部分で次のように言う（笠間影印叢刊『桂宮本蜻蛉日記（上）』宮内庁書陵部蔵』による。一部を改訂し漢字を当てた）。

ただ臥し起き明かし暮らすままに、世の中に多かる古物語のはしなどを見れば、世に多かるそらごとだにあり、人にもあらぬ身の上までかき日記して、めづらしきさまにもありなん、天下の人のしなたりきやとゝはんためしにもせよかし、とおぼゆるも……

この「天下の人の」云々の部分は極めて難解で種々の本文改訂・解釈が試みられているが、いまはそれはさて措いて、ここに述べられているのは、古物語の「そらごと」の否定と、いま書こうとする「日記」の「例《ためし》にもせよ」と言い得るその実用性の主張である。もともと平安時代の認識では「日記」は事実の記述であることを前提としている。即ち、そらごと（物語）の無益と事実（日記）の有益の対比の意識がここにはある。(2)

物語の意義を論ずるさいには必ず引用される源為憲（?〜一〇一一）の三宝絵詞（永観二年〔九八四〕成立）の序文には周知の「物語といひて女の御心をやる物」という言葉が見える（出雲路修『三宝絵』平凡社東洋文庫による）。

しかれども、なを春の日遅く晩《く》る、林に鳴く鶯の音しづかに、秋の夜明け難し。壁にそむけたる燈の景風《かげかすか》なる折有るに、碁はこれ日を送る戯れなれど、勝ち負けのいどみ無端《あぢきな》し。琴はまた夜を通す友なれど、音にめづる思ひ発《おこ》りぬべし。また物語と云ひて女の御心をやる物、おほあらきのもりの草よりもしげく、ありそみのはまのまさごよりも多かれど、木草山川鳥獣魚虫など名付けたるは、物いはぬ物に物を言はせ、なさけなき物になさけを付けたれば、ただあまの浮木の浮かべたる事をのみいひながし、沢のまこもの誠なる詞をばむすびおかずして。いがのたをめ・土佐のおとど・いまめきの中将・なかゐの侍従など云へるは、男女などに寄せつつ花や蝶やといへれば、罪の根・言葉の林に露の御心もとどまらじ。何を以ちてか貴き御心ばへをもはげまし、しづかなる御心をも慰むべきと思ふに……

三宝絵詞は冷泉皇女尊子内親王に仏教を勧める為に献じられた。その趣旨により娯楽の一種である物語は一層軽んじられているのだが、女が気晴らしに読む物語は「まことなる詞」にあらざる男女の話であり罪根ともなると、源為憲は言う。これは新日本古典文学大系の頭注が指摘するように、不妄語戒を意識した言葉であろう。また物語がつれづれを慰めるための物であること、枕草子においても「つれづれ慰むるもの」の段（角川文庫本一三五段）に碁・双六とともに挙げられている。これも周知の事である。

源氏物語螢巻で光源氏が語る物語論もやはり「まこと」と「そらごと」の対比の中で語られる。その詳細は本書第三章「源氏物語螢巻の物語論義」に譲って、いまは必要部分のみを引用する（新編日本古典文学全集による）。

熱心に物語を書き写す玉鬘を相手に、光源氏はからかうように語りかける。

かかる古事《ふるごと》ならでは、げに何をか紛るることなきつれづれを慰めまし。さてもこのいつはりどもの中に、げにさもあらむとあはれを見せ、つきづきしく続けたる、はた、はかなしごとと知りながら、いたづらに心動き、（中略）この頃、幼き人の、女房などに時々読まするを立ち聞けば、ものよく言ふ者の世にあるべきかな。そらごとをよくしなれたる口つきよりぞ言ひ出すらむとおぼゆれど、さしもあらじや。

と、物語を「いつはり」「はかなしごと」「そらごと」の語を以て評する。対して玉鬘は、げにいつはり馴れたる人や、さまざまにさも酌み侍らむ。ただまことの事とこそ思う給へられけれ。

と、「まこと」の語を以て応じる。この玉鬘の反応に、源氏は、

神代より世にある事を記しおきけるななり。日本紀などはただかたそばぞかし。これらにこそ道々しくくはしき事はあらめ。

と、笑って言う。笑うのはからかいの続きだからであるが、玉鬘の「まことの事」を承けて、源氏が「日本紀」（日本書紀のこと。六国史等の総称ではない。本書第四章参照）を持ち出しているのは、日本書紀が「まことの事」の代表だからである。「いつはり」「そらごと」と「まこと」の対比は物語と歴史書の対比として源氏（源氏に象徴される平安朝知識人）には捉えられていたのである。

これをきっかけに源氏の物語論が続く。

その人の上とて、ありのままに言ひ出づることこそなけれ、善きも悪しきも、世に経る人のありさまの見るにも飽かず聞くにも余ることを、後の世にも言ひ伝へさせまほしき節々を、心に籠めがたくて言ひおき始めたるなり。善きさまに言ふとては善きことのかぎり選り出でて、人に従はむとてはまた悪しきさまのめづらしきことをとり集めたる、みな方々につけたるこの世の外のこ

とならずかし。
ひとの朝廷《みかど》のさへつくりやうかはる。同じ大和の国のことなれば、昔今のに変るべし。深きこと浅きことのけじめこそあらめ、ひたぶるにそらごとと言ひはてむも、事の心たがひてなむありける。
　仏のいとうるはしき心にて説きおき給へる御法《みのり》も、方便といふことありて、悟りなき者はここかしこ違ふ疑ひをおきつべくなん、方等経の中に多かれど、言ひもてゆけば一つ旨にありて、菩提と煩悩との隔たりなむ、この人の善き悪しきばかりのことは変りける。よく言へば、すべて空しからずなりぬや」と、物語をいとわざとのことにのたまひなしつ。

この箇所は古来様々に論じられており、取り分け「ひとの朝廷」云々の部分は本文の乱れがあるらしく、難解で未だ納得できる解釈がない。その部分は保留にしても全体の流れは何とかわかる。全体として主張しているのは、物語には誇張はあるけれども、けっして「この世のほかの事」ではなく、全くの「そらごと」というわけではないこと、その「そらごと」さえも煎じつめれば「空しいものではない」こと、この二点である。

　物語は「そらごと」だ。これは当時の常識である。これを前提にして、なお物語にはつれづれの慰め以上の価値があるということを主張しようとするとき、どのような論法が有りうるだろうか。第一は、物語は「そらごと」ではなく「まこと」だと言うこと。これは根本的に常識を覆すことである。第二には、「そらごと」にも「まこと」と同じ価値があると言うこと。これは価値観の修正である。

源氏物語の光源氏の論法、第一については、「まこと」ではないが全くの「そらごと」でもない、と主張する。境界の曖昧化である。物語は「まこと」だと正面切っては言えないから、これが限界点であろう。しかも「この世の外の事ならず」という言い方で、「ありのまま」に言うのがたてまえの歴史書との連続性を確保した。

それでも物語は「そらごと」であることを完全には否定できないので、第二点において「そらごと」の有用性を主張する。そのさいに利用したのが仏教の価値観、具体的には仏法の「方便」である。対比的に言えば、うるわしき御法は「まこと」に当たり、方便は「そらごと」に当たる。うるわしき御法も方便もその趣意の帰するところは一つである。だから「そらごと」もまた帰するところは「まこと」に同じである。それ故、「そらごと」である物語も「空しからず」なのだとの論理である。

綱渡り的な論法だから、さすがの源氏も「よく言えば」と条件をつけた。「よく言えば」は「よい意味に解すれば」「善意に解釈すれば」ではなく、「上手に言えば」「巧みに説明すれば」の意味である。詭弁を弄したとのてい、れである。源氏が平安朝の貴族知識人と設定されているかぎり、本心から「物語はそらごとに非ず」と言うことはあり得ない。「よく言えば」と付すことで、紫式部は源氏の発言を当時の常識の中に収めたのである。

螢巻の物語論を読むときに留意すべきは、光源氏（紫式部）は一般的に「物語とは何か」という物語の本質を論じようとしているのではないということである。源氏が巧みな論理で主張しようとしているのは、物語の社会的有用性である。「女の心を遣る」「つれづれの慰め」ではない、日本書紀（歴史書）に匹敵する有用性である。「日本紀などはただかたそばぞかし、これらにこそ道々しくくはしき事はあらめ」は、物語の社会的有用性を極言したものである。そしてそれはこの場面で源氏が言おうとしていることの結論である。「その人の上とて」以下はその解説であって、着地点は「物語をいとわざとのこと」に言いなすことである。「わざとのこと」は即ち「道々しきこと」であり、「道々しきこと」は即ち「三史五経の道々しき方」（帚木）に連なる。三史に該当する本朝の史書は日本書紀である。いわゆる物語論の核心は、物語の社会的、極論すれば、政治的有用性の主張にある。紫式部日記に一條天皇が源氏物語を読んで、「この人は日本紀をこそ読み給ふべけれ、まことに才あるべし」と言ったと伝えられているが、物語は天皇が（為政者が）表だって読むに値する書であり、日本書紀よりも道々しいもの、それが螢巻にいう物語の価値である。

紫式部がかくも「そらごと」「まこと」に拘るのは、「子は怪力乱神を語らず」（論語述而）という儒教的価値観にあっては、事実（まこと）か、事実でない（そらごと）かということが評価を左右する基準だったからである。日本紀（日本書紀）は歴史書即ち事実を伝える書だから価値がある。物語は虚言《そらごと》だから価値が無い。物語は「そらごと」であり、それ故に価値を認められないというのは、前述のとおり、平安時代においてもごく普通の考えであった。

「そらごと」を価値無しとするのは、儒教のみならず仏教においても同じで、五戒の一つに「不妄語」がある。「他を誑《たぶら》かさんと欲して実を覆隠し異語を出して口業《くごう》を生ずる」（智度論）のを「妄語」と言い、それは成してはならない行為であった。

大鏡は雲林院の菩提講を語りの場としているが、老翁の世継は次のように言う。

さまでわきまへおはせぬ若き人々は、そら物語する翁かなと思すもあらむ。我が心に覚えて一言にてもむなしきこと加はりて侍らば、この御寺の三宝、今日の座の戒の和尚に請ぜられ給ふ仏、菩提を証とし侍らむ。中にも若うより十戒の中に妄語をばたもちて侍る身なればこそ、かく命をたもたれてさぶらへ。（雑々物語、角川文庫『大鏡』）

世継の言う「そら物語」は、この場合は歴史事実と異なる嘘の話というほど意味であるが、源氏物語螢巻にいう「そらごと」と異なるものではないであろう。それらは妄語であるという。三宝絵詞が「罪の根」というのも同じ発想である。そらごとは妄語戒にふれるけれども、紫式部は同じ仏教の中の方便の理屈を以てかろうじて妄語の誹りを逃れようとしたのである。

四　「まこと」「そらごと」の文学史——歌物語と家集と日記

現在、文学史では「物語文学」は幾つかの流れに部類されている。一つは、竹取物語に始まるいわゆる作り物語の系列があり、二つには、実在の人物に関する物語の系列、伊勢物語・平中物語・多武峰少将物語等のいわゆる歌物語がある。この他にも歴史物語、説話物語、軍記物語を加えることもできる。これらのうち作り物語と歌物語とは、今は伊勢・源氏と併称されることもあるほど近しい物と見なされているが、平安時代の価値観からすれば、作り物語と歌物語とには深い断絶がある。二つを区別する基準は、事実に基づいていているかどうか、である。

歌物語は、周知のとおり、多くの場合「何々物語」という名称の他に「何々日記」とも称される。

伊勢物語は在五中将日記、平中物語は平中日記（貞文日記）、多武峰少将物語は高光日記、和泉式部日記は和泉式部物語、等々。つまりこれらは日記すなわち事実を書いた物と見なされて享受されていたことを示している。蜻蛉日記が主張したごとく、あるいはたとえ本人が書いたのではなくても、本当のこと（歴史事実）を書いているというたてまえなのである。

伊勢物語等の系列の物語は文学史用語では歌物語と称するが、その物語の登場人物が詠んでいる歌は、実際に実在の本人が詠んだ歌と見做された。それ故、伊勢物語の「男」の歌が後に新古今集他の勅撰和歌集に業平の作として（或いは読人しらずとして）採録されることもあった。しかし、源氏物語等の作り物語の歌は、少数の例外はあるけれども、勅撰和歌集に採られることがない。「そらごと」の物語の中の歌はやはり「そらごと」であるから、天皇が公事として編纂せしめる勅撰集に採用することはできない。逆に、作り物語の歌だけを集めた風葉和歌集（文永八年［一二七一］成立）には歌物語の系列の歌は、実在の人物の歌とみなされてか、収録されていない。実（まこと）か、虚（そらごと）か、それは決定的な違いと認識されていたと言えよう。

無名草子は、光源氏が院になったこと（「太上天皇になずらふ御位」を賜ったこと）を「さらでもありぬべき事ぞかし」としたうえで、狭衣物語で「孫王にて父大殿の世より姓賜はりたる」狭衣が帝位に即いたことを「物語といふもの、いづれもまことしからずといふ中に、これはことの外なる事どもにこそあんめれ」と難じている。さらに寝覚以下多くの作り物語を論評した後に、

別の若き声にて「思へば、みなこれは、されば、いつはり、そらごとなりな、まことに有りける

ことをのたまへかし、伊勢物語大和物語などはげに有ることと聞き侍れば、かへすがへすいみじくこそ侍れ、それもすこし言へかし」と言へば（新潮古典集成九九頁）

とあるのも、物語の系列において「そらごと」「まこと」の区別をしていたことの顕れである。順徳院が言うところの「託事」と「有事」の区別も同じ見方に拠っている（本書第七章第三節参照）。

歌物語とある種の私家集とが極めて近しい関係にあることもよく知られた事実である。典型的には自らを大蔵史生豊蔭に仮託した藤原伊尹の一條摂政御集がある。大鏡に「いみじき御集をつくりて、とよかげと名のらせ給へり」と評されている。伊勢集の前半部分は歌物語的であるが、その部分を伊勢日記と称する研究者もいる。また元良親王御集、檜垣嫗集など。檜垣嫗集の写本の中には、蓮台寺本・祐徳神社中川文庫本（ともに京都大学国語国文資料叢書『檜垣嫗集』所収）のように和歌を地の文より下げて書いている、即ち物語の書写形態をとっているものもある。下っては建礼門院右京大夫集もまた歌物語的である。大斎院前御集・大斎院御集、四条宮下野集等は記録的（日記的）である。このように歌物語と日記と家集とが極めて近しい関係にあることは、小野篁を主人公とする歌物語「篁物語」が「篁日記」とも「篁集」（『私家集大成』には篁集として収載されている）とも称せられることに象徴されていよう。

遠さ近さを言えば、源氏物語と伊勢物語の距離よりも伊勢物語と一條摂政御集のそれの方が近い。源氏物語と古今集の間に伊勢物語を置けば、伊勢物語は古今集との距離の方が近い。源氏物語と日本書紀の間に古今集を置けば、古今集は日本書紀に近い。それが平安時代の文学に対する価値判断である。判断の基準は事実か否か、そらごとかまことか、である。事実に近づくほど価値は高くなる。

五　源氏物語の古典化と注釈の発生

源氏物語が表だって価値を認められるようになった契機は、和歌の世界で源氏物語が高く評価されたことにある。特に建久四年（一一九三）開催の六百番歌合の判者藤原俊成の役割が大きい。既に周知のことではあるが、その判詞（冬十三番「枯野」）を引用する。

判云、左、何に残さむ草の原といへる、艶にこそ侍るめれ。右方人、草の原難じ申す条、尤もうたたある事にや。紫式部、歌よみのほどよりも物書く筆は殊勝なり。そのうへ花の宴の巻はことに艶なるものなり。源氏見ざる歌よみは遺恨のことなり。

千載和歌集の撰者である俊成のこの発言により、源氏物語は男性社会において正面から意義付けがなされた。かつて古今和歌集序においては漢詩の権威を借りる形で和歌の意義付けが行なわれたが、今度は和歌の権威を借りて源氏物語の意義が認められた。

こうして平安時代末期から鎌倉時代初頭には源氏物語が歌人の必読書となった。源氏物語を単に「つれづれの慰め」として読むのであれば、不明な箇所はとばして読めばよいから、注釈は不要である。ところが、源氏物語は歌人の必読書とされたので、不明の箇所には注釈が求められた。紫式部の時代から百年二百年と隔たるにつれ、風俗有職故実などに不明の箇所が増えてゆき、また引き歌引き詩など修辞的な点にも説明が要求されるようになった。源氏物語の古典化の始まりである。

源氏物語注釈書(3)が著されるようになると、弘安三年（一二八〇）、京都において伏見天皇（当時は東宮）の主催で飛鳥井雅有・源具顕・藤原康能他により十六箇条の難義につき議論されたいわゆる弘安源氏論義のように、源氏物語を読むうえでの不審の条々について議論されることがあった。このような議論を通して源氏物語の注釈は単に物語を読むための手段から学問へと形を変えてゆき、和歌詠作の為の源氏物語という価値観を脱して、源氏物語学というべき独自の分野の確立へと動くことになる。

南北朝時代の弘和元年（一三八一）、南朝の長慶天皇は源氏物語辞典ともいうべき仙源抄を編纂した。語釈をいろは順に配列されているのが特徴である。水原抄・紫明抄・原中最秘抄などの先行注釈書を利用し、源氏物語本文は定家自筆本で比校したという。仙源抄の歴史的意義は、源氏物語が語彙の面においても全く古典化したことを象徴していることである。いろは順に並べたということは、個々の文脈における個別の意義（文脈にふさわしい解釈）という範囲を越えて、語そのものの一般的意義についての説明を必要とし始めたことを意味している。南朝方という地理的文化的な条件を勘案しても、なおすでに源氏物語の語義辞典を必要とする時代にはいったのである。その同じ時代に北朝方で生まれたのが四辻善成の河海抄である。

六　河海抄——准拠論のこれまで

源氏物語注釈史において四辻善成が著した河海抄の果たした役割は極めて大きい。なぜなら、河海抄によって初めて注釈の世界で理論と実践の両面から儒教的意義付けがなされたからである。その方法が「准拠（準拠）」の指摘である。これまでも河海抄の特徴として「准拠」指摘のことは言われていたが、その享受史・注釈史における意義づけには、なお物足りないものがある。

河海抄の准拠とは、例えば物語内の時代や人物につき、冒頭の料簡（考察の意。総論に相当）に、

物語の時代は醍醐朱雀村上三代に准ズル歟。桐壺御門は延喜、朱雀院は天慶、冷泉院は天暦、光源氏は西宮左大臣、如此相当する也。（中略）光源氏をも安和の左相に比すといへども、好色の方は、道の先達なるが故に、左中将の風をまねびて、五条二条の后を薄雲女院朧月夜の尚侍によそへ、或は交野の少将のそしりを思へり。（玉上琢彌・石田穣二『紫明抄河海抄』一八六頁）

と言い、また別の箇所では、

京都の名跡など准拠なき事一事もなき也。（帚木巻　二条院の注　同書二二八頁）

此物語の（ならひ）古今准拠なき事をば不載也。（賢木巻　親添ひて下り給ふ例の注　同書二九五頁）

とまで言っている。

准拠が今どのように理解されているか、ごく手近なもので確認しておこう。准拠研究の道を切り開いた清水好子「準拠論」（『源氏物語講座第八巻』有精堂、昭和四七年）は簡明に「準拠とは物語中の人物や事件が連想させずにはおかない歴史上実在の人物や事件を指す」と定義しており、伊井春樹「準拠」

（學燈社『国文学』平成七年七月号）は、

物語に語られた事件や人物について、歴史的な事実が連想され、指摘できることがらをいう。たんなるモデル論や源泉ではなく、物語が成立している基盤や、組成をなす構造そのものが、歴史事実に支えられているとの認識による。これは物語一般にも適応できそうだが、とりわけ『源氏物語』の方法に限って言及される。

と概括し、「准拠」の語が弘安三年（一二八〇）の弘安源氏論義に初めて見えること、南北朝時代の河海抄において准拠論が完成したこと等を述べている。また、仁平道明「源氏物語の準拠」（學燈社『国文学』平成七年二月号）も研究史を概括して便宜がある。

さて、では准拠を指摘することは、源氏物語にとって如何なる意味を持つのだろうか。この事についてのこれまでの研究は物語の作り方の側面からの言及が主であったが、それはまた同時に読み方の側面をも併せもっていた。作者の側からの言及としては、例えば清水好子は、

私は以前、「源氏物語論」（塙選書、昭和四一年）において、物語の時代を延喜天暦と重ね合わせる書き方をしているのは、架空の物語に事実らしさを与えるためであり、さらに光源氏補佐の冷泉院時代を延喜天暦と同様、理想の政治が行われていた聖代とし、光源氏の政治家としての理想性を高めようとしたものだと解釈した。

しかし、いまその一部を訂正したいと思う。紫式部にとって、自分が現在書いている物語の虚構性について、それが真実らしさを害うなんらかの危険があるなどということはほとんど問題にならなかったのではなかろうか。（中略）史上実在の天皇の名が出てくるのは、意匠の問題であ

るよりは、彼女の書きたいことが明確な形をとってゆく過程で、たぐり寄せられ発見された骨格の一つだった。

すこし長い引用になったが、清水好子が准拠といわれるものの源氏物語における意味を作者の側から捉えようとしていたことはよくわかるであろう。

清水好子に続いて准拠論を進展させたのは田中隆昭『源氏物語　歴史と虚構』（勉誠社、平成五年）や日向一雅『源氏物語の準拠と話型』（至文堂、平成一一年）等である。田中隆昭は史記等中国の史書との関係をも視野に入れ、日向一雅は清水好子が指摘した「理想の政治」「聖代」の側面を儒教思想との関連の中で詳細に論じ、物語の表現に即して准拠を考察している。また吉森佳奈子『河海抄の源氏物語』（和泉書院、平成一五年）は、河海抄の准拠の指摘は四辻善成の読み取った源氏物語であるとして、読者の側の視点を強調している。

これらの研究は、河海抄が示した読みの方向を、作者の側と読者の側からの、あるいは時代時代の読みのあり方についての考察を深化させたが、いま私が本稿で明らかにしたいことは、何故に四辻善成は「此物語のならひ古今准拠なき事をば不載也」と言うまでに准拠をことさらに強調したのかということである。何故に四辻善成は准拠を指摘したのか、しなければならないと考えたか。いわば准拠指摘の思想的背景である。それは独り四辻善成のみならず、准拠指摘の始めとも言われる弘安の源氏論義における源氏物語の読み方、ひいては伊勢物語・古今和歌集の読み方とも関連する。

源氏物語の事件・表現のあらゆる部分に准拠が有るとし、それを指摘しようとする河海抄の注釈態度は何に由来するのだろうか。

一々に史実の反映を指摘する注釈の淵源を源氏物語螢巻の物語論義の「皆方々につけたるこの世の外のことならずかし」云々などと関連させる考えもある。これは作者の側から准拠を見る考え方と重なる。一方、四辻善成の側からの見方として奥村恒哉「河海抄の位置」（學燈社『国文学』昭和四四年一月号）は、河海抄の古書の利用は考証という様な意識乃至動機でなされたものではなく、その典拠を示すことによって源氏物語が王朝文化の正統のものであることを理解し、規範であることを提示し、河海抄が正統の文学の正統の理解者であることを明示しているのだという。

これらとは視点を異にする指摘が玉上琢彌「河海抄」（『日本古典文学大事典』岩波書店、昭和四八年）にある。氏は次のように言う。

注解には二つの方向が見られる。第一は、源氏物語の用語の典拠を注することで、（中略）そもそも漢詩漢文の制作は、典拠ある語をその典拠を生かして使うものであり、その依った典拠を正しく指摘するのが漢籍古典の伝・注・疏の目的の一つであるが、河海抄は、源氏物語を経書に准じて扱い、その「伝」もしくは「注」を作ろうとしたのであろうか。第二は准拠である。（中略）中国の儒教思想のもとでは仮作を蔑視し、史外史伝は「小説」に過ぎない。作者紫式部は、女なるが故に正史を書くを得ず、外伝の形で光源氏を物語りはじめたが、史実に即して物語ろうと試みたものをよく見て、准拠論をなすに至ったのであろう。本書は『毛伝詩経』の如き「善成伝源氏物語」というべきである。

簡略ながらこの指摘は示唆に富む。(4)一つは源氏物語と河海抄を経書と伝という関係で把握すること。これは源氏物語研究を儒学に等しい学問と見なすことに通ずる。いま一つは河海抄を詩経における毛伝に比したこと。ただし、毛伝に比し得ることが持つ重要な意味については、なお改めて論じなければならない。

七　隠された歴史事実を顕わす注釈書――伊勢物語と古今集の場合

後に詳しく述べるが、詩経の詩の表現の裏に隠されている史実を明らかにし、その詩の表現意図を説明するのが、毛伝や鄭箋にとっての注釈である。注釈のあり方をそのようなものと理解したとき、我が国においても河海抄よりも早く、しかももっと顕著な形でそれを行った注釈書がある。いわゆる冷泉家流の伊勢物語注釈書群がそれである。(5)

伊勢物語は在原業平の物語と考えられたので、歌人の読むべき書として高く評価され、注釈書も平安末期には出現していた。和歌知顕集（伊勢物語知顕抄、神風知顕正義集）は源経信に仮託されたものだが、成立は鎌倉初中期と考えられている。最も早い時期の伊勢物語の注釈書である。この注釈書の特徴は、伊勢物語の事件・人物等に全て具体的史実・人物を当てることである。例えば初段の、春日の里に狩りに行った日を「承和八年二月二十二日にゆく。三月二日かへる」と特定したり、女はらからを「雅楽のかみ近江の権の大丞紀有常がむすめども也。この時、あねは十九歳、いもうとは十七歳也」としたりする。巻末には登場する女性の殆ど全てに（幾段かには「これはつくりごと、体なし」ともするが）実人物を当てた一覧を付している。そして「以上九十三人、業平けさうしたる女は、此内に十二人也」ともいう。

知顕集は伊勢物語を業平の史実に基づいてそれを朧化して物語としたと理解し、朧化されている史実を顕示するのを目的としているごとくである。ただ、その内容は明らかな誤りであることが多く、著者自身も信じてはいなかったのではないかとも想像される。史実に無知な者に対してはある程度の説得力を持ったかもしれないが、著者にとっては知的遊びであったのかもしれない。

冷泉家の古注を集成した「冷泉家流伊勢物語抄」(伊勢物語抄、宮内庁書陵部蔵)と称される注釈がある。この注も伊勢物語の記事の一々に史実(めいたもの)を当てる。例えば、初段の年月日を承和十四年二〔三カ〕月二日の春日の祭の勅使として行ったとする。また、業平は十一歳で東寺の真雅僧正の弟子となり十六歳の年、勅使の前日、承和十四年三月二日内裏で元服した、童名を曼荼羅という等。稚児趣味がうかがわれるのは時代の反映であろう。なお、史実では承和十四年は二十三歳で左将監六位蔵人である。

これらの注釈は業平の正確な史実を記述することに目的が有るのではなかろう。いかにも史実めいた事を記して、伊勢物語の表現の裏に隠された事実を顕わすという姿勢なのである。だから、ことさら人の興味を引くような事を述べる。史実が無いときには自由に史実を作る。しかし、創作した架空の事件は、注釈書の中では相互に矛盾することはない。内容は荒唐無稽だが、極めて知的な操作である。和歌知顕集では九十三人のうち十二人に懸想したとあったが、冷泉家流伊勢物語抄では「業平一期会所女、三千七百三十三人也。其中に此物語には唯十二人をえらび入れたる也」と、段々に好奇に流れてゆくさまがうかがえる。三千七百三十三という数字にも何か典拠(おそらくは仏典か)が有るのだろうが、突き止め得ていない。

書陵部蔵伊勢物語抄は、識語に拠れば「今川了俊談議聞書相伝之時節、正徹書記談議説冷泉中納言持為説、為自見少々書加之間」云々とあり、その持為の説として、

> 持為説、古注相違、無作者。歌は誰にてもあれ、押而不可顕其作者云々。歌も詞も句面を本にせずば、難叶道理。心をふかく染て見に、やさしくおもしろからずといふ事なしと也。

という。「押して（強いて）其の作者を顕はすべからず」ともあるので、冷泉家でも持為（一四〇一〜一四五一）の頃には、あまりにも強引な附会の説を行き過ぎと考えていたようではある。しかし、鎌倉から室町時代にかけて、この種の注はおおいに好まれ、説話文学への影響も大きかった。

古今集においても同様の傾向を持つ注釈がある。鎌倉末期から南北朝時代の成立とされる毘沙門堂本古今集注はその代表的な注釈書の一つである。荒唐無稽であるにもかかわらず、注の内容がひとつの統一的世界を構成しているのは、冷泉家流伊勢物語抄などと同じである。具体的注の内容にも両者共通するところがあり、業平等をめぐって説話化された話が中世の古典学の世界に広く浸透していた事が知られる。この本の注の特徴は、「題しらず」「読人しらず」の歌についても詠歌事情と作者とを具体的に説明することである。例はどの箇所でもよいので、和歌は省略して注のみを示す（片桐洋一『毘沙門堂本古今和歌集注』による）。

（六一九）此哥ハ、業平童ニテ萬茶羅トテ、真雅僧正ノ弟子ニテ東寺ニ廿一マデスミケルニ、僧正片時モハナル、事ヲ歎侍シニ、淳和天皇ノ召テ暫ツカハサヾリシニ、僧正ノ読テ遣ス哥也。ヨルベナミトハ、内裏ナレバヨルベキ方ナシト云也。

（六二一）此歌ハ、文徳天皇ノ后ハ井ノ大臣ノ娘ヲ恋奉テ、人丸ガ読ル哥也。遂此后ニアヒ奉ケリ。此罪（ニ）依テ、人丸上総国ニ被流ケリ。

（六二七）此哥ハ、大友家持ガ娘天下一ノ美女ナリシヲ、文武天皇ノ思食ケルヲ、柿本ノ躬都良恋タテマツリケルヲ、通ト云名立テ、石見国ヘ流レケルトキ読テ奉ケル哥也。翌年メシカヘサレテ大連公曽祢永彦ガ子ニナセリ。大宝三年比也。于時右京大夫也。人丸一男也。（下略）

六一九は冷泉家流伊勢物語抄等と基本的に共通する注である(6)。六二一・六二七は時代も合わず事実無根であること言うまでもないが、人麻呂をかくのごとく扱うのも面白い。

毘沙門堂本古今集注に先行し、鎌倉末期の成立かとされる注で、「古今に三の流あり。一に定家、二に家隆、三に行家」という書き出しで始まる一群の注釈書が有る。片桐洋一により「三流抄」と仮に命名されているが（『中世古今集注釈書解題一（～六）』赤尾照文堂）、この注の内容が毘沙門堂本古今集注に極めて近い。

このような傾向を持つ注の流行は傍流だけでなく、中心に位置していた二条家の注にも影響を与えている。例えば、古今和歌集聞書（延五記）は二条家常光院流の注を堯恵がまとめたもので、二条流の代表的注釈書であり、内容も正統的なものだが、その堯恵は自筆の古今集本文に三流抄系の注を抄約して書き込んだ本を作っている。[7] 三流抄的注釈は説話の世界をも包み込んで、中世の文学理解の大きな流れを形成していたのである。

その説話的興味はそれとして、「題しらず」「読人しらず」の一々に具体的背景を注するのは、毛伝の注釈方法と同一である。

八　毛伝鄭玄注の注釈法――注釈が明らかにすべきこと

河海抄の准拠説のみならず、伊勢物語の注にも、古今和歌集の注にも、前述のように隠された史実を読み取ろうとする注釈姿勢があるということは、なぜこのような注釈が流行したかを考える際に、河海抄、冷泉家流伊勢物語抄、毘沙門堂本古今集注等の個々の注釈書の問題としてではなく、この時代の文学観の問題として取り扱うべきことを示している。

律令時代の文学観が儒教のそれ、具体的には毛詩鄭玄注のそれであったことは、既に度々述べた。その毛伝の個々の詩に関する注は、総論を大序というのに対して小序と呼ばれるが、それは詩経の詩を具体的な史実や人物に宛てて理解しようとするものである。例えば、周南の詩は文王と関連して理解されているし、邶風の「緑衣」「燕燕」「日月」などは荘姜《そうきょう》と関連させて説明している。教化の立場から詩を解釈し、更にその詩を具体的な歴史上の事件・人物の事を詠じたものとして説明したのである。具体的な例を示そう。

例えば「緑衣」は「緑兮衣兮　緑衣黄裏　心之憂矣　曷維其已」と始まる詩である。吉川幸次郎『詩経国風』（岩波書店、昭和三三年。引用は四四年版による）は毛伝を紹介するのみで新しい説明を加えていないが、白川静『詩経国風』（平凡社、平成二年）は「衣裳をかかげて故人を偲ぶ詩である。（中略）美しい悼亡の詩である」と説明している。ところが、毛詩[8]の詩序はこの詩を、

緑衣は、衛の荘姜、己を傷《いた》むなり。妾上僭《じょうせん》し、夫人位を失ひ、而して此の詩を作るなり。

と説明する。

また「燕燕」は「燕燕于飛　差池其羽　之子于帰　遠送于野　瞻望弗及　泣涕如雨」と始まる四章からなる詩。吉川幸次郎は古注に近く「不幸な同僚の旅立ちを見送る貴婦人の歌」とするが、白川静は「遠く嫁ぎゆく女を送る歌」とする。詩序は衛の荘姜に関連させて、

燕燕は、衛の荘姜、帰妾を送るなり。

と言う。さらに鄭玄の箋注では、

荘姜子無く、陳の女戴嬀《たいぎ》子を生む。名は完。荘姜以て己が子と為す。荘公薨じ、完立つ。而して州吁《しゅうく》之を殺す。戴嬀是に於て大帰す。荘姜、遠く之を野に送り、詩を作りて己の志を見《あら》はす。

と、その背景を詳しく説明している。鄭箋等に言うこれらの詩の背景を、吉川幸次郎は「荘公と荘姜

の間には子がなかったため、もう一人のきさきで、陳の国から嫁入って来ていた戴嬀という女性が生んだ男子を、荘姜はわが子として育てていた。BC七三五年、荘公がなくなると、その子が即位して、衛の桓公となったが、別のいやしい妾の生んだ子で、州吁という乱暴な王子が勢力を得、異母兄桓公を殺して、国をのっとったばかりか、桓公の生母戴嬀を、里方の陳へ追いかえした。かくまま子の簒奪者のために里方へ追いかえされる戴嬀をば、荘姜が野外に見送って作ったのが、この詩であるという」と説明している。

右の説明に出てくる州吁の関連では、「日月」には「衛の荘姜、己を傷《いた》むなり。州吁の難に遭ひて己の先君に答せられず、以て困窮するに至るを傷む詩なり」とあり、「撃鼓」には「撃鼓は州吁を怨むなり。衛の州吁兵を用ゐること暴乱。公孫文仲を将として陳と宋とを平らげしむ。国人その勇にして礼無きを怨むなり」と言う。

毛詩の詩序や鄭箋の説明はすべてがこのようである。歴史上の人物・事件と関連させて解釈する。現在の詩経解釈である民謡という発想はない。このような解釈の仕方は、前述の伊勢物語冷泉家流の注、また毘沙門堂本古今集注のそれと同じである。つまり冷泉家流伊勢物語抄・毘沙門堂本古今集注のような注釈方法の淵源は詩経毛伝（鄭玄注）にあったとみなしてよいであろう。毛詩は律令時代の大学寮での詩経のテキストでもあったから、詩（ひいては和歌・物語）を解釈するということの意味をこれによって理解していたのである。

もちろん事は詩経の注釈だけではない。白居易の長恨歌が源氏物語桐壺巻の構想に利用されていることは既に常識に属する。その長恨歌は唐の玄宗皇帝と楊貴妃との悲劇を題材としているが、本文は

「漢皇重色思傾国（漢皇色を重んじて傾国を思ふ）」と始まり、漢代のこととして賦す。従って注釈は、漢皇とは実は唐の玄宗皇帝であり、「楊家有女初長成（楊家に女有り初めて長成す）」とは楊貴妃のことであると説明することになる。長恨歌成立後まもなく出現した陳鴻《ちんこう》の長恨歌伝は、玄宗と楊貴妃の史実の一々を丁寧に説明して、詩経に対する毛伝鄭玄注の役割を果たしている。

例えば、長恨歌の「七月七日長生殿　夜半無人私語時　在天願作比翼鳥　在地願為連理枝（七月七日長生殿、夜半人無く私《ひそか》に語りし時、天に在りては願はくは比翼の鳥と作《な》り、地に在りては願はくは連理の枝と為らむ）」に対応する長恨歌伝の説明は次のようである。いま訓み下して引用する（本文は近藤春雄『長恨歌・琵琶行の研究』明治書院、昭和五六年）。

昔天宝十載、輦《れん》に侍し暑を驪《り》山に避く。秋七月、牽牛織女相ひ見《まみ》ゆる夕、秦人の風俗、是の夜、錦繍を張り、飲食を陳《つら》ね、瓜華を樹《た》て、香を庭に焚き、号して乞巧と為す。宮掖《きゅうえき》の間、尤も之を尚ぶ。時に殆ど夜半なり。侍衛を東西の廂に休ませ、独り上に侍す。上肩に凭《よ》りて立ち、因りて天を仰いで牛女の事に感じ、密かに心に相ひ誓ふ。在天願作比翼鳥（下略）

このような形で陳鴻の長恨歌伝は、白居易の長恨歌からは直接に知り得ない背後の知識を提供している。白居易の側から言えば、冒頭の漢皇云々は唐の帝室を憚ってのことであるが、詩経解釈との関連で言えば、毛伝の解釈法を裏返しにした創作法とも言えよう。

長恨歌の創作法及び解釈は、我が国の長恨歌の注釈では伊勢物語のそれと同じと見做されている。

例えば、室町時代後期の清原宣賢の著とされる長恨歌抄（鈴木博『長恨歌琵琶行抄』清文堂出版、昭和五三年）では「漢皇云々」について次のように説明している。

唐ノ玄宗ノ事ヲ云フトテ何ゾ漢皇ト云フヤ。白楽天ハ唐ノ代ノ者ナルホドニ、唐皇トハ不云《いはず》シテ、漢ヲ借テ、唐皇ノ事ヲ隠シテ、漢皇ト云。伊勢物語ニ、業平ヲ隠シテ、昔シ男ト云ガ如シ。

このような創作法に拠って伊勢物語や源氏物語が書かれていると考えれば、注釈はおのずから隠された事実を探ろうという方向に進むであろう。それが極端になり、史実が発見できなければ虚偽の史実を捏造してでも隠された史実を顕してみせようとする者も出現した。中世の奇を好む風潮とも相俟って、冷泉家流伊勢物語抄や毘沙門堂本古今集注のような注が行なわれたのであろう。

九　毛伝と物語学――河海抄が目指したもの

表現の裏に隠されている歴史事実を明らかにするという注釈態度は、河海抄も冷泉家流伊勢物語抄も毘沙門堂本古今集注もみな同じなのだが、河海抄は他と異なって捏造に堕することはない。その手前で踏みとどまっている。その四辻善成の禁欲的態度から推察するに、大学寮の「文章道」等に匹敵する「物語道」の確立を思い描いていたのではないかとも想像できる。

善成は河海抄作者としての筆名を「正六位上物語博士源惟良」としている。「惟良」は源氏物語に登場する源氏の随人惟光と良清との合成であり、また「物語博士」という官職も実在しない。文章博士・明経博士などに倣っての戯れである。文章博士は大学寮の文章道の正教官の職をいう。されば「物語博士」は「物語道」の正教官の職の謂である。残念なことに、それは戯れでしかありえないが、それでも「物語博士」と戯称したところに、物語学・源氏学の宣明と、自らをその博士（教官）であるとする自負は見てよいであろう。

実はこの戯れには先蹤がある。平安後期の藤原季綱の撰になるともいわれる本朝続文粋巻三の「策」には、和歌に関する策問と対策とが採録されている。策問は「和歌を詳にせよ」で、問者は「従四位下行和歌博士紀朝臣貫成」であり、解答である対策の作者は「和歌得業生従七位上行志摩目花園朝臣赤恒」である。策問は約一五〇字、対策文は約四〇〇字の堂々たる漢文で、古今集序に拠りつつまともに和歌の意義について論じており、内容には見るべきものがある。ただ、和歌博士・和歌得業生は架空の官職である。(9) 文章博士・文章得業生の対策に模した戯れである。博士の紀貫成は、紀貫之と歌経標式の編者である藤原浜成の合成であり、花園赤恒は山辺（山部）赤人と凡河内躬恒の合成であろう。これらの実際の作者が誰であるかは未詳だが、和歌を漢詩文における文章道（紀伝道）と同じく大学寮のいわば「和歌道」として位置づけたかった、そのような意識の顕れであろう。

和歌は漢学ではないから、勅撰集の権威を以てしてもなお大学寮の「道」（専門のコースに相当する）に加わることはできない。それでも平安後期には和歌の学は家学として継承されるようになった。その和歌の学が家学として確立してゆく過程も、ここに詳述する余裕がないが、漢学の在り方を模している。その潜在的な羨望が続文粋のごとき戯作になって顕在化するのであろう。

物語は和歌よりも一層「道」に遠い。その物語注釈が学であろうとしたとき、仰ぐべき規範は毛伝であり鄭玄注であった。毛伝の注釈法を源氏物語に適用し得たとき、源氏物語を読むことは、単なる「女の心やり」「つれづれの慰め」ではなく、漢詩文を読むのと同等の有為の学たり得るのだとの信念が、四辻善成にはあったのかもしれない。戯れながらも、紫式部は螢巻で物語を日本書紀よりも「道々しい」ものだと光源氏に言わせた。四辻善成は、毛伝の注釈方法を規範とした河海抄を作ることによって、まさにその源氏物語の注釈と講義を「物語道」にまで押し上げようとしたのであろう。

　儒教に根ざす毛伝の文学観が支配する時代にあって、和文学である和歌と物語の価値の主張が如何になされたか。それを毛伝への対応の仕方を軸として、和歌・物語のジャンルを超えて把握すべきことを述べた。

注

（1）古辞書等の「そらごと」「まこと」の記述を参考までに掲げておく。「礑　丁蕩・帝當二反。貞実辞也。太々志支己止、又、万佐之支己止、又、万己止」（新撰字鏡）「偽　イツハリ（中略）ソラゴト」（名義抄）「（神武前紀）天皇覧之曰、事不虚也。［末己止奈利介利］」（日本書紀私記）「（応神紀九年）於是二人各堅執而争之、是非難決。［末古止、伊豆波利］」（日本書紀私記）。

（2）吉野瑞恵「日記と日記文学の間——『蜻蛉日記』の誕生をめぐって——」（『国語と国文学』平成一七年五月号）は、『蜻蛉日記』が「日記」であることによって、語られることの事実性を保証すると同時に、語られることを歴史の中で語り継がれ、参照されるべき「ためし」（先例）となることを論じている。「そらごと」の物語との比較するうえでも、『蜻蛉日記』の社会的な役割を考えるうえでも重要な視点である。

（3）源氏物語の研究史・享受史の概要を知るについては重松信弘『新攷 源氏物語研究史』（風間書房、昭和三六年、増補版昭和五五年）が便利であり、本稿でも多くこれに依っている。なお、藤原俊成の判詞をめぐる文学史的意義については松村雄二「源氏物語歌と源氏取り――俊成『源氏見ざる歌よみは遺恨の事』前後――」（『源氏物語研究集成第十四巻』風間書房、平成一二年）が有益である。物語のなかで平安末・鎌倉時代から注釈が施されたのは伊勢物語・源氏物語の二作品のみ。物語一般が評価されたのではなく、歌人の必読書として二作品が特別扱いされたことも、物語の価値を考えるうえでは重要な事実である。

（4）玉上琢彌『源氏物語研究　源氏物語評釈別巻一』（角川書店、昭和四一年）の河海抄に関連論文にはこのような記述はない。

（5）伊勢物語の古注については多く片桐洋一『伊勢物語の研究　資料編』に拠っている。なお、大津有一『伊勢物語古注釈の研究　増訂版』（八木書店、昭和六一年）も参考にした。

（6）片桐洋一『毘沙門堂本古今和歌集注』（八木書店、平成一〇年）の解説には冷泉家流伊勢物語注との関係が簡潔に説明されている。毘沙門堂本古今集注が「当時の『伊勢物語』の古注の読みを前提にして成り立っていることがわかる」「『冷泉家流伊勢物語抄』の作り上げた仮構の世界を基盤にして成り立っている」とも言う。

（7）拙稿「甘木市秋月郷土館蔵『古今和歌集』について」（福岡教育大学紀要二六号、昭和五二年）

（8）毛詩は『四部叢刊』により、冨山房『漢文大系』所収の毛詩を参考にした。

（9）この他にも架空のものとして、本朝文粋に「散楽得業生」の対策文があること、金原理氏の御指摘を受けた。

【付記】

伊勢物語の注釈方法に関連することとして、山本登朗「伊勢物語と毛詩――段末注記という方法――」

（『国語国文』八二巻八号、平成二五年八月）は、伊勢物語の段末に付された、例えば「これは二条后の、いとこの女御の御もとに仕うまつるやうにてゐたまへりけるを」云々（六段）のような注記が、ある時期の作者により毛詩の方法にならって作り出されたであろうことを論じている。

第三章　源氏物語螢巻の物語論義
――「そらごと」を「まこと」と言いなす論理の構造

一　物語論の問題点――平安朝の貴族知識人における事実と虚事

源氏物語螢巻の一場面、光源氏は、熱心に物語を書き写す玉鬘を相手に、或いはからかい或いはまことしやかに、「そらごと」である物語の意義を語る。その物語論といわれている光源氏のかたりについての現在の一般的理解は「源氏の本心とも冗談ともつかぬ体ながら、物語を、虚構の中に人間の真実を描くものとして高く評価する点は動かない。小説虚構論として、今日なお古びることのない新鮮な文学論といえよう」（新編日本古典文学全集頭注）「作り物語がかえって人を感動させる力を含みうるという、いわゆる虚構の真実を主張」（新日本古典文学大系脚注）に要約されよう。表面的事実を記す史書ではなく、虚構の物語こそが真実を描き得るのだという理解である。

しかしながら、このような理解は光源氏の、ひいては作者紫式部の意図をつかみそこねているように思う。むしろ全く逆の理解といわねばならない。「虚構の中に人間の真実を描く」「虚構の真実」という理解は近代人の価値観・文学観の投影であろう。光源氏に象徴される当時の男性貴族知識人の認識ではもとよりなく、何より物語本文から読み取れることでもない。

光源氏（源氏をして言わしめる作者）の言おうとしているところを端的に言えば、物語は事実に基づいており、まったくのそらごと（虚事。虚言。虚構といっても同じ）ではない、詮ずれば物語の趣旨は事実を伝える日本書紀のような史書と同じであって、それ故に社会的にも有意義で読むに値するのだというにある。物語はまったくの虚事《そらごと》というわけではないという言い方で、物語の事実性を主張した点が螢巻の物語論の要である。当時の儒教的価値観、事実にこそ価値があり虚事に価値はないという価値観に同調させたのである。平安時代、儒学を学んだすべての人々の理解として、虚構（虚事。虚言。そらごと）の中にいわゆる真実（まこと）は無い。

漢詩文はもとより和歌にもまた物語にも共通しているが、平安時代の文学観は儒教のそれである。具体的には詩経をいかに読むかである。それは書経等に原理が示され、論語・礼記・孝経等に実践の範が示され、毛詩大序に理論の体系化がなされ、小序に読みの規範が具体化されている。即ち、詩（詩経）の史書化・道徳書化であり、それぞれの政治的社会的立場において政治的道徳的教誡を読み取ることが詩（詩経）を読むことである、ということになろう。平安時代の貴族知識人はそれらの漢籍を通していわゆる文学の意義を学んだ。

それ故、つれづれを慰めるものでしかないと見なされていたそらごとの物語にも読むべき価値（社会的有用性）があると主張するためには、物語（そらごと）の史書化（まこと化）をはかる必要があった。それを最も早く試みたのが、戯れではあったけれども、源氏物語螢巻の光源氏（作者紫式部）だった。

そのことは既に本書第二章「詩経毛伝と物語学」に述べたのだが、物語観の歴史の一部として扱ったので、螢巻の本文の解釈はもとより、研究史を踏まえた記述をすることができなかった。「虚構の真実を主張」したとするような誤解が広く通行しているという事情もあるので、いま改めて螢巻の本文を詳細に検討し、物語論義の意義を明らかにしたい。

二　螢巻の物語論を読む

本居宣長に倣い[1]、螢巻の本文を追って解釈し考察を加える。他の引用と紛れないように、螢巻の本文にはアルファベットの記号を付す。源氏物語の本文は新編日本古典文学全集（以下、新全集と略称）によるが、漢字のあて方等、改めたところがある。螢巻の物語論には多くの先行研究がある。重要と思う事で本稿の記述と結論を同じくするものは注を付すよう努めたが、先行研究のすべてに目を通すことはかなわず、遺漏があるだろうことをお断りしておく。なお、阿部秋生『源氏物語の物語論　作り話と史実』（岩波書店、昭和六〇年）が最も周到懇切で教えられるところも多くあったが、一々は注記していない。また、石田穣二「螢巻の物語論について」（『源氏物語攷その他』笠間書院、平成元年）神野藤昭夫「螢巻物語論場面の論理構造」（『国文学研究』六七集）の両論文は本文の読みとして共感するところが多かった。

1　舞台設定――長雨のつれづれのすさびに

源氏が玉鬘を相手に物語を論ずる、その舞台の背景。

A長雨、例の年よりもいたくして、晴るる方なくつれづれなれば、御方々、絵物語などのすさびにて明かし暮らしたまふ。

六条院の女性たちは長雨のつれづれを物語に慰めている、と語り出される。言うまでもなく、物語が「つれづれ慰むるもの」(枕草子)であり、「女の御こころをやる」(三宝絵詞序)ものであることはこの時代の常識である。物語論義の背景を「晴るる方なくつれづれなれば」「絵物語などのすさびにて」としているのは、光源氏の物語論義を考える上で重要な設定である。物語に対する当時の常識の枠の中で語られていること、そして光源氏の物語論義自体が「つれづれのすさび」とも言えるかたちになっていることを示唆している。源氏を最高の教養人と設定しているかぎり、これから展開される源氏の物語論義は、つれづれのすさびとしてしか語りえない内容だからである。

さて、都に遠い筑紫に育った玉鬘は、物語を他の御方よりも一層めずらしく感じて、明け暮れせっせと書き読みしては、「まことにやいつはりにや、言ひ集めたる中にも、わが有様のやうなるはなかりけり」と思い、住吉物語の姫君の災難を我が身の太宰監の忌まわしさに思い比べたりもしている。

2 物語は虚言・偽り——夢中になる玉鬘を笑う

そこに源氏が姿をあらわし、物語に熱中する玉鬘を相手にからかうように語りかける。

B「あなむつかし。女こそものうるさがらず、人に欺かれむと生まれたるものなれ。ここらの中に

まことはいと少なからむを、かつ知る知る、かかるすずろごとに心を移し、はかられたまひて、
あつかはしき五月雨の髪の乱るるをも知らで書きたまふよ」とて笑ひたまふものから

物語は「まこと」にあらずして「すずろごと」であること、女の慰めであること、当時の男性知識人の常識に従った物言いである。吉岡曠「螢巻の物語論」（『作者のいる風景』笠間書院、平成一四年）は、これを「『まこと』と『いつはり』との単純な対比しか問題にされていないという意味で、『まことにやいつはりにや』という玉鬘の素朴な感想と、まったく同一次元の物語認識しか示していない」と評しているが、むしろ「まこと」と「いつはり」「そらごと」の素朴な対比こそが平安時代の文学認識を知る最も重要な手がかりである。そして「まことにやいつはりにや」という虚実をぼかした言い方も、後段の物語と史実とを連続させる論法の布石となっているであろう。

さらには「ここらの中にまことはいと少なからむを」という言い方も、後で日本書紀を持ち出す布石になっているように思われる。弘仁四年（八一三）の日本紀講書の記録である日本書紀私記（甲本）の序に日本書紀講書の必要性を説いている部分がある。必要部分を抜き出して示す。『新訂増補国史大系』により、割注は省略した。

日本書紀を編纂したことにより、天地混沌から衆類生成まで、神胤皇裔も掌を指すがごとくに灼然としたことを述べた後に、次のように言う。

世有神別記十巻、発明神事、最為證拠。然、年紀夐遠、作者不詳。自此之外、更有帝王系図、諸

> 民雑姓記、諸蕃雑姓記、新撰姓氏目録者。如此之書、触類而夥。踳駮旧説、眩曜人看。或以馬為牛、或以羊為犬。輙仮有識之号、以為述者之名。即知官書之外、多穿鑿之人。是以、官禁而令焚、人悪而不愛。今猶遺漏、遍遍在民間。多偽少真、無由刊謬。是則、不読旧記、無置師資之所致也。
>
> 世に神別記十巻有り、神事を発明して、最も證拠と為す。然れども、年紀夐《はるか》に遠く、作者詳ならず。此より外、更に帝王系図、諸民雑姓記、諸蕃雑姓記、新撰姓氏目録なる者有り。此の如き書、類に触れて夥し。旧き説に踳駮《しゅんばく》し、人の看を眩曜す。或いは馬を以て牛と為し、或いは羊を以て犬と為す。輙《みだり》に有識の号を仮りて、以て述者の名と為す。即ち知る、官書の外に穿鑿の人多きことを。是を以て、官は禁じて焚かしめ、人は悪《にく》みて愛《をし》まざれども、今に猶ほ遺漏し、遍遍として民間に在り。偽り多く真少なけれども、謬《あやま》りを刊《けづ》るに由無し。是れ則ち、旧記（原注、日本書紀古事記諸民等の類）を読まず、師資を置く無きの致す所なり。

右には、日本書紀等の官撰の書ではない、正統ならざる諸書、それらは正しい旧説に背き乱れていて、見る人を眩惑させるもので、馬を牛と言い羊を犬という類であり、しかも勝手に述者を有識者の名に仮託した信ずべからざるものだという。民間に伝わっている書は「偽り多く真少なし」だ、という考えが確固として在る。平安時代は古事記も史書と見なされている(2)が、その序に天武天皇の詔として、帝紀を撰録し、旧辞を討覈《とうかく》し、「偽りを削り実を定めて」後葉に流《つた》へむと欲す、ともある。

要するに官撰以外の書には「偽り」が多く「実《まこと》」は少ないということである。官からするこの認識は、物語をいつわり・そらごととする認識に直截に通ずる。

光源氏が物語を「ここらの中にまことはいと少なからむを」と言い、次（C）に「古事《ふるごと》」「偽り」と続けるのは（作者がそう言わせたのは）、さらに後段（E以降）の日本書紀（真実）と物語（虚偽）との対比の中で物語論義を展開するための布石としていたのだと考えてもよいであろう。

3　源氏の体験による常識の再確認

さて、その物語に夢中になる玉鬘をからかい笑って、まずは話の糸口とした。しかしながら、源氏は「笑ひたまふものから、また」玉鬘の意を迎えるように言葉を継いで言う。

C「かかる古事ならでは、げに何をか紛るることなきつれづれを慰めまし。さてもこのいつはりどもの中に、げにさもあらむとあはれを見せ、つきづきしく続けたる、はたはかなしごとと知りながら、いたづらに心動き、らうたげなる姫君のもの思へる見るに、かた心つくかし。また、いとあるまじきことかなと見る見る、おどろおどろしくとりなしけるが、目おどろきて、静かにまた聞くたびぞ、憎けれど、ふとをかしきふしあらはなるなどもあるべし。このごろ、幼き人の女房などに時々読ますするを立ち聞けば、ものよく言ふ者の世にあるべきかな、そらごとをよくしなれたる口つきよりぞ言ひ出すらむとおぼゆれど、さしもあらじや」とのたまへば

この段は女が物語に心ひかれる理由を述べるかたちで、物語の特徴を語っている。一読すると物語を肯定しているようにも見えるが、物語は「つれづれを慰め」るものであり、「ものよく言ふ者（巧

みに話をする者）」が「はかなしごと（つまらない事、とりとめのない事）」「あるまじきこと（有るはずのない事）」を「虚言《そらごと》をよく（巧みに）しなれたる」口から言い出した「偽り」だという常識を、源氏の体験を通して再確認している。

この段でいまひとつ留意すべきは「ものよく言ふ」「そらごとをよくしなれたる」という言い方である。この「よく」は、上手に、巧みに、の意。「虚言を巧みにし馴れている」の意である。後段の「よく言えば、すべて何事も空しからずなりぬや」と同じ言い回しなので、その段で再度取り上げる。

なお「いつはり」と「そらごと」の違いは、阿部秋生『源氏物語の物語論』に詳細な考証があるが、概ね「いつはり」は虚偽、事実を曲げて言うこと、「そらごと」は虚言・空言、根拠のない話、事実に基づかないこと、という程度の違いと理解しておいてよいであろう。なおまた、言うまでもなく「そらごと」は「虚言」でも「虚事」でも同じである。

4　玉鬘の反撥――源氏の思うつぼ

物語を「いつはり」「はかなしごと」「あるまじきこと」「そらごと」と畳み掛ける源氏に対して、玉鬘は、

D「げにいつはり馴れたる人や、さまざまにさも酌みはべらむ。ただまことのこととこそ思うたまへられけれ」とて、硯を押しやりたまへば

と、源氏の偽り馴れた言動を当てこすりつつ、「まこと」の語を以て応じる。先に玉鬘は物語に描かれていることを「まことにやいつはりにや」と思っていた。玉鬘自身は偏に「まこと」とは思っていないのだが、いわば売り言葉に買い言葉で、「ただまことのこととこそ思うたまへられけれ」と言った。作者としては、源氏の蘊蓄を語る流れを、物語は「まこと」だという方向へもっていく切っ掛けにしたのである。

5　評価の転倒――度外れた御機嫌取り

玉鬘の「ただまことのこととこそ」を承けて、ここから物語は史書と同じだとする、光源氏の物語論の講義が始まる。

E「こちなくも聞こえおとしてけるかな。神代より世にあることを記しおきけるななり。日本紀などはただかたそばぞかし。これらにこそ道々しくくはしきことはあらめ」とて、笑ひたまふ。

源氏が笑うのはからかいの続きであることを示している。貴族としての教育を受けた源氏の言うべきことではないからである。若い玉鬘への下心を含んだご機嫌取りと言ってもよい。(3)「笑ひたまふ」の注に「源氏の言には自己の本心を吐露しながらも、冗談めかした逆説と誇張がともなう」（新全集）「真意を述べた後の照れ隠しのような笑いか」（新大系）と説明するのは本末が逆である。源氏の本心・真意でないから笑うのだと解すべきであろう。源氏はこの場面の初めから笑っている。作者紫式部の真意がどこにあるかは、また別のことであるが。

玉鬘の「まことのこと」を承けて、源氏は比較の対象に「日本紀」を持ち出した。日本紀を六国史等の総称とする注が多いが、それは誤りであって、日本紀は日本書紀である。そのことは別に本書第四章に述べているのでここには述べない。日本書紀を持ち出しているのは、本朝の史書として日本書紀が「まことのこと」の代表だからである。日本書紀は本朝の為政者の必読書であった。公卿を対象とし、太政官の人々を陪聴者とする日本書紀の講義、いわゆる日本紀講書は平安時代初期から村上朝まで、ほぼ三十年おきに継続して催された。[4] 日本書紀は三史五経に準ずる道々しき書である。

儒学は歴史書に政教的効用を認めていた。杜預《どよ》が春秋左氏伝序に左氏伝の叙法に五原則があることを説明し、「此の五体を推して以て経伝を尋ね、類に触れて之を長じ、二百四十二年の行事《こうじ》に附くれば、王道の正、人倫の紀、備はれり（推此五体、以尋経伝、触類而長之、附于二百四十二年行事、王道之正、人倫之紀備矣）」（『全釈漢文大系文選六』集英社）と言っているのを挙げるだけで十分であろう。

本朝の日本書紀・古事記等の史書についても、その事情は同じである。そのことは阿部秋生『源氏物語の物語論』第三章八節に詳しく述べられているが、ここにその一つ二つを示せば、古事記序の天武天皇の詔に撰書の理由を「斯れ乃《すなは》ち、邦家の経緯にして、王化の鴻基《こうき》なり」と言い、日本後紀序に「毫釐《ごうり》の疵をも隠す無く、錙銖《ししゅ》の善をば咸《み》な載す。炯戒《けいかい》是に於いて森羅たり、徽猷《きゆう》所以《ゆゑ》に昭晣《しょうせき》たり。史の用たるや蓋《けだ》し斯《か》くの如きか（無隠毫釐之疵、咸載錙銖之善。炯戒於是森羅、徽猷所以昭晣。史之為用、蓋如斯歟）」と言う。毫釐・錙銖は微細なこと。炯戒は明白な誡め。徽猷は善なる道。これらだけでも貴族知識人が史書の効用をどのように考えていたかを知ることができよう。公的史書（正史）は道々しきことの最たるものである。ところが源氏は、その日本書紀などは「ただかたそば」なのですよ、物語にこそ「道々しく詳しきこと」があるようですと、冗談としか思えないことを言う。

6 日本紀はまともに扱う書ではない――「かたそば」の語義

注釈書では「ただかたそばぞかし」は「ほんの一面にすぎない」(新全集)「ほんの片端にすぎない」(古典集成・新大系)「ほんの一部分に過ぎないものであるよ」(大系)「ほんの一面に過ぎないさ」(玉上評釈)と訳されている。しかし、この言葉は意外に難物で、一面とか一部分とかの意ではあるまいと思う。それ故、ここで「かたそば」の語義の検討を行う。用例は源氏物語には七例あるが、他に多くはない。

(イ)よしある岩のかたそば(片阻。岩の尖って突き出た所)に(明石②二七二頁)

(ロ)「つきせぬものかな。このごろの人はただかたそば気色ばむにこそありけれ」などめでたまふ。(梅枝③四二二頁。嵯峨天皇筆の古万葉集、醍醐天皇筆の古今集を見た後の、此頃の人の書に対する源氏の感想)

(ハ)ひき隠したまはむも心おきたまふべければ、かたそばひき拡げたまへるを、後目《しりめ》に見おこせて添ひ臥したまへり。(若菜上④七二頁。源氏に宛てた女三宮の和歌を紫の上が目にする場面)

(ニ)見えたまひぬべしやとのぞき歩きたまへど、絶えてかたそばをだにえ見たてまつりたまはず。(紅梅⑤四四頁。大納言、継娘を覗き見ようとするも、見るを得ず)

（ホ）うつぶして御覧ずる御髪のうちなびきてこぼれ出たる、かたそばばかりほのかに見たてまつりたまふが飽かずめでたく（総角⑤三〇四頁。匂宮、絵を見る女一宮を几帳越しにかいま見る場面）

（へ）（和歌……）と書きたる手、ただかたそばなれど、よしづきておほかた目やすければ、誰ならむと見たまふ。（蜻蛉⑥二六八頁。薫大将、六条院の女房に歌を詠み掛け、返歌の主をいぶかる）

（ト）え歩み隠れず、かたそばみて傘を垂れかけて行けば（落窪物語巻一。雨中を姫君のもとに行く途中、衛門督に行き会い、小路の片側に避けてすれ違う場面）

（チ）東三条の御桟敷の御簾の片端押しあげさせたまひて、四の宮（敦道親王）色々の御衣どもに濃き御衣などの上に織物の御直衣を奉りて、御簾のかたそばよりさし出させたまひて（栄花物語・さまざまのよろこび　一四七頁）

古語辞書などでは、一部分、片端などの訳が付けられている。しかし、源氏物語等の用例を通覧するに、「そば」は「側」で、「かたそば（片側）」は「正面」に対する「ちょっと横」、「主」に対する「片脇」というほどの趣意であろうか。転じて、真向かいではない、まともではない、完全ではない、の意にもなったかと思われる。側目《そばめ》、側《そば》むなどとも通じるであろう。なお、崖の意である（イ）の片阻《そば》の例は和歌にも見られる。（ト）の例は動詞形。身を路の片側に寄せてすり抜けようとする様である。（チ）は御簾のちょっと横の方から、の意であろう。「御簾を片端押し上げ」は、連なっている御簾の一部分を上げたのであろう。（ハ）（ニ）（ホ）は一部分の意ではなくて、堂々と拡げたり、正面からまともに見たりするのではないさまを言うであろう。実態としては一部分しか見えないであろうが、言い方としては量ではなく質にかかわる表現であろう。(ロ)にしても「部分的に趣向をこらす」の意ではあるまい。部分ではなく質にかかわって、ほんの横っちょに(上っ面を)格好つけているだけだったのだなあの意であろうか。(ヘ)の例、「ほんのちょっと一部分ではあるけれども。その女房のかいたものを全部みたわけではないけれども」(玉上評釈)「ほんの一首ながら」(新全集)と解されている。しかし、薫大将ほどの貴族が女房の筆跡を評するのに、全部を見てからでなければはっきり言えないが、などと保留をつけるはずもないであろう。やはりこの例も量ではなくて質であり、正面からまともに評するほどではないが(まったく二流ではあるが)、それなりに趣きも備わり見た感じもよいというほどの意味ではなかろうか。

もし幸いに上記の検討が大きくは誤っていないとすれば、「日本紀などはただかたそばぞかし」は、おそらく日本紀(日本書紀)は真実の一面しか伝えていないと言っているのではあるまい。日本紀(日本書紀)は「かたそば」即ち、片脇に置いておく程度のものだ、主ではなく脇だ、まともに扱うべき書ではないと言っているのであろう。ニュアンスとしては、日本紀などはまったく二流の書なのですよ、というに近いだろうか。

7　物語こそ学問的政治的に有用

日本書紀は三史五経にならぶ道々しさを持っていると見られていた。ところが、その道々しささえも物語にこそ備わっている、と源氏は言う。源氏の言は「道々し」の有価値を前提としている。そしてそれが物語には存在するという。道々しさという同じ評価基準の中で日本書紀よりも物語を上位に置いたのである。

ではその「道々し」とは如何なる意味か。「道々」が単独で用いられる例には「道々の才をならはせ給ふ」（桐壺）「道々に物の師あり」（絵合）等があり、道々は「それぞれの道」の意で、その道は専門の意である。それが形容詞化した「道々し」は、日本書紀との比較の中での発言であること、また源氏物語帚木巻に「おほやけに仕うまつるべき道々しきことを教へて」「三史五経の道々しき方を」云々とあるのを考慮すれば、阿部『源氏物語の物語論』が「三史五経など、儒教的性格をもっていることをいう語である。従って、『倫理道徳にかなっている』ということであり、また『政道に役立つ』というほどの意である」（九五頁）と説明する方向で理解してよいであろう。要するに「道々し」は、学問的（この場合の学問は儒教的な意味で政治道徳に役立つ学問である）の意である。新全集・新大系等も基本はこれを踏襲している。ところが、新大系脚注はさらに敷衍して、

「道々し」は道理にかなっている意。もともと三史五経に関わる語で、政道に役立つというイメージもある。物語は、単に事実を語るのに終始せず、人間や人間世界の説得的な詳細さを語るものとする。

と、政道に役立つというイメージも有るとしつつ、「人間や人間世界」という一般的普遍的範疇に拡大している。これらはおそらく阿部『源氏物語の物語論』の説を踏まえているであろうが、虚構の真実論を前提として読もうとしているのであろう。それ故、「朝廷に仕うまつるべき道々しきこと」「三史五経の道々しき方」という源氏物語の用法から離れて、本文の文脈からは出てこない普遍の「人間や人間世界」の方に引かれてしまったのではなかろうか。

古典大系（山岸徳平）は、日本紀については「如何にもほんの一部分に過ぎないものであるよ。正史は、社会の表面的公用の記事が主である」とし、物語は「事の理や人の行に基づく詳細な事――人間社会（社会生活）の裏面的私用、即ち社会の真相は記述せられているであろう」と言っていると解している。早くここにも二分法的思考が見られる。

日本紀＝部分的・表面的事実・公的記事の羅列
物　語＝人間・人生・社会の真実を描く

この二分法的思考は、おそらく無意識のうちに、歴史と文学に対する近現代の思考パターンのひとつである、文学は事実を越える真実を描くのだ、権力者の編纂した正史には事実の断片はあっても真実はない、という思考パターンをそのまま螢巻の物語論に当てはめた結果であろう。正史の記事が事実かどうかは検討を要するが、しかし、平安時代の価値観は、事実は即ち真実であり価値がある、虚構は即ち虚偽であり価値はない、であった。

源氏が「これらにこそ道々しくくはしきことはあらめ」という、その「くはし」は詳細の意だが、「道々し」と並べて用いられるからにはそれなりの特別な意識があるであろう。ここ螢巻では「世に経る人のありさま」つまり人物の伝記に限るであろうが、史書の記述は詳しくないという通念がある。極端な例としては、いわゆる春秋の筆法。実は杜預は「春秋は一字を以て褒貶を為すと雖も、然れども皆な数句を須《ま》ちて以て言を成す。八卦の爻《こう》の如きには非ず」とも言っているのだが、簡略であることは疑いない。本朝の史書でも「錯綜せる群書は其の機要を撮《と》る、瑣詞細語は此の録に入れず（錯綜群書、撮其機要、瑣詞細語、不入此録）」（日本後紀序）「尋常の砕事は、其の米塩なるが為に、或は略棄して収めず（尋常砕事、為其米塩、或略棄而不収）」（続日本後紀序）とも言う。米塩は日常の些事。おそらくはそのような史書の簡略なる叙法を念頭に置いて、物語の方が詳しいと言うのであろう。

この段での源氏の発言の要点は、物語は日本紀以上に道々しく詳しいのだということにある。部分（日本紀）と全体（物語）、政治（日本紀）と人間（物語）、表面的事実の羅列（日本紀）と事実を越える真実（物語）というふうに二分して、これらを比較しているのではない。同じ基準の上に日本紀と物語をならべて道々しさ詳しさの優劣を論じているのである。その結果として、物語は日本紀以上に学問的で政治道徳の役にたつのだと、当時としては天地逆転の言辞を弄して「笑ひ給ふ」た。貴族知識人たる源氏は、物語を「ただまことのことと思う」と言う玉鬘を「お言葉のとおり、物語の方が日本紀（日本書紀）よりもずっと専門的で詳しいですね」とからかい、笑っている。平安時代の読者もそのように読んだであろう。

8　物語は事実を素材とする

源氏と玉鬘との間にかわされる「いつはり」「そらごと」と「まこと」の問答により、「そらごと」と「まこと」の違いは、当時一般に、物語（そらごと）と日本書紀・史書（まこと）の違いとして捉えられていたことが知られる。にもかかわらず、源氏は、物語は日本書紀よりも道々しい、即ち物語は「まこと」だと強弁した。これを証すべく光源氏の物語についての講義が続く。物語論義の着地点はEの論証、即ち物語は史書以上に道々しく、読むに値するものだ、にある。そこに結論を導くために、源氏は如何なる論法を用いているか。

F「その人の上とて、ありのままに言ひ出づることこそなけれ、よきもあしきも、世に経る人のありさまの見るにも飽かず聞くにも余ることを、後の世にも言ひ伝へさせまほしき節々を、心に籠めがたくて言ひおきはじめたるなり。よきさまに言ふとてはよきことのかぎり選り出でて、人に従はむとてはまたあしきさまのめづらしきことをとり集めたる、みな方々につけたるこの世の外のことならずかし。」

この段は物語が「そらごと」「いつわり」ではないことを説明しようとしている。その要点は傍線部分、物語は、誰それの事としてありのままに言ひ出だすことはないが、すべてそれぞれに関することの世の外の出来事ではない、ということである。新潮古典集成頭注に「以下、物語の詳論。物語には誇張はあるが、この世の人間の姿を伝える点では国史と変らないという主旨を展開する」という説明は、よく要点を押さえている。

その人のこととして「ありのまま」即ち事実のとおりに言えば、それは日本書紀のような記録としての史書である。史書は善悪を隠さずありのままに伝える。そのことは前引の日本後紀序にも見えているが、初学記・史伝（事対「不虚美・謂実録」[5]）に「魏志に曰く、王肅《おうしゅく》、明帝に対《こた》へて曰く、司馬遷は事を記するに、美を虚しうせず、悪を隠さず。劉向《りゅうきょう》・揚雄《ようゆう》、其の事を叙して良史の才有るに服し、之を実録と謂ふ（魏志曰、王肅対明帝曰、司馬遷記事、不虚美、不隠悪、劉向揚雄服其叙事有良史之才、謂之実録）」とあり、また同じく「方志・直文」に「漢書に曰く、劉向・揚雄、皆な遷の良史の才有るを称す、其の文は直にして、其の事は核たり、美を虚しうせず、悪を隠さず（漢書曰、劉向揚雄皆称遷有良史之才、其文直、其事核、不虚美、不隠悪）」ともあって、史家たる司馬遷が、美悪を隠さず、文章は筆を曲げず、事柄は厳格に書いたことを、事実を記録したとして称賛している。そのようにして書かれたものが「実録（事実の記録）」たる史書である。

この史書執筆の理念は本朝にも受け継がれ、「毫釐《ごうり》の疵をも隠す無く、錙銖《ししゅ》の善をば咸《み》な載す」（日本後紀序）「言事を述べて廃興を徴《あらは》し、善悪を甄《あきらか》にして懲勧に備ふ（述言事而徴廃興、甄善悪以備懲勧）」（日本三代実録序）と言い、本朝文粋巻九の二篇の後漢書竟宴詩序（紀長谷雄、菅原道真）にも「直筆」の語がみえる。史書は善も悪も隠さず曲筆せずありのままに書き、それを後世に伝えることで、国家興亡の徴証、勧善懲悪の備えとなる。これは史書が実際にそうであったかどうかの問題ではなくて、かくあるべき理念、かくあるはずの理解である。

物語は、光源氏の言うところに拠れば、――世に経る人の有様で、見ても聞いてもまだ飽き足りないこと、後世にも言い伝えさせたい事々を、心に籠め置きがたくて言いおき始めたもの、それが物語の起こりである。それは史書の趣旨、「釈名曰く、伝は伝也、伝を以て後人に示す（釈名曰、伝伝也、以伝示後人）」（藝文類聚・史伝）「後葉に流《つた》へんと欲す（欲流後葉）」（古事記序）とも本質は異ならない。物語と史書とで異なるのはその伝え方である。即ち、物語は、善き様に言うとなると善い事だけを選び出し、人の興味に従おうとなると悪しき様で珍奇な事ばかりを取り集めている。伝えたいことや聞き手（読者）に合わせて素材を取捨選択し誇張強調している。物語は直筆しない。だから、物語は「そらごと」と思われているけれども、語られていることは全てそれぞれにつけてこの世の外の事ではない。この世の外の事ではないという点で、物語は歴史的事実に繋がっている。そして「ありのま

ま」ではないけれども、人々の有様を後世に伝えようとしている点では、史書と趣意は同じなのだ。(6)

これが物語についての光源氏の説明である。光源氏は、物語と史書との類同性を確保し、両者を同一線上にならべた。その意味で「この世の外のことならず」の一文がこの段の要である。

従来、この段を物語の創作方法の記述として読む読み方がある。例えば、阿部秋生『源氏物語の物語論』は次のように述べている。すこし長くなるが、肝要の点なので必要部分を引用する。

物語には「虚構(fiction)」と称する基本的方法があって、実際の史上の人物・事件とは全く見えないほどに変形することがあるという。(中略)物語は、これらの虚構を加えられて、実話の本来的な形や色から離れて「そらごと」といわれるものになる。こうして、(中略)人間とはこうしたもので、こうして生きてゆくものだという人間の本来的な姿が一段と鮮明に語られる。だから紫式部は、物語というものは、史実・実話と似ても似つかぬところまで姿を変えてしまうことはあるが、史実・実話の中の肝腎の語り伝えるべき部分、つまり「世にふる人のありさま」は、どのように虚構されても、物語の中に歴として残るもの、残すものと考えていた、つまり物語は、史実・実話に基づいて作られるものだとしているところがあったと思われる。その意味で、物語は、実話からどんなに離れていても、語り伝えようとしている中心的なものは、実話に由来するこの現実の世の人間の姿である。その意味においで、根も葉もない「そらごと」ではないのだと考えていたと思われる。(九七・九八頁　傍線は引用者)

『源氏物語の物語論』は第一に参照すべき先行研究であり、実際に多く教えを得ているのだが、読解の基本的なところで拙論とは方向が異なり、なかなか直截に引用しにくいところがある。しかもその論述は周到緻密で、一部分を抜き出し難いのだが、やむをえない。

さて、右の引用、前半の棒線部は源氏物語の本文には書かれていないことであり、かつ行間からも窺えないことである。本文で語られているのは後半の波線部分である。物語は実話に基づいており、根も葉もない「そらごと」ではないのだ、ということが本文の語るところである。ところが、それを阿部秋生は紫式部の創作法・創作理念として記述している。その創作方法・理念は本文に直截には書かれていない。にもかかわらず、氏の論述は棒線部（方法・理念）の記述がさきにあって、「つまり」で繋いで波線部にもってゆく。順序が逆である。問題は、波線部を棒線部の記述の根拠となし得るかである。言い換えれば、いま仮に波線部分を前に書いて、「つまり」で繋いで棒線部分の解釈が可能かということである。

光源氏は物語に虚構という基本的方法があるとは言っていない。虚構を加えられて「そらごと」になるとも言っていない。源氏が言っているのは、物語は人が世に経てきた有様を語るとき、ありのままではなく、誇張強調、素材の取捨選択、読者への迎合などはあるが、それもこの世の外の事ではない、即ちまったく根も葉もないそらごとではない、ということである。発言の趣旨は虚構・そらごとの肯定ではなく、否定であり、物語における事実性の強調である。「虚構」の方法で「人間の本来的な姿が一段と鮮明に語られる」というようなことはどこからも読み取れない。逆である。この読みには「虚構の真実」という例の図式の当てはめが見られる。

阿部秋生『源氏物語の物語論』の解釈にこだわったのは、螢巻の物語論の研究史の中で、例えば福

長進「栄花物語研究の動向」（『歴史物語講座第二巻栄花物語』風間書房、平成九年）が、

螢巻の物語論の理解は、阿部秋生氏の「螢巻の物語論」や「日本紀と物語」によって定説化された観がある。すなわち、阿部氏は、正史における事実の羅列では表しえない人間の真実を、物語は虚構の方法によって描くことができるという主張ととらえる。

とまとめているように、この理解がずっと今に至るも踏襲され続けているからである。物語を虚構の真実、歴史書を事実の羅列と理解する限り、螢巻の物語論も他の平安時代の物語論も、平安時代に即した理解に至ることはない。

9　表現様式には国と時代による違いがある

史書と物語との趣意の類同性と素材の連続性を述べ終って、次に源氏は史書と物語の表現様式の違いについて説明する。表現様式（漢文と仮名文）が見た目には両者の最も顕著な違いだから、このように異なっていても、何故に仮名の物語が漢文の史書と同じ趣意を有すると言えるのか、物語はそらごとではないと言うためには、その説明はどうしてもしなければならない。それが次の段落である。

Gひとの朝廷《みかど》のさへつくりやうかはる。同じ大和の国のことなれば、昔今のに変るべし。深きこと浅きことのけじめこそあらめ、ひたぶるにそらごとと言ひはてむも、事の心違ひてなむありける。

この段落の要点は、傍線部の「物語をひたすら虚言《そらごと》だと言い切ってしまえば、物語の趣意とは違っ

ている」という主張にある。即ち、物語は虚言（虚事）とは言い切れないという前段の主張を別の観点から確認したのである。そのことにまず問題はないのだが、本文の厳密な解釈が困難を極める。従来も定解がなく、いま私も正確には解釈できないでいる。問題は「ひとの朝廷のさへつくりやうかはる」である。この部分には伝本間に本文異同がある。

人のみかとのさえつくりやうかは・る（大島本）

人のみかとのさへつくりやはかはれる（尾州家本・陽明文庫本・保坂本）

他の伝本をみると、「さえ」と「さへ」、「やう」と「やは」とが交差して入れ替わることもある。「さえ」は「才」かとされているが、その才とは具体的にどういうことかにも定解がない。「やう」は「様」であろうか。「やは」であれば、反語となる。どの組み合わせを採用するかで解釈が分かれている。参考までに最近の注釈書の状況を示す。

○人の朝廷のさへ作りやはかはる。

【古典大系】日本だけではなくて、人のみかど（異朝）――シナの国の物語でさえも、作り（現実世界を素材とした構成）が、日本と変わっているか、変わりがない。

○人の朝廷のざえつくりやう変る。（玉上評釈・古典集成・新大系）

【古典集成口語訳】異朝（中国の朝廷）では、学問（歴史についての考え）も記述の体裁もわが国とは違います。

反語かどうかで解釈は逆になる。いまはその結論を保留にして、これに続く「同じ大和の国のことなれば、昔今のに変るべし」を考えてみる。この部分には大きな異同はないが、「は」を「と」とする本もある。その本文とは別に文脈から「ど」とする解釈もある（古典大系）。玉の小櫛は「なればと書ける本は誤り也」と言い切っている。「人のみかどの」云々は他国と我が国の対比、そして「同じ大和の」云々は我が国における昔と今の対比という構文であることはまず問題なかろう。我が国に於いて「昔のと今のとでは違っているようだ」とあるからには、「同じ大和の国のことなれば」は、当然予想される事態（同じ大和の国のことだから変わらない）とは異なった事態（だが実際は昔と今とでは違っている）が継起するときに用いられる、「ば」の逆接的用法とも考えられようか。[7] なお、新大系は「同じ大和の国のことなれば」は「ひたぶるに」以下にかかると言うが、「人のみかど」「同じ大和」という対句的表現からしてその理解は難しい。「ひたぶるに」が承けるべき論理的整合性もない。

さてそうすると、遡って、我が国と他国との対比としては、当然「変はる」とあるべきであろう。「さへ」を添加の副助詞とすると後文との呼応が不審である。後文が同一国における時代による違いをいうのであれば、前文は異朝との地域による違いであるのが自然である。であれば、異朝の「ざえ作り様」と我が国のそれとに違いがあることを述べていると理解できる。「ざえ」が具体的に何を意味するかはなお不明確であるが、今は才（学問）と解して、「異朝のは我が国と学問のあり方作り様が違っている」と訳しておく。

ひとの国（唐国）との対比については、前段までの物語と史書の連続性の主張を考慮すれば、具体的には三史に代表される史書を想定してよいであろう。[8] それと我が国の日本書紀や漢文伝等との違い。[9] 我が国における昔の日本書紀のような漢文から、今の仮名文の物語への変化。そのような国と時代による違いを想定して大きな誤りはないであろう。

「深きこと浅きことのけぢめ」は、内容に深さ浅さの区別があるの意だが、物語の中に深浅の差があるというのではなく、同じ趣意に発するとはいえ、「まこと」とされている史書あるいは漢文作品と「そらごと」「いつはり」とされている平仮名の物語との差別を言うのであろう。岷江入楚《みんごうにっそ》に「私案ずるに、（中略）とは日本紀と絵物語との事をいふにや。日本紀は神代よりをしるして漢字を用ひたれば、人のみかどの才といふと昔といへるにあたるべし。此の絵物語は仮名なるべし」と言い、玉の小櫛が「深きこととは、異国の書又日本紀のたぐひの、女童などのたやすく心得がたき漢文なるをいへり、浅きこととは、物語書の常のことばのままにしどけなく書ける女文字なるをいへり」とし、古典集成が「意味深い国史と浅はかな物語という差はありましょうが」とするのがよいであろう。

やはり物語と三史・日本書紀などとをまったく同じとは言いにくいので（前には強弁しているが）、深浅の差はあるが、と一歩を譲って反撥を逸らし、「ひたぶるにそらごとと言ひはてむも、事の心違ひてなむありける」と、物語を一途に虚言《そらごと》とは言い切れないというその一線を確保しようとした。光源氏（紫式部）の物語論義の核心は、物語はまったくの虚言ではない（事実に繋がっている）というその一点にある。

10　方便の援用による価値観の転換

日本紀（日本書紀）と比較するのは儒教的価値観による発想である。ここまでの物語に関する源氏の説明は、物語の趣意は史書に同じであり、内容も事実に基づいているからまったくの虚事《そらごと》というわけではない、だから物語にも読む価値があると言ってきたのである。しかし、儒教的価値観による限り、「そらごと」自体の価値を主張するのは困難である。そして物語が「そらごと」を含み持つことの否定もまた困難である。そこで源氏は、「そらごと」の有用性を証すべく、儒教とは別の価値軸を持ち出した。それが仏教の方便である。

H仏のいとうるはしき心にて説きおきたまへる御法《みのり》も、方便といふことありて、悟りなき者はここかしこ違ふ疑ひをおきつべくなん。方等経の中に多かれど、言ひもてゆけば、一つ旨《むね》にありて。菩提と煩悩との隔たりなむ、この人のよきあしきばかりのことは変りける。

この「方便」をどう解釈するかについては、中世の注に始まり、前引の阿部秋生『源氏物語の物語論』石田穣二「螢巻の物語論について」の他にも、大場朗「螢の巻と仏教――『妙法蓮華経文句』の方便解釈にそって――」(『仏教文学』六号)三角洋一「蛍巻の物語論」(『東京大学教養部人文科学科紀要』九七輯)等に詳しい考察がある。阿部『源氏物語の物語論』は、大場論文の提案になる「方便即真実」(法華文句)によってこの方便を理解することに、条件はつけながらも、これを支持している。そこからさらに、紫式部の「虚構即真実」の物語観のきっかけは「方便即是真実」という法華説法の論理にあったのではないかとも言う(一一三頁)。しかし、たとえ当時「方便即是真実」という考えが流布していたとしても、螢巻の物語論を虚構即真実或いは虚構の中の真実の主張として読むのは明白な誤読だと考えるので、そのことについてはここに触れない。

仏教の教義との関係は私には理解の行き届かないところが多いが、この文脈における方便は湖月抄が「方便は、てだてとも、たばかりともよめり。衆生の機を調へて、一実に帰せしめんとて、さまざまのてだてをなし給ふをいふ也」と説明するので十分であろう。もとより方便の語の背景には「方便即是真実」があってもよいが、文脈としては、衆生を悟らしめるべき手段として方便ということがあると言うに過ぎない。

方便の具体的例としては、譬喩品《ひゆぼん》の火宅の譬が広く知られている。その譬喩も厳密に言えば「そらごと」であり、不妄語戒にも触れるであろう。例えば、白居易の「狂言綺語《きぎょ》之誤」の影響を受けて、十世紀末の我が国の文人たちの間にその狂言綺語の罪業を礼仏によって消そうとする趣旨の集りが持たれることがあった。いわゆる勧学会である。慶滋保胤の仏名への参集を呼びかける廻文には、

春苑鳴硯、以花称雪。秋籬染筆、仮菊号金。妄語之咎難逃、綺語之過何避。誠雖楽遊宴於下土之性、尚恐遺罪累於上天之眸。（本朝文粋　勧学院仏名廻文）

春の苑に硯を鳴らし花を以て雪と称す。秋の籬に筆を染め菊を仮りて金と号す。妄語の咎逃れ難し、綺語の過ち何ぞ避けん。誠に遊宴を下土《かど》の性に楽しむと雖も、尚ほ罪累を上天の眸に遺《のこ》さんことを恐る。

とあって、「花を以て雪と称す」「菊を仮りて金と号す」ような譬喩さえも「妄語の咎」であり「綺語の過ち」であって、「罪累を上天の眸に遺す」ことだという。ここまで極端な狂言綺語観はさほど拡がらなかったようではあるが、右のような譬喩をも妄語とする考えはあったのである。されば、話に

おける虚言はおのづから妄語と見なされよう。にもかかわらず、仏の麗しき御心による御法にさえ方便ということがある。そうであってみれば、ましてや物語が、その趣旨は史書に同じく世に経る人の有様を後世に伝えるために、多少の「そらごと」を含むのはやむを得ない、との説明である。意を迎えて解すればそういうことであろう。

「悟りなき者はここかしこ違ふ疑ひをおきつべくなん」は「悟りのない者は此方と彼方とで異なるという疑問を抱くにちがいない」の意。阿部『源氏物語の物語論』にはこのあたりの詳しい仏教的分析があるが、一仏乗・三乗法等の説にあまり踏み込み過ぎると、かえって光源氏の語る趣旨からは遠くなるのではなかろうか。宣長の「やすらかに見るべき所を、本を忘れて末の詮索ばかり詳しくしても、旨とする所の義理にかなはざれば無益の事也」(紫文要領)との忠告は聞くべきであろう。

この段では、源氏の意図として、事実から離れた部分を「方便」だということで弁護しようとしていることは明白である。玉鬘という若い女性を相手にしている場面であることを考慮すれば、文脈としては、「ここかしこ」はうるはしき御法と方便との矛盾というレベルで理解しておいてもよいのかもしれない。最も基底の部分としては、不妄語戒と方便との矛盾という程度の理解でもよいであろう。

「方等経の中に多かれど、一つ旨にありて」も難解。方等経については方等時の諸経説と大乗の諸経説等あるが、いま私には当否を判断することができない。だからそれは措いて、疑問に思うのは、この部分の文脈のねじれ方である。論理の道筋のねじれというべきであろうか。さらには「一つ旨にありて」までと「菩提と煩悩との」以下との繋がりがすっきりしない。通常は下文に掛けて「方便の説は方等経の中に多いけれど、せんじつめてゆけば結局は同一の趣旨によっているので、菩提と煩悩の隔たりというものは、物語のなかの善人と悪人との相違のようなものです」（新全集）と訳す。しかし、「一つ旨にありて」と「菩提と煩悩との隔たりなむ」云々との論理の関係がよくわからない。「菩提と煩悩との隔たりがいま説明した物語にいう善き人悪しき人程度のことは違っているのです」というのは、直接には「一つ旨にありて」と文脈的因果関係がない。

文章としては「一つ旨にありて。」と、句点で切るのがよいかもしれない。句点で切らなくても、意味的には切れると解するのがよいであろう。「一つ旨にありて」までは「仏の御法にも方便ということがあって、悟りなき者は方便と御法との矛盾の疑いをきっと持つでしょう。その方便も、方等経の中に多いけれど、論じつめていけば、結局は御法と同じ趣旨にありまして……」と方便の意義について述べ、「一つ旨にありて」はその結論（麗しき御法と方便とは同一の趣旨）として下文の前提となっているのであろう。

もとより、源氏の本意は御法や方便について語ることではない。本意は、物語の有用性（物語にはつれづれの慰めではない社会的価値がある）を玉鬘に説明することにある。ここに述べられている譬喩をこれまでの物語論義に当てはめれば、仏の御法はまこと（事実。日本紀・史書）であり、方便はそらごと（虚言。そらごとを含む物語）であろう。方便も詮ずるところ一実相に帰一せしめるという点で御法と同一趣旨であるのと同じように、「そらごと」と思われている物語も、世に経る人の有様を後の世に言ひ伝へさせたくて書きおいたという点で、「まこと」である日本紀等の史書と同じ趣旨なのだ、ということになる。文脈の流れとして、このように解しうるであろう。

11　何に譬喩し何と比較しているか

「この人のよきあしきばかりのこと」は8節の「その人の上とてありのままに言ひ出づることこそなけれ、よきもあしきも世に経る人の」云々に対応している。そこでは、物語は「よきあしき」を伝えるときに、「善き様に言ふとては善きことのかぎり選り出でて、人に従はむとてはまた悪しき様の珍しきことを取り集めたる」という素材の取捨選択・誇張、読者への迎合があることを認めていた。それで、事実をありのままに記録する史書とは異って、物語に描かれる「よき人」は事実以上に善く、「あしき人は」はまた事実以上に悪く描かれるのだが、菩提と煩悩との隔たりは、その善き人悪しき人の描きよう程度は違っているのだ（その程度しか違っていないのだ）と源氏は言う。

この部分で源氏が物語に関して言おうとしていることは何か。右の説明ではなお腑に落ちないであろう。諸注釈書を参照しつつ、もうすこし詳しく検討してみよう。諸注を見るに、古典大系・玉上評釈・新全集等は現代語訳以上の詳しい説明はない。古典集成頭注は、

悟りと迷いの違いとは、今ここでいう、物語に誇張された善人と悪人の違いと同じ程度の違いなのです。逆に言えば、煩悩即菩提の道理と同じように、善といい、悪といっても、この世のほかのことではないという点で、結局は一に帰すと論を結ぶ。

と説明を加えている。新大系は「悟りと迷いの違いは、こうした物語で誇張されている、善人と悪人の差ぐらいなもの、の意。（引用者注、補足の説明を略す）」とする。しかしながら、古典集成が口語訳の後に「逆に言えば」として付け加えている説明は、はたして論理的に成り立ち得るだろうか。菩提と煩悩の違いが善人と悪人の違いと同じ程度だとして、煩悩即菩提と同じというのであれば、善人即

悪人ということであって、それがどういう論理で「この世のほかのことではないという点」に結びつき、「結局は一に帰す」と言えるのだろうか。新大系の説明もよくわからないことは同じである。

これに関して吉岡曠「螢巻の物語論」は「菩提と煩悩との……変りける」の解釈につき、旧古典全集と玉上評釈の口語訳（その基本は前掲の新全集・古典集成と変わらない）を挙げて次のように言う。

（全集・評釈の口語訳、省略）と訳してみても、訳文の意味自体がわからない。最後に「人のよきあしきばかりの事は変りける」だが、これが善人即悪人という意味だとすると、それに類したこと、あるいはそれを準備するような言説は、これまでに一言半句も語られていない。ここで善人即悪人という思想がいきなり飛び出してくることは、木に竹を接いだような、まったく唐突なことだと言ってよいのである。

と疑問を投げかけ、「人のよきあしき」は別々の善人悪人についてではなく、同一人に善悪両面あることをいうのだと主張している。しかし、その場合でも論理的には悪即善となるべきであって、同一人に善悪両面有るの意とはならないであろう。

そういうわけで、吉岡曠の新解には賛成できないが、古典集成・新大系等（他の注釈書も説明を加えていないだけで、口語訳から見るかぎり、同じ解釈である）に言う、煩悩即菩提と同じだとの論理を一貫させれば、善人即悪人といっているとしか解し得ず、吉岡論文がいう「訳文の意味自体がわからない」「唐突」の誇りは避けることが出来ない。実はこの解釈の誤り、既に紫文要領に指摘がある（新潮古典集成『本居宣長集』八〇頁）。

従って、この所は本文自体に論理的不整合があるか、或いはこれまでの本文解釈に誤りがあるかであろう。実は前掲の古典集成の補足説明の前半部を削除し、後半の「この世のほかのことではないという点で、結局は一に帰すと論を結ぶ」を「（物語に描かれる人の有様は）この世のほかのことではないという点で、（物語の趣旨は）結局は（史書のそれと）一に帰すと論を結ぶ」と改めれば、それで源氏の言いたかったことになる。しかし、古典集成等の口語訳からこの意味を汲み取るのは難しい。おそらく古典集成の注釈者は、源氏の論義の流れから意を迎えて説明を加えたのであろう。(10) もし、いま修正した方向で本文が解釈できれば問題はなくなる。もう一度本文を見てみよう。

菩提と煩悩との隔たりなむ、この人のよきあしきばかりのことは変りける。

菩提と煩悩の隔たりは、譬えとしては、前文の御法（厳密に言えば御法のうちの一乗法）と方便に相当する。両者とも一実相に帰せしめるという趣旨は同じだが、説き方が異なっているのである。それが両者の隔たりである。これを史書・物語にあてはめれば、御法はありのままに伝える史書であり、方便はそらごとを含む物語である。源氏は、史書と物語の違いを次のように説明していた。もう一度その部分を引く。

その人の上とて、ありのままに言ひ出づることこそなけれ、よきもあしきも、世に経る人のありさまの見るにも飽かず聞くにも余ることを、後の世にも言ひ伝へさせまほしき節々を、心に籠めがたくて言ひおきはじめたるなり。よきさまに言ふとてはよきことのかぎり選り出でて、人に従はむとてはまたあしきさまのめづらしきことをとり集めたる、みな方々につけたるこの世の外のことならずかし。

誰それのこととして語るときに、波線部のとおり、よき人にもあしき人にも素材の取捨選択があり迎合があるのだという。それが「ありのままに言ひ出づる」史書との違いである。しかし、趣旨は棒線部のように、世に経る人の有様を後の世に言い伝えることに在る点で史書と同じである。これが源氏の説明であった。物語論義の最後に、物語そのものの説明に再度戻ってきたとすれば、「この人のよきあしき」は当然「その人の上とて」云々を承けていると考えるべきであろう。そうであれば、「よきあしきばかり」の違いというのは、「よきもあしきも」のその「よきあしき」を描く時に、物語の描写と「ありのまま（事実）」とは波線部分程度の違いはあるということではなかろうか。

事実を記す史書と取捨選択・誇張・迎合による物語とでは、ある程度の違いはある。ただそれは、菩提と煩悩との隔たりと同じである。煩悩もついには悟りに帰すことを目指す点で菩提と一つ趣旨であるごとく、物語もまた世に経る人の有様を後世に伝えようとする点で史書と同じだ。史書との違いは、「人のよきあしき」を語るときの、事実そのままか、取捨誇張を加えるかの違い程度だ、というのがこの本文の言うところではなかろうか。「よき」と「あしき」との違いを言っているのではあるまい。その点では従来の理解はみな誤りであろう。

譬喩としては、菩提は御法であり、煩悩は方便である。また菩提は史書であり、煩悩は物語である。その物語と史書との違いは「ありのままに言ひいだす」か「善きも悪しきも……善き様に言ふとては……

悪しき様の珍しきことを取り集めたる」か程度の違いである。その程度の違いが、菩提と煩悩との違いでもある。そして菩提と煩悩とが一つ旨に帰すごとく、史書と物語もまた一つ旨に帰すのだ。

このように解したとき、源氏の説く物語論としての整合性もあり、文章の解釈も無理がない。そうして最後の最後で譬喩の主客を転換させていることにも留意すべきであろう。即ち、「菩提と煩悩との隔たりなむ、この人の善き悪しきばかりのことは変りける」という言い方は、物語（と史書）を基準として菩提と煩悩の隔たりを測る言い方である。菩提と煩悩との隔たりはとても大きいように思っているかもしれないが、実は史書と物語程度の違いなのですよ、と。古今和歌集序で毛詩の六義の論をそっくり借りたうえで、「唐のうたにもかくぞあるらし」ととぼけたのと同類のユーモアである。

12　常識への回帰――詭弁のあとの照れ

光源氏が展開してきた物語擁護の論は、当時の儒教的価値観に適合させるためのかなり強引な論理操作であった。物語は虚言・偽りでありつれづれの慰めであるという当時の常識に照らせば、おそらく玉鬘程度の若い女性の知識を以てしても、光源氏の説明は「偽りなれたる口つきより」言い出す詭弁と感じられるたぐいのものであろう。そのことは源氏自身にもよくわかっているので、今までの話は全部冗談だよと言って締め括る。それが次の言葉である。

「よく言へば、すべて何事も虚《むな》しからずなりぬや」と、物語をいとわざとのことにのたまひなしつ。

これまでの物語の説明に光源氏は「よく言えば」と条件をつけた。「よく言えば」は宣長の紫文要領には「あしき事もよきようにいひなせば」とあり、最近の注釈書も「よい意味に解すれば」（新全集）「善意に解釈すれば」（古典大系・玉上評釈）と訳されている（古典集成・新大系には該当する注がない）。だが、そうではなくて、「よく言ふ」は、巧みに言う、上手に言う、能弁の意である。

・世の好き者にて、ものよく言ひ通れるを（帚木①五八頁）
・男は、さしも思さぬことを、情けのためにはよく言ひ続けたまふべかめれば（賢木②九〇頁）
・ものよく言ふ僧都にて、語り続け申したまへば（手習⑥三四六頁）

など、みなその例であり、この螢巻物語論義の本文でも、すこし前の「ものよく言ふ者の」「そらごとをよくしなれたる」も同じで、「巧みに」の意味である。

物語は「虚しからず」だと論証するのがこの物語論義の課題であった。それを言い終って、「巧みに説明すれば、すべてどの様な事でも虚しくないということになってしまうかな」と言うのは、物語を虚しからずと詭弁を弄したことに、源氏が自分でも照れたという口ぶりである。「よく言えば」と付すことで、光源氏は玉鬘に対するここまでの物語論の講義を遊び・冗談だと念押ししたのである。

知識人たる光源氏の立場では当然そうする。

「むなしからず」は（1）真実・事実である、（2）有益である、意義がある、の意。

・相人の言、むなしからずと御心のうちにおぼしけり。（澪標②二八六頁）

・一日一夜忌むことのしるしこそは、むなしからずは侍るなれ。（御法④五〇七頁）

澪標の例は（1）の、御法の例は（2）の用法であろう。螢巻のこの例は、何事もとあるので、（2）の用法にあたるであろう。「何事も」と言うのは、物語のようなつれづれの慰めとしか見なされていないものでも、という含みである。表現としては、石田論文が寿量品《じゅりょうぼん》の「諸の言説する所は、皆実にして虚しからず」など三例を挙げ、作者の頭に寿量品の文句のあったことは「ほぼ確実なことのやうに思はれる」と言っているのに従うべきであろう。また法華経方便品に「仏の説く所、言は虚妄ならず」などもある。

「わざとのこと」は、ことさらのこと、正式のこと、の意。源氏物語の例では「わざとの御学問」（桐壺）「わざとの文人も召さず」（少女）「わざとの大楽にはあらずなまめかしきほどに」（藤裏葉）「わざとの御消息にはあらねど御けしきありけるを」（若菜上）等々がある。物語はすずろごとであり、はかなしごとであり、つれづれの慰めである。それを日本紀よりも道々しいと言い、仏の御法までも持ちだして、虚しからずと言った。その言い様を「物語をひどく大仰なこと、あたかも正式な学問であるかのように強弁なされた」と言う。これは語り手の詞である。ここにも、あきれた物言いという、あえて言えば批判が籠められている。

ここで光源氏の論義の組み立て方をもう一度整理しておこう。

源氏のからかいに対する玉鬘の「ただまことのこととこそ思ふたまへられけれ」の反撥の言葉を切っ掛けに、源氏の物語論義は展開される。玉鬘の反撥をいなし機嫌をとるていで、玉鬘の行為（物語を書き写し読むこと）と言葉（ただ「まこと」と思いますの発言）とを認めるべく、物語は日本書紀よりも道々しいと取りなした。玉鬘が言うとおり、物語は「まことのこと」で、読む価値が有るとまず認めた。

そこで次に源氏が論証しようとしたのは、「物語はそらごとではなく道々しいもの」であり、「物語は読むに値する」ことである。「道々しい」とは政治・道徳に有用ということ。即ち、物語は史書と同じく政治・道徳に有用であることの論証である。物語の創作法の説明ではない。

そのとき源氏が採用した（作者が採用させた）戦術は、物語は史書に類すると言いなすことであった。「日本紀などはただかたそばぞかし」と、玉鬘の「まこと」の語を承けて「日本紀（日本書紀）」を比較に持ち出したのは、このための布石だったのである。三史に代表される史書は、本朝の日本書紀も含めて、既に政治的道徳的価値を保証された「まことの書」である。だから、物語は史書と同じだと言えれば、おのずから物語は政治・道徳に有用であるということになる。単純な形式的三段論法である。かつて紀貫之たちは古今集序で、和歌の勅撰に値する公的価値（即ち政治的道徳的価値）を主張したとき、昔は和歌の意義・社会的役割は漢詩と同じだったという言い方で、和歌を儒教的政教主義的文学観に同調させた（本書第一章参照）。紫式部もこれと同じ論法を採用した。この時代の中で、物語がつれづれの慰めではない社会的価値を持つと主張しようとすれば、それがおそらく唯一の有効な方法である。

物語は史書と同じと言うための方策の第一は、物語はまったくの「そらごと」ではなく事実を基としているのだと言うこと。物語と史書との境界の曖昧化である。「ありのままに言ひ出づることこそなけれ」「この世の外の事ならず」という言い方で、事実を「ありのまま」に言う史書との連続性を確保した。物語には人の善き悪しきを語るさいに取捨選択や誇張・迎合があるのは事実だから、これを認めたうえで、それは負の要素ではあるけれども、基本では「この世の外のことならず」即ち、絵空事ではなく此の世で起こった事なのだ、事実なのだと主張した。「虚構の真実」を主張しているのではない。虚構は否定されるべき要素である。

続いて、第一の論点の補足として、史書と物語の表現様式（漢文と仮名文）の違いの由来を説明し、仮名文で書かれた物語をひたぶるのそらごと（完全な虚言）と言い切ってしまうとしたら、それは事の心（実情・趣意）と相違すると言う。国による違い、時代による違いがあるから、物語は仮名で書かれてはいるが、だからといって完全な「そらごと」とは言えない、との説明である。

ここまでは物語が「そらごと」ではないことの論証である。しかし、現実には、ありのままではないけれども全くのそらごととも言い切れない、としか言えないので、それを補うべく第二の方策として「そらごと」にも「まこと」と同じ価値があること、即ち「そらごと」の有用性を主張した。そのさいに利用したのが仏教の価値観、仏法の「方便」である。源氏の論法を以て対比的に言えば、うるわしき御法は「まこと」（史書）に当たり、方便は「そらごと」（物語に含まれる虚の部分）に当たる。方便の趣旨も帰するところは御法と一つである。だから物語の趣旨もまた帰するところは史書に同じ、ということになる。

物語論義の主筋は、物語は虚言（そらごと）ではなく、事実（まこと）だということにある。儒教的価値観に合わせようとしているからである。それでも言い繕えない「そらごと」の存在を、御法における方便という仏教的価値観を以て意義付けようとした。これが螢巻の物語論の論理の構造である。

三　物語論の波及するところ

この物語論義を、物語はつれづれの慰めではなく読むべき価値があるのだという、物語の社会的有用性の主張として見たときの、源氏物語内部での役割および後世の物語享受への影響という観点から、いくつかの留意すべきことを記してこの稿のまとめとしたい。

この場面が源氏の玉鬘への恋情を抱えての戯れの場であることについては既に多くの指摘があり、神野藤昭夫の懇切な論を初め様々に言及されているので、そのことについてはここに改めて述べるべきことはない。

物語内の人物としての源氏に、当時の常識に対して二重三重に配慮しながらも、かくもきわどい論理を操って物語の有用性を語らせているのは、単に玉鬘相手の冗談としてではなく、そういう工夫をしてでも語らせたい事が作者にあったということであろう。その紫式部の意図をもののあはれの論と関連させて論じたのが本居宣長であり、虚構の中の真実論として紫式部の創作法を考察したのが阿部秋生であった。その本居宣長の論の非なることは淵江文也「螢巻物語談義註試論」（神戸商科大学『商大論集』一九号）を始め阿部秋生等に指摘されている。阿部秋生のそれはいま本稿の指摘したところである。

物語中の人物に物語を論じさせたのが螢巻の物語論であるが、その物語有用論が物語の中でどのように実践されているかといえば、やはり光源氏その人にその役割を割り振っている。即ち、螢巻の物語論義とそれに続く玉鬘に戯れかかる場面の後に、所変わって、紫の上に物語の効用と悪影響について語る場面が置かれている。これはいわゆる物語論の実質的な続きである。玉鬘相手に語ったことが理論編であるとすれば、紫の上相手の話は実践編である。

源氏は紫の上に対して、童同士の恋を描く「くまのの物語」のような世慣れたる物語(新全集は色恋沙汰の物語と訳している)は明石姫君に読み聞かせるな、と言う。色恋沙汰の物語の悪影響を恐れるのである。すると紫の上は、「うつほ物語」の藤原の君の娘はとても重々しくしっかりしていて過ちはないようだが、物言いが素っ気なく所作も女らしいところがないと言い、明石姫君に与える物語の選択の難しさを言う。

この会話は物語の教育的効用を前提にして、いかによい教育効果を及ぼす物語を姫君に与えるかの話である。だから、うつほ物語等の女の育て方の話がそのまま現実の話(もとより源氏物語の世界における現実である)に移って、源氏の「うつつの人もさぞあるべかめる」云々という話になり、さらにもう一度物語評価に戻って、「継母の腹きたなき昔物語」は「心見えに心づきなし」と思うので、源氏は姫君に読み聞かせる物語を「いみじく選りつつなむ、書きととのへさせ、絵などにも描かせたまひける」と、この場面は結ばれる。

史書の意義のひとつは、「王道の正、人倫の紀」に備えることにある。娘に王道云々は不要であるが（后がね教育の問題はあるが）、人倫の紀を身に付けることは必要である。それを物語によって備えさせよう、悪しき影響は受けないようにさせようというのが、源氏の物語選択の基準である。

物語に類するものの情操上の善悪両面における影響はおそらく時代を問わない。だから、ここに交わされている会話は、もし現実の世界（例えば、藤原道長と倫子）であってもあり得る会話である。だが、物語の教育的効用をその物語中の人物である源氏と紫の上に語らせ、后がねである姫君に与える物語を慎重に選ばせているのは、作者紫式部の意図として、物語の教育的効用を主張しているのだと見なすこともできよう。現実の平安朝の男性貴族としては、実際に娘に与える物語の一々にまで指示を出すのは不自然なのであろうとは思う。しかし、紫式部は源氏にそれをさせた。源氏にそれをさせることを通して、物語の（それはあるいは源氏物語のと言ってもよいのかもしれないが）教育的効用の重要さを言いたかったのではなかろうか。物語を「わざとのこと」に言いなした下心は、男における三史五経の役割を、女においては物語が果たしているのだ（果たすのだ）という思いだったのかもしれない。いまの我々は、物語が娘の情操教育に利用されるこの場面の記述にさほど違和感を持たないであろう。だが、平安時代、紫式部の時代は、そうではなかったはずである。物語は女にとっても単なる暇つぶし、気晴らしの具であった。そうである以上、物語論義の場面は、物語による女子教育という実践のための理論としても必要だったのであろう。だがしかし、男性貴族知識人である源氏にまじめに物語有用論を語らせるわけにはいかない。それで玉鬘をからかい戯れるかたちにしているのであろう。光源氏の物語論義の解釈の延長として、紫式部の意図（宣長の用語でいえば「下の心」）を推察すれば、そういうことになるであろうか。

後世の享受史をみると、源氏物語の価値の主張は、紫式部の考えた論理のとおりに動いた。即ち、物語の史書との類同性の主張は、より先鋭化したかたちで四辻善成の河海抄の准拠説となって再生した。四辻善成は源氏物語を史書として読もうとしている。四辻善成にとっての准拠とは儒教的文学観からする源氏物語の史書化にほかならないことは第二章「詩経毛伝と物語学」に述べたところである。その行き着いたところが、例えば熊沢蕃山の儒教的解釈である。そして方便の説は、中世の源氏物語の仏教的価値付けの根拠となった。これもまた広義の勧善懲悪の解釈、教育書・道徳書としての解釈とも言えよう。

螢巻の物語論義を物語の記述に添って読めば、仏教の方便を援用しつつ儒教の価値観にあわせて、物語は史書と趣意は同じであるとして、物語の社会的価値を主張しようとしていることは明らかである。中世以降の仏教的あるいは儒教的物語解釈と螢巻の物語論とが重なるのは理由のあることだったのである。

注

（1） 本居宣長の「源氏物語玉の小櫛」は『本居宣長全集』（筑摩書房）に、「紫文要領」は『本居宣長集』（日野龍夫校注、新潮古典集成）による。

（2） 延喜四年からの日本紀講書で、本朝の史書の始まりは何かとの質問に、博士藤原春海は、先師（元慶二年の博士善淵愛成か）は古事記を以て始まりとしたが、今考えると旧事本紀とするのがよいのではないか、と答えている（日本書紀私記・丁本）。また同（甲本）には旧記として日本書紀と並べて古事記をあげている。

（3） 物語論を一面で玉鬘への「くどき」として読むことは、神野藤昭夫「螢巻物語論場面の論理構造」（『国文学研究』六七集）が懇切である。また伊井春樹「絵物語の製作とその享受」（『源氏物語研究集成第七巻』風間書房、平成一三年）も参考になる。

（4） 拙稿「延喜六年日本紀竟宴和歌の歌人たち」（『平安朝律令社会の文学』ぺりかん社、平成五年）

（5） 初学記は中華書局一九八〇年版による。漢書司馬遷伝の当該条の本文（中華書局版）は「然自劉向揚雄博極群書、皆称遷有良史之材、服其善序事理、辨而不華、質而不俚、其文直、其事核、不虚美、不隠悪、故謂之実録（然れども、劉向・揚雄の博く群書を極めて自り、皆な遷を良史の材有りと称し、其の善く事理を序するに服す、辨じて華ならず、質にして俚ならず、其の文は直、其の事は核、美を虚しくせず、悪を隠さず、故に之を実録と謂ふ」とある。核は「堅実也」（顔師古の注）。実録は「録事実」の意（應劭の注）。平安朝男性貴族官人はこの漢書の記事をも見ていたであろう。

（6） 夕顔巻末の「かやうのくだくだしきことは、あながちに隠ろへ忍び給ひしもいとほしくて、みなもらしとどめたるを、などか、みかどのみこならんからに、見ん人さへかたほならずものほめがちなると、作り事めきてとりなす人ものし給ひければなん。あまりもの言ひさがなき罪さりどころなく」という草子地につき、花鳥余情が「帝の御子なりとも、よき事はよき事、あしき事はあしき事にてあるべきを、一向に書き漏らせば、私有るやうなれば、ありのままにしるし置きたると也」と言い、孟津抄が「紫式部が心也。勧善懲悪の心にて書也」と言うのは、紫式部が史書の筆法・趣旨を意識していることを指摘したものである。これは紫式部の創作法として究明すべき課題である。

（7） 山口堯二「順接仮定条件の飛躍的な連接法」（『国語と国文学』七一巻六号、平成六年六月）にいう順接仮定条件の用法、あるいは順接確定条件の「ねば」の用法（いわゆる逆接的用法）に準じて考えれば、「同じ大和の国のことなので」を承けて、「違いはないはず」という期待・希望の心情があるのだが、事実はそれと異なって「昔のと今のとでは違いがあるようだ」と続く文脈と理解できよう。なお田村俊介「螢巻物語論新解釈」（『北陸古典研究』九号、平成六年）は「なれば」のまま「同じ日本の国のことでいえば」と訳す佐伯梅友（校注源氏物語新抄）に賛意を示し、「文科系と理科系は違う。同じ理科系なら理工学部と医学部は違う。」というのと同じ言い方だという。

（8）古注は「唐朝の書籍」という漠然とした言い方だが、明確に史書（史記）の名を挙げたのは淵江文也「螢」（『源氏物語講座第三巻各巻と人物Ⅰ』有精堂、昭和四六年）が早い時期のものであろうか。

（9）論語には「子は怪力乱神を語らず」といい、六朝・唐代の伝奇の類は小説として軽んぜられるが、本朝の日本書紀私記（甲本）弘仁私記序には日本書紀についての説明の中で、「神胤皇裔、指掌灼然、慕化古風、挙目明白、異端小説、怪力乱神、為備多聞、莫不該博」とあって、その怪力乱神の割注に「一書及或説為異端。反語及諺曰為小説也。［怪］、怪異也。大鷦鷯天王御宇之時、白鳥陵人化為白鹿。又蝦夷叛之［時ノ欠落カ］、堀上毛野田道墓、則大蛇瞋目出自墓、以咋蝦夷也。力、多力也。天国排開天皇御宇之時、膳臣巴提至新羅、有虎噬児去也、提尋至巌岫、左手摯虎舌、右手抜釼刺殺。又蜾捕山雷之類也。乱、々逆也。蘇我入鹿失君臣之礼、有覬覦之心也。神、鬼神也。大泊瀬天皇猟於葛城山、急見長人面皃容儀相似天皇、天皇問名、答云、僕是一事主神也。」と、その例をあげる。このことは紫式部がどこまで意識していたか不明だが、儒教的文学観との関係からは興味有る記事なので、ここに掲出しておく。また、物語史の観点から、高橋亨「物語論の発生としての源氏物語」（『名古屋大学教養部紀要』二二輯、昭和五三年）にも言及されている。

（10）石田穣二「螢巻の物語論について」（『源氏物語攷その他』笠間書院、平成元年）は、前の対比からの「呼吸を読んで、あへて訳してみるならば、（方便説における）菩提と煩悩との隔たりが、物語における善人と悪人の誇張（が実人生、史書における善悪と違つてゐるの）と同じ程度に、（実説における菩提と煩悩のあり方と）違つてゐるのだ、といふことにならう」という。「煩悩即菩提」対「菩提と煩悩との隔たり」が「実人生における（史書における）善悪」対「物語に誇張された善悪」に対応するとの理解である。そうではなくて、「煩悩」対「菩提」が「物語に誇張された善悪」対「史実」という関係であろう。

第四章　紫式部日記の「日本紀をこそ読みたまへけれ」について

——本文改訂と日本紀を読むの解釈

一　はじめに

紫式部日記の後半の人物批評も終り近くに、一条天皇が、源氏物語を女房に読ませてはそれを聞いて、紫式部の学才を褒めたこと、それに関連する左衛門の内侍の陰口への弁解、兄弟の惟規より漢籍の理解が速かったこと、中宮彰子に白氏文集・新楽府を教えたこと等、聞きようによっては自分の学才についての自慢話がある。

その最初の部分、一条天皇が仰せられたという「この人は日本紀をこそよみたまへけれ、まことに才あるべし」の部分の本文整定と解釈には、なお疑問が残されている。疑問は残っているのだが、近年の注釈書は本文を「日本紀をこそよみたるべけれ」と改訂し、「日本紀を読んでいるに違いない」という解釈でほぼ一定している。

しかしながら、「日本紀を読む」は「日本紀を講ずる」の意だという正しい（私が正しいと考える）理解も既に昭和三十年代に提出されている。ところが、現在その解釈は主要な注釈書には全く採用されていない。それ故、顧みられないその解釈を顕揚すべく、その根拠の補足と若干の修正を行い、あわせて一条天皇が日本紀（日本書紀）の名を挙げて紫式部の学才を称揚することのもつ意義に言及する。

二　注釈書の説々

注釈書の状況を見る前に、問題の本文を書陵部蔵黒川本（笠間影印叢刊『紫式部日記』）により掲出する。句読点を付し、傍線部以外は濁点も付した。

うちのうへの、源じの物がたり人によませ給つゝきこしめしけるに、この人は日本紀をこそよみたまへけれ、まことにざえあるべし、とのたまはせけるを、ふとをしはかりに、いみじうなんざえがある、と殿上人などにいひちらして、日本紀の御つぼねとぞつけたりける、いとをかしくぞはべる。

傍線部分の理解においては、早くから本文の誤りが疑われたが、池田亀鑑『紫式部日記』の「校異紫式部日記」によれば、異文は黒沢翁満自筆本に「よみ給ひけれ」とあるのみ。本文への疑いはその部分の解釈と連動していた。例えば清水宣昭の紫式部日記註釈（天保四年［一八三三］刊。『国文学注釈叢書』による）は、「よみ給へけれ」につき、いづれの本もみなかくあれど、こはきはめて「よみたるべけれ」の誤りなるべし。すべて、給へといふ詞にかゝる例、見えざればなり。

と注している。「給へ」を下二段活用の謙譲の用法と解して、不審としたのである。

清水宣昭がここにいう「読みたる」の意味が読書しているの意であることは、藤井高尚の日本紀の御局の考（文化八年〔一八一一〕刊。三省堂研究史大成『源氏物語』による）に次のようにあることによって知られる。即ち、源氏を嵯峨天皇に、桐壺帝を桓武天皇に、朱雀院を平城天皇に、冷泉帝を仁明天皇になぞらえていることを言い、

一條院の帝のそれをよく聞き知りたまひて、此人は日本後紀續日本紀をこそ読みたるべけれとのたまふべきを、おほらかに日本紀とはのたまへるなり。さらば後といひ續といふ文字こそ加はりたれ、書の名はもとよりみな日本紀ぞかし。書紀より續後紀までの四書は同じ名なれば、昔は国史のことを日本紀とぞ言ひつらん。

藤井高尚の「日本紀」についての理解は後続の研究者に大きな影響を与え、現在も「日本紀」は国史の総称と理解されていることはなお後述するが、紫式部が日本書紀等の国史を読んで、それを源氏物語に取り込んでいるのを一条天皇が称賛したのだという文脈で読む限り、「よみたまへけれ」では文章として成立せず、足立稲直の紫式部日記解（文政二年〔一八一九〕）や清水宣昭の紫式部日記註釈が

「よみたるべけれ」と改訂したごとく、本文の誤りとして処置せざるをえない。翁満自筆本の「よみ給ひけれ」も「給」を尊敬語法とするための改訂本文であろう。

日本紀についての理解も含めて、右の藤井高尚・清水宣昭等の理解は、現在も大方の支持を得て諸注釈書に踏襲されている。

ところが昭和三十年代までは、本文を改訂せず「よみたまへけれ」を「よみ給（ふ）べけれ」と読み、尊敬の助動詞として注釈を加えるものが多かったのである。それらの注釈書を次に掲げる。

○『評註紫式部日記全釈』（阿部秋生　昭和二四年）

【通釈】この人は日本紀を読むことができるだろう。本当にその方の才能があるのだろう。

（実物未見。石川徹論文の引用による。）

○『日本古典鑑賞講座平安日記』（阿部秋生。角川書店、昭和三二年）

【通釈】この人は日本紀を読めるだろう。【語注】（日本紀）「日本書紀」または国史の意。六国史を考えておけばよい。

○『日本古典文学大系』（池田亀鑑・秋山虔。岩波書店、昭和三三年）

【語注】（日本紀）書紀に限らず六国史の総称。（給ふべけれ）主上の言葉として式部に対して敬語を用いている点が不審がられているが、これは話し手の品位を保つための敬語であるという説に従っておく。

○『紫式部日記新釈』（曽澤太吉・森重敏。武蔵野書院、昭和三九年。五二年版による）

【通釈】この人は物語などでなく日本紀の方をこそ私に進講した方が一層よさそうだ。【語釈文法】読みたまふべけれ　進講するがよい（当然・適当・勧奨・命令）の意。下（卑）者の式部が主上に日本紀を「読ん」でお聞かせするのを、上（尊）者の主上の方でお聞きとりになるという関係把握である。「たまふ」（四活）には、このように、下（卑）者の動作が上（尊）者によって引きとられ、受け入れられることによって、はじめてその意義を得るような、その限りであくまで上尊者を宗とし、下（卑）者を従とする、上下関係の把握による一種の敬語（謙譲語）の用法が当時あった。なお、類例を挙げると、「いでや、あな恥づかし。何人におはすらむ。あやしくてまたさへ見えたてまつりたまふこそ。」（宇津保、俊蔭——俊蔭女が自身を下（卑）者とし、兼雅を上（尊）者とする、お目にかかる、拝眉する意）「おのが言に従ひたまふと思ひて、このことしたまへ。」（落窪物語、巻之四——上（尊）者北の方自身に対して、下（卑）者たる娘がそのいいつけをきく意）など。ここも、式部が日本紀を読める、漢文ができよう（可能・推量）といった意ではないことは勿論、「たまふ」を、話手が品位を保つために下（卑）者にも用いる敬語であるなどと考える（索引、大系）のは、誤りである。漢文ができる、学があるの意は、つぎの「まことに才あるべし。」の方である。（＊工藤注—引用にさいして、挙例のうちの六例を省略した。）

○『岩波文庫』（池田亀鑑・秋山虔　昭和三九年。昭和五六年版による）

【脚注】この人は日本紀を講読するのがよかろう。「日本紀」は漢文で書かれた国史の総称。

右のごとく『新釈』と『岩波文庫』は「進講したほうがよさそうだ」「講読するのがよい」とあり、「べし」を「勧誘（適当）」の意で解釈しているが、「読む」を講読・講義の意味と理解しているのは他の注とは顕著な相違である。かくのごとく、次に引用する萩谷朴『紫式部日記全注釈』が出るまでは、江戸時代の注釈書の改訂本文は採用されない状態だったのだが、『紫式部日記全注釈』の出現により状況は一変する。

○萩谷朴『紫式部日記全注釈』（角川書店、昭和四八年。五七年版による）

【通釈】この作者は、きっと国史を読んでいるに違いない。【語釈】（日本紀をこそよみたるべけれ）「る（字母留・流）」と「ま（字母万・満）」との字形相似によって、「たるへけれ」が「たまへけれ」に転化し、「たまへけれ」に「給へけれ」と漢字を宛てたことによって、さらに「給ふべけれ」という読みが生じたのである。その結果、天皇が臣下の紫式部に対して、四段活用の「給ふ」という動作主尊敬語を使ったり、あるいは相手の動作に関して下二段活用の「給へ」という謙譲語を用いるといった語法の混乱を呈し、解釈者をすっかり困惑させることとなったのである。

（イ）「たまへけれ」という本文に対して、その語法を疑ったものに『註釈』『解』があり、『註釈』は「こは、きはめて『よみたるべけれ』の誤りなるべし」と指摘している。

（ロ）「たまふべけれ」という本文に対して、『精解』『全釈（小室）』は、『註釈』の指摘を是としたが、『全書』『全釈（阿部）』『大系』『新釈』『文庫（秋山）』等は、語法の混乱を認めず、あるいは話し手の品位を保つための丁寧語であるといい、あるいは、紫式部が主上に対して進講・講読申し上げるがよいの意で、その進講を聴く動作主たる天皇自身に敬語を用いたのだとする説もあるが、いずれも牽強の説たるをまぬがれない。平安時代の敬譲語の用法は、そのように曖昧なものではない。丁寧語というためには、「よみたまふべけれ」と「才あるべし」と、敬語の有無に一貫性のないことが不都合であるし、進講を受ける動作主たる天皇への尊敬語ならば、「よみ奉るべけれ」というべきであろう。

結局、『花鳥余情』所載の逸文本文に「みたるへけれ」とあることを傍証として、『解』の校訂に従い、「よみたるへけれ」という本文を復活し、「よみたるへけれ」→「よみたまへけれ」→「よみ給へけれ」→「よみたまふへけれ」という本文転化の経路を認めるのが、妥当な解決法であると思われる。「日本紀」というのは、狭義には『日本書紀』の古称であるが、藤井高尚の『日本紀御局考』に、『日本書紀』のみならず国史一般をさすと見るのが正しいかと思われる。つまり、『源氏物語』の構想は、国史に通暁したものにしてはじめてよくなし得るものであるという、一条天皇の批評眼である。(後略)

○『新潮日本古典集成』(山本利達。新潮社、昭和五五年)

【頭注】日本紀を読んでいるにちがいない。「日本紀」は『日本書紀』をいうが、ここは漢文で書かれた国史、六国史の類をいう。(中略)「読みたるべけれ」は、底本「よみたまへけれ」。なお「よみ給ふへけれ」というのもあるが、敬語使用に不審があるので、『花鳥余情』に引用されている「みたるへけれ」を参考にした。

○『新日本古典文学大系』(伊藤博。岩波書店、平成元年)

【脚注】(日本紀)日本書紀をはじめとする漢文体の歴史書。六国史。(よみたるべけれ)底本「よみたまへけれ」。花鳥余情所引本文の「みたるへけれ」を参考に「る」→「ま」の転化を想定して改めた。

○『新編日本古典文学全集』（中野幸一。小学館、平成六年）
【通釈】この作者はあのむずかしい〝日本紀〟をお読みのようだね。〔本文、黒川本を「読みたるべけれ」と「意改」〕【頭注】（日本紀）『日本書紀』の古称。ここでは『書紀』以下の六国史の総称。

萩谷『全注釈』の詳しい説明、「給ふべけれ」説の敬語法の説明への否定と誤写過程の具体的想定とによって、近世注釈書の説が見直され復活したのであった。それ以降は、みな本文は「よみたるべけれ」と改訂され、「（日本紀を）読んでいるにちがいない」と解釈されるようになった。

しかしながら、日本紀を「読む」とは『新釈』『岩波文庫』が「日本紀を進講したほうがよさそうだ」「日本紀を講読するのがよい」とするのが基本的には正しい解釈だと考えるので、敬語法の検討は後に譲って、次章は「読む」をめぐる検討を行う。

三　「日本紀を読む」について

「日本紀をこそ読みたま（給ふ）べけれ」が〈日本紀をこそ講読できる、講読したほうがよい〉と解する最初は石川徹[1]であろうか。石川は、源氏物語に日本書紀の海幸山幸説話の影響があること、一条天皇は宮中における日本書紀の講筵の事などを思い浮かべて「日本紀をこそ」云々と仰せられたので「日本紀」は「日本書紀」だけを指すと言い、「この人は日本紀をこそ」云々については、

「この人は、人前で日本紀を朗読する資格が十分だ。やらせてみたら、その才能があるだろう」という程の意味のことを仰せられたのだとして、よく通じるように思うが、いかがであろうか。

と言い（著書二八六頁）、そうであれば「『この人は日本紀講書の講師がつとまる』と言われたことになる」と解している。石川はまた「読む」は音読することであり、「読みたるべけれ」よりも「読み給ふべけれ」の方が優れている本文だとも言う。論文「紫式部の人間と教養」では「この人はあの日本書紀を晴れの場で朗誦（又ハ講読）されたら、きっといいに違いない」とあり、論文「光源氏須磨流謫の構想の源泉」でも「朗読とも講読とも解せる」とあるのだが、昭和五四年の著書の「あとがきにかえて」では「この源氏物語を作った人は、日本書紀の講筵に、講師としてこの書を朗読なさることができる」（五五二頁）と、最終的には「朗読」の方に傾いている。

日本書紀を講読する「日本紀講書」の行事と関連づけたこの解釈はまことに聴くべき説である。ただ惜しいことに「読む」を「朗読する」の意と解しているのは誤解であり、この点は『岩波文庫』『新釈』等が講読あるいは講義の意味で理解しているのが正しい。したがって、文字通りに現代語訳すれば、

この人は、日本紀をこそ講義なさるべきだ。本当に学才があるようだ。

となろう。「べし」は「講義なさるべきだ（なさるのがよい）」（適当・当然の用法）とも「講義なさることができる」（可能の用法）とも解しうるが、「をこそ」との呼応からは適当・当然の用法とするのが穏当であろう。敬語の問題はなお後に譲って、「日本紀を読む」が日本書紀を講義するの意である所以を述べる。

太政官の行事として公卿に対し日本書紀を講義する、日本紀講書の儀式的側面およびその意義については既に拙論「延喜六年日本紀竟宴和歌の歌人たち」（『平安朝律令社会の文学』ぺりかん社、平成五年）

に具体的に述べている。その拙論に用いた資料と重なるが、西宮記・貞信公記等においても「講」とともに「読」の文字が用いられている。日本紀講書の記録が集められている釋日本紀（新訂増補国史大系）ではおおむね「講」の文字が用いられ、日本紀略でも「講日本紀」の文字が多く用いられるが、一方で例えば西宮記（新訂増補故実叢書）のその項目は「読日本紀事」（ただし「講」とする本もある）とあるし、「博士講読了、尚復読訖、……二三年間講読畢」ともある。「尚復《しょうふく》、読み訖《をは》る」の尚復は助手である。博士が講じ終った後に通読するのであろう。六国史（新訂増補国史大系）でも、

続日本後紀承和十年六月朔　令知古事者散位正六位上菅野高年於内史局始読日本紀。
　古事を知れる者なる散位正六位上菅野高年をして内史局に於いて始めて日本紀を読ましむ。

三代実録元慶三年五月七日　令従五位下守図書頭善淵朝臣愛成於宜陽殿東廂読日本紀。
　従五位下守図書頭善淵朝臣愛成をして宜陽殿東廂に於いて日本紀を読ましむ。

などがある。類聚符宣抄第九（新訂増補国史大系）では、「令…講史記」「令…講日本紀」等とともに、

令文章博士従五位下三善宿禰清行、講竟前文章博士藤原朝臣菅根所読遺之史記者。
　文章博士三善宿禰清行をして前文章博士藤原朝臣菅根の読み遺《のこ》せし所の史記を講じ竟《をは》らしめよてへり。

のごとき言い方も見える。個人の日記では貞信公記（大日本古記録）の天慶二年三月二十九日条に、

講日本記事、雖公卿不参、令仰可読事。

日本記を講ずる事、公卿参らずと雖も、読むべき事を仰せしむ。

などがある。講博士である矢田部公望に対し、公卿が不参加であっても日本紀を「読む」べき事を仰せしめたという。

これらの例で知られるとおり、そして今でも講義の形式に「講読」という用語が残っているように、「読む」というのは「講義する」ことと同義である。類聚符宣抄に、藤原菅根が「読み」残した史記を「講じ」終わらせよとあるように、これは漢籍の場合も同じである。

同時にまた「尚復、読み訖る」のごとく音読することも「読む」と言う。それはもとより日本紀講書に限ることではない。令義解職員令の大学寮の項に、

明経生必先就音博士、読五経音、然後講義。

明経生は必ず先づ音博士に就きて五経の音を読ましめ、然る後に義を講ぜよ。

などあるのは音読の例である。

また日本紀講書を受講することも「日本紀を読む」と言う。その例、

日本後紀弘仁三年六月戊子　始令参議従四位下紀朝臣廣濱……等十余人読日本紀。……多朝臣人長執講。

始めて参議従四位下紀朝臣廣濱……等十余人をして日本紀を読ましむ。……多朝臣人長、講を執る。

それ故、「この人は日本紀をこそ読み給（ふ）べけれ」を、石川徹が「日本書紀の講筵に、講師としてこの書を朗読なさることができる」と解するのも理由がないわけではないが、それでは「まことに才あるべし」とは言えないであろう。講博士となって講義できると言ってこそ学才の称揚になる。その点で『新釈』が「私に進講した方が一層よさそうだ」と口語訳するのは、「読む」の意味を的確に捉えている。しかし、日本紀講書の性格を正しく理解していなかったのか、講義する相手を「私」即ち一条天皇と考えたのは誤りである。拙論「延喜六年日本紀竟宴和歌の歌人たち」に述べたごとく、日本紀講書の直接の対象は公卿であり、太政官の弁官局が陪席聴講するのであって、天皇ではない。天皇が講書を聴講することもない。もとよりこれ以前に紫式部が何かを天皇に進講したということもない。

一条天皇の「日本紀をこそ読みたま（ふ）べけれ」が日本紀講書を連想したものであろうことは、過去の日本紀講書の実施年とも関係している。日本紀講書は、日本書紀完成の翌年である養老五年（七二一）の講書を別にすれば、弘仁三年（八一二）、承和十年（八四三）、元慶二年（八七九）、延喜四年（九〇四）、承平六年（九三六）に催行された。そして村上天皇の康保二年（九六五）から始まった講書を最後として日本紀講書の記録は絶えてしまうが、日本紀講書はほぼ三十年ごとに開催されていたから、一条天皇が即位した寛和二年（九八六）から寛弘年間（一〇〇四～一〇一二）にかけてはちょうど日本紀講書を行うべき時期だったのである。結局は開催されないままになったようだが、一条天皇としても日本紀講書の時期であることは当然念頭にあったに違いない。それ故に日本紀講書を意識した言い方となったのではなかろうか。誤解なきように付言するが、もとよりここで一条天皇は、紫式部が日本書紀を講義すべきだとまじめに言っているのではない。それほどの学才があるとの趣意である。

以上を要するに、「日本紀をこそ読み給（ふ）べけれ」は「日本紀をこそ講義なさるべきだ」の意である。そのように理解してはじめて左衛門内侍が紫式部を「日本紀の御局」とあだ名したことも納得できるであろう。

さてそうすると次には「日本紀をこそ」の持つ意味あいが問題になる。曽澤・森重『紫式部日記新釈』は「物語などではなく日本紀の方をこそ」と言葉を補っているが、日本紀に対比された書ははたして何か。物語であろうか。それとも別の何かであろうか。

四　「日本紀」は日本書紀　「給ふ」は尊敬の用法

日本紀に対比された書を考える前に、日本紀が六国史の総称ではなく日本書紀そのものであることの確認と、敬語の使用法についての疑問に言及しておく必要がある。そのことと「日本紀をこそ」云々の解釈とは分かち難く連動しているからである。

万葉集の左注にはしばしば「日本紀云」として日本書紀が引用されているし、平安時代に日本書紀を日本紀と称することは、前に引用した史書記録の類を見てもはっきりしている。公式文書である宣旨官符等を収めた類聚符宣抄でも日本書紀講書関係文書はすべて日本紀の称を用いている。紫式部日記当該条の日本紀を国史一般とする解釈は藤井高尚の日本紀御局考に始まることで、それも源氏物語には日本書紀の影響が見られず、登場人物を嵯峨天皇や仁明天皇になずらえているとして、その天皇の時代の史書であるいわゆる六国史を当てたのである。以降は藤井高尚説の踏襲といってよい。だから紫式部日記の日本紀を国史の総称だとする解釈に特別の理由はない。

しかしながら、「日本紀」という語がまったく国史一般を指さないわけではない。例えば、延暦十六年（七九七）二月十三日に続日本紀が撰進され、撰者の菅野真道等に位階が賞賜されているが、十七日には「撰日本紀所」に供奉したことを以て太政官史生安都笠主等も位階を賜っている。「撰日本紀所」という言い方は、日本紀を国史と同義に用いているごとくである。

ただし、新しい国史を編纂することの表現としては、類聚国史（文部下）を見るに、「撰国史」（和銅七年二月十日）「修国史」（延暦十三年八月十三日）等のように「国史」を用いるのが普通である。類聚符宣抄第十には「撰国史所」の項目で元慶四年（八八〇）から安和二年（九六九）にかけての官宣旨が十九件記載されているが、そのうち十八件は「撰国史所」勤務を命じたものである。残りの一件（元慶四年二月）は「国史を書せしむ」とある。あるいは元慶三年十一月に撰進された文徳実録の書写であろうか。

なお、『角川古語大辞典』の「日本紀」の項に国史一般の例として引用されている西宮記所引九暦天慶三年（九四〇）の「於宜陽殿東廂〔日本記所〕」（『大日本古記録　九暦』一五一頁〔〕は割注）の日本記所（日本紀の所）は、承平六年（九三六）に始まり、天慶の乱のために遅れに遅れて天慶六年（九四三）に竟宴が行われた、その日本紀講書の場が通例どおり宜陽殿の東廂だったのである。したがって、辞典は用例を誤っていることになる。

「日本紀」を国史一般の意で用いる例もないではないが、平安時代においては日本書紀のみを指すのが通常の用法だから、紫式部日記の日本紀も日本書紀として理解すべきであり、源氏物語螢巻の「日本紀などかたそばぞかし」も日本書紀として理解すべきである。なお近年は「日本紀」として引用される本文が日本書紀そのものではない本文を多く含むということが強調されているが、それは日本書紀受容の在り方の問題であって、それ故に日本紀が日本書紀ではないという事にはならない。日本紀が日本書紀のことだという事実と、日本紀（すなわち日本書紀）として様々な本文（怪しげな本文）が流布されたという事とは別々の事柄である。

次の問題に移る。本文を「日本紀をこそ読み給ふべけれ」としたとき、「読み給ふ」の敬語法をどう考えるべきか。これは解釈における重要な分岐点である。そこで、本文を「よみたるべけれ」でなく「よみ給ふべけれ」で解釈する説の「給ふ」の扱いを整理すると、おおむね次のようになる。

①紫式部に対する一条天皇の尊敬表現である。（石川徹　他）

②紫式部に対する一条天皇の直截的尊敬ではなく、話し手（一条天皇）の品位を保つための丁寧語的用法である。（塚原鉄雄・朝日古典全書・岩波古典大系　他）

③上尊者を宗とし下卑者を従とする上下関係の把握による、一種の謙譲語の用法である。（新釈）

②の案は、①では身分の上下関係からして不自然であるとの考えから案出された理解。塚原鉄雄は、(2)

この言葉は紫式部に聞かせるものではなく「周囲の人々に対する配慮から出た敬語表現であって、話者即ち帝自身に重点のかかるものといえそう」と説明している。この②の理解については森野宗明が、(3)そのような用法はきわめて稀であり、品位保持の敬語として特立さるような用い方は一般に信じられているほどに発達してはいなかった、と疑いを示している。

③はなかなか理解しにくい説明だが、紫式部日記に即していえば、(一条天皇が)天皇を上尊者、紫式部を下卑者として関係認識をし、紫式部が「日本紀を読む」のを天皇が嘉納したという関係を表現する謙譲語ということになるようだ。しかし、用例として挙げられている「おのが言に従ひたまふと思ひて」(落窪物語)は相手が娘であるけれども単なる尊敬の用法でよいかと思うし、「見えたてまつりたまふこそ」(俊蔭)は行為が相手に及ぶ故に「給ふ」を付しているのであろう。別の箇所で例にあげられている「この世にののしり給ふ光源氏」(若紫)も同じで、「言ひけたれ給ふとが多かなるに」(帚木)のように受身で「ののしられ給ふ」と言うのと同じ意識の用法ではあるまいか。

仮に③のような用法があるとしても、問題のこの例がそれであると見る必要はない。上述したごとく、日本紀を読む対象は(紫式部が日本紀を講ずるのを聴くのは)、発言者である一条天皇ではない。だから、萩谷『全注釈』が『新釈』を承けて、「天皇への尊敬語ならば、『よみ奉るべけれ』というべき」と言うのは、萩谷が読む対象を天皇と考えてのことだから、天皇が対象ではないとなれば、尊敬の「給ふ」を否定する理由にはならない。おそらく③の『新釈』は、講義対象を一条天皇(即ち一条天皇が敬意の受け手)と誤解したことに起因する誤りであろう。

そうすると、残るのは①であって、上位者であっても下位者に尊敬語「給ふ」を用いることがあるということを認めさえすれば、何も特別な問題はない。そのような例があることは森野論文にも述べられており、またよく知られた事実でもある。ことに会話文・消息文では例が多いことも、渡辺英二[4]に指摘されている。森野宗明は「一種のフェミニズム的傾向」として、下位者でも女性が対象になる場合はとくにその傾向がみられることも指摘している。紫式部日記の当該場面では、紫式部の学才を称賛しているのであるから、敬語を用いても不自然とは言えないであろう。それを丁寧語の一種として特立するかどうかはなお議論の余地があるかもしれないが、尊敬語の「給ふ」であっても疑問とすべきことではない。

なお、「たまへけれ」は「給ふべけれ」と見なしてよい。「給ふへけれ」を「給へけれ」と表記することは、例えば源氏物語の写本の表記を『CD‐ROM版角川古典大観源氏物語』(伊井春樹編、角川書店)で検すると、澪標巻の大島本・河内本に「心えたまふへけれは」とあるのを、陽明文庫本・保坂本は「心え給へけれは」と表記し、また「願ども果たしたまふへけれは」を、大島本・保坂本・河内本は「給へけれは」とあるが、『源氏物語大成校異篇』四九九頁の池田本ではまさに「たまへけれは」とある。つまり、「たまふへけれ」「給へけれ」「たまへけれ」は相互に交替可能な表記ということなのである。「給ひける」「給ひて」を「給ける」「給て」と表記し、さらに「たまける」「たまて」とも平仮名表記する例は多い。「たま‐けり」「たま‐て」「たま‐べし」は、同じ思想による表記法なのであろう。「おもふ」にも同じ現象が見られる。

五　日本紀と対比された書籍

「日本紀をこそ」云々を上述のように理解した時、「日本紀をこそ読み給ふべけれ」の持つ意味あいが重要になってくる。前引のとおり曽澤・森重『新釈』は「この人は物語などでなく日本紀の方をこそ」云々と言葉を補っている。「をこそ」という強調の仕方は、当然に何か別のものを前提にした強調だから、他の注釈書はまったくそうしていないが、『新釈』が言葉を補ったのはしかるべき事だった。ただ「物語などでなく」でよいかどうかは、なお検討を要するであろう。まずは「……をこそ」の言い回しの特徴を確認しておこう。

①法師などをこそは、かかる方の頼もしきものには思すべけれど、さこそ強がり給へど（夕顔①一六七頁）

②紅に桜の織物の袿重ねて、御前にはかかるをこそ奉らすべけれ、あさましき墨染なりや、といふ人あり。（手習⑥三六〇頁）

③をとこは、このをんなをこそ得めと思ふ。（伊勢物語二三段）

①は物の怪に襲われた夕顔を掻き抱く源氏の心中描写。「法師などをこそ」は、普通の俗の人、惟光やまして側で震えている右近などではなく、法力によって物怪を退散させうる「法師など」をと言うのである。②は浮舟が墨染の衣を着ているのを見ての言葉。「墨染めでなく綺麗な袿をこそ」の意。

③は説明の必要もあるまい。

かくのごとく、「何々をこそ」と言うとき、何々に対比されている事柄が想定され、それらに比して特に何々をと指定強調している語法である。そうであれば、「日本紀をこそ読み給ふべけれ（日本紀をこそ講義なさるべきだ）」と言う時に、一条天皇は何を念頭に置いてそう言ったのだろうか。

紫式部が講義（講読でも同じだが）したという時、すぐに思い浮かぶのは白氏文集・新楽府のことであろう。紫式部日記、例の左衛門の内侍への批判の続きに言う（本文は新編古典全集）。

御屏風の上に書きたることをだに読まぬ顔をし侍りしを、宮の、御前にて文集の所々読ませ給ひなどして、さるさまのこと知ろしめさまほしげにおぼいたりしかば、いと忍びて人のさぶらはぬ物のひまひまに、おととしの夏頃より、楽府といふ書二巻をぞ、しどけなゝがら教へたてきこえさせて侍る、隠し侍り。宮も忍びさせ給ひしかど、殿も内も気色を知らせ給ひて、御書どもをめでたう書かせ給ひてぞ、殿は奉らせ給ふ。まことにかう読ませ給ひなどすること、はたかの物言ひの内侍は、え聞かざるべし。知りたらば、いかに誹り侍らむものと、すべて世の中ことわざ繁く憂きものに侍りけり。

まず確認しておきたいのは、この条における「読む」も講義の意ということである。「文集の所々読ませ給ひ」の「せ」が使役か尊敬か解釈の分かれるところだが、使役であれば「中宮が私に読ませた」尊敬であれば「中宮がお読みなされた」であるが、いずれにしても前述のごとく、「講義する」

「受講する」の意味の「読む」である。講義とか受講とか漢語を使うと硬くなるが、いま教員でも学生でも「今学期は古今和歌集を読んでいます」と言う場合の「読む」と同じである。「文集を読ませ給ひ」といい「(新楽府を)読ませ給ひ」という。当然に「日本紀をこそ読み給ふべけれ」もこれと同じ用法として理解すべきだったのである。

もし白氏文集・新楽府の中宮への御進講を念頭において「日本紀をこそ」と仰せられたと考える場合、その時期の如何が問題になる。紫式部日記の記述に従えば、

①白氏文集の所々を講義することがあった。

②その後、一昨年の夏頃から新楽府二巻を教えた。

③それを殿(道長)も上(一条天皇)も知り、殿は御書どもを新写して中宮に与えた。

という順序である。「日本紀をこそ」云々が②より後であれば、新楽府進講を念頭においての発言だろうと推測できるのだが、前後関係は必ずしも明確ではない。

萩谷朴『全注釈』は新楽府進講を胎教なりとして、②の進講時期を寛弘五年(一〇〇八)夏と推定している。出仕時期については寛弘元年(一〇〇四)から寛弘四年(一〇〇七)までの幅で諸説がある。源氏物語の執筆時期も寛弘六年夏(岡一男)秋(今井源衛)までには完成していたとする説、さらに遅くを考える説もある。執筆開始は長保二年(一〇〇〇)(岡一男)、三年(今井源衛)あたりが想定されている。今井源衛『紫式部』は楽府進講を寛弘五年夏から、「日本紀をこそ」云々のことを寛弘五年の春頃と想定している(なお今井『源氏物語への招待』「紫式部の生涯」では問題の条は「この人なら日本紀だって講読できるだろう」と口訳されている)。春が夏秋でも許容の範囲であろうが、時期の前後関係は微妙である。

寛弘五年秋九月に中宮彰子は土御門邸で皇子を産み、十一月には一条内裏に還啓するのだが、その間に物語の冊子を作っている(5)。その折に中宮が内裏に持ち帰った源氏物語を「人によませ給つゝきこしめし」たのだとするなら、一条天皇の「この人は」云々の感想は寛弘五年十一月以降となるが、それでも源氏物語の執筆開始も完成も決定的資料はなく、白氏文集・新楽府進講との前後関係を確定することは困難である。

しかしながら、天皇が新楽府の中宮への御進講を知ったうえで、「日本紀をこそ」と言ったと想定しても時期的に矛盾するということでもない。また新楽府進講以前の白氏文集の拾い読みを天皇が聞き及んでいたという想定も可能であろう。従ってひとつの可能性としては、白氏文集・新楽府を中宮に講義していることを知っていた一条天皇が源氏物語を読んで、「むしろ日本書紀を講義すべきだね」と仰せられたのだと考えることはできよう。敢えて言えば、紫式部日記の「日本紀」云々をそう解釈することによって、新楽府進講はこれ以前だと想定してよいのかもしれない。だが、それでは循環論になってしまう。

またひとつの想定としては、紫式部は彰子の教育係として出仕した(萩谷朴ほか)とすれば、出仕当初から、漢籍を講義したかはわからないが、古今和歌集などの和歌和文関係のことは教えていたであろう。もしそのような教育が行われていれば、それは漢籍と違って隠すべきことでもないから、天皇の知るところであったに違いない。天皇がそのことを念頭において「日本紀をこそ」と言った可能性もあるかもしれない。

どちらであるか、今それを決定することはできないが、「日本紀をこそ」云々は、その当時紫式部が彰子に対して進講していた何かの書物に対比して、「むしろ日本書紀をこそ講義なさるべきだね」と言ったのだという理解は、文章の解釈として認めうるであろう。

新楽府は政治諷刺の書であり、それ故に萩谷朴は帝王学としての胎教の書とみなすわけだが、日本書紀もまた為政者の必須の知識とみなされていたことは、日本紀講書の直接の対象が公卿であったことに示されている。平安朝の為政者たる公卿（今でいえば内閣を構成する諸大臣にあたる）の必須の知識教養として、決して白氏文集新楽府に劣るものではない。最近明らかにされつつある平安時代から中世にかけての文学歴史に見られる日本書紀の広がりと深さは、そのことの証でもある。

六　おわりに——日本紀と物語

紫式部日記の日本紀の記事に関連して思い出されるのは、源氏物語螢巻のいわゆる物語論に見える、光源氏の物語についての、

神代より世にあることを記しおきけるななり。日本紀などはただかたそばぞかし。これらにこそ道々しく詳しきことはあらめ。

という言葉である。螢巻の日本紀もやはり日本書紀のことである。光源氏が物語の道々しさを称揚して、その比較に日本書紀の名をあげることの意味は、第三章に述べているのでここには繰り返さないが、要するに、源氏は詭弁を弄して「虚言（そらごと）」と見なされていた物語を「真実（まこと）」と

みなされていた史書（日本書紀）と同列に置こうとしたのである。特に日本書紀は、日本紀講書として公卿を対象に講義されるほどにその公的意義は高かった。だからこそ「日本紀などはただかたそばぞかし」と、ことさらに日本書紀の名をあげて物語を称揚したのである。

いま一条天皇は「日本紀をこそ読みたまふべけれ。まことに才あるべし。（日本書紀をこそ講義なさるべきだ。ほんとうに学才があるにちがいない。）」と、紫式部の学才を称賛したのである。それは源氏物語そのものを称賛したのではなく、作者紫式部の学才を称賛した。すこし極端な言い方をすれば、物語に浪費するには惜しい才能という評価なのである。この一条天皇のことばには、なお物語を「つれづれ慰むるもの」（枕草子）であり、「女の御心をやるもの」（三宝絵詞序）であるとする意識が透けて見える。それ故にまた、同じ日本紀を媒介として物語の意義を説く螢巻の物語論が、どれほど時代の常識を超えたものだったかもわかる。

注

（1）石川徹「光源氏須磨流謫の構想の源泉——日本紀の御局新考——」（『愛知学芸大学国語国文学報』一二号、昭和三五年）「紫式部の人間と教養」（『国文学』昭和三六年五月号）ともに『平安時代物語文学論』（笠間書院、昭和五四年）に収まる。

（2）塚原鉄雄「卑者に対する敬語——『日本紀をこそ読み給ふべけれ』の解——」（『平安文学研究』一五輯、昭和二九年）

（3）森野宗明「古代の敬語Ⅱ」（『講座国語史5敬語史』大修館、昭和四六年）

（4）渡辺英二「会話文における尊敬表現――源氏物語の敬語の用法――」（『富山大学教育学部紀要』二三、昭和五〇年）

（5）この紫式部日記のいわゆる冊子作りに関連して、源氏物語が一条天皇に献上されたとする見方もあるが、紫式部日記を読むかぎり、中宮彰子のための新調と考えるべきである。つれづれを慰め（枕草子）女の御心をやる（三宝絵詞序）べき物語を、道長であれ中宮であれ、直截に天皇に献上することはありえない。ただ、いまここに取り扱っているように、女達が読んでいるのを横で聞くことは当然有る。或いはみずから手に取ることもあるかもしれない。だが、それはみな天皇にとってはもとより、男性貴族にとっては戯れのうちである。源氏物語螢巻の源氏が「幼き人の女房などに時々読ますするを立ち聞けば」云々という言い方、源氏物語梅枝巻の明石姫君入内に持参させるべく、光源氏がさまざまな本を新作させる場面、これらを想うべきである。

【付記】

最近の紫式部日記注釈書では角川ソフィア文庫（山本淳子訳注、平成二二年）が、拙稿を踏まえたうえで、本文を「読み給ふべけれ」とし、「この作者は公に日本書紀を読み説いて下さらなくちゃならないな」と訳している。また山本淳子「『紫式部日記』消息体の主張――漢詩文素養をめぐって――」（『紫式部日記の新研究――表現の世界を考える』新典社、平成二〇年）は、紫式部日記は自らの漢詩文素養や女房としての働きを漢学者的正統性と公的奉仕という側面に価値を置いて主張している、極めて政治的な作品として読むべきだと論じている。

第五章　源氏物語桐壺巻「いづれの御時にか」の注釈思想史

――儒教的文学観への対応をめぐる三つの流れ

一　はじめに

源氏物語桐壺巻冒頭の「いづれの御時にか」については、いわゆる准拠の問題として古くから議論され、いまなおその議論は継続されている。これまでの議論を大雑把に分類すれば、次の三方向になるであろう。すなわち、現在の読者として冒頭文をどう読むべきか。紫式部の意図はどのようであったか。歴史的にどのように読まれてきたか。本稿では「歴史的にどのように読まれてきたか」という課題のうち、そのように読んだ思想的（文学観的）根拠を明らかにし、それを時代の文学観の現れとして位置づける。

二　桐壺巻頭の施注における二つの立場

課題を明確にするために「いづれの御時にか」について対照的な二つの解釈を挙げる。准拠という事を強く主張した河海抄（四辻善成、南北朝時代）は冒頭文を次のように説明している（本文は玉上・石田『紫明抄河海抄』による）。

延喜の御時といはんとておぼめきたる也。河原院をなにがしの院、鞍馬寺を北山のなにがし寺といふがごとし。伊勢集始云、いづれの御時にかありけん、大御息所ときこえけると云々、是等の例か。

この注は、先ず事実（延喜、河原院、鞍馬寺）があって、それをおぼめかすために「いづれの御時」「なにがしの院」「北山のなにがし寺」と表現したのだという思考順序によっている。「此の物語のならひ、古今准拠なき事をば不載也」はその思考法を端的に表している。河海抄はまた総論にあたる料簡の項において、光源氏を西宮左大臣高明に准ずることを「一世源氏左遷の跡は相同じけれども、彼公好色の先達とはさして聞えざるにや」云々との非難があることについて、

作物語のならひ、大綱は其人の面影あれども、行跡にをきてはあながちにことごとに彼を模することなし。漢朝の書籍、春秋史記などいふ実録にも少々の異同はある也。仍て桐壺帝冷泉院を延喜天暦になずらへたてまつりながら、或は唐の玄宗の古きためしをひき、或は秦の始皇の隠れたる例をうつせり。（中略）光源氏をも安和の左相に比すといへども、好色の方は道の先達なる故に在中将の風をまねびて、五條二條の后を薄雲女院朧月夜尚侍によそへ、或は交野少将のそしりを思へり。（中略）是作物語の習なり。

と説明したうえで、桐壺巻頭についても次のように言う。

初に、いづれの御時にかとて、分明に書きあらはさざるも、此の故也。さりながら、下には延喜帝の御時といふ心を含めり。

つまり、一対一の関係ではなくても、それぞれの行跡には准拠があるのだ、という主張である。その延長で「いづれの御時にか」についても、大綱は延喜帝に准えている、それが作り物語の習いだ、という。

一方、本居宣長は玉の小櫛(寛政八年〔一七九六〕)に次のようにいう(本文は筑摩書房『本居宣長全集』による)。

此の物語はすべて作り物語にて、今の世にいはゆる昔ばなしなり。さる故に、昔いづれの御時にかありけむ、かゝる事のありしといへるにて、此詞一部にわたれり。伊勢集なるもみづからのうへなるをおぼめきて、昔物語のごといひなせるにて、意は同じ。注、無用の説ども多し。

これは大雑把には、中世以来の准拠説を否定したのだと言えよう。准拠について玉の小櫛は、

諸抄に准拠といへることとあり。(中略)されど物語に書きたる人々の事ども、みなことごとくな

ぞらへてあてたる事にはあらず。大かたは作り事なる中に、いささかの事をより所にして、そのさまを変へなどして書けることあり。またかならず一人を一人にあてて作れるにもあらず。（中略）おほかた此の准拠といふ事は、ただ作りぬしの心のうちにある事にて、必ずしも後にそれをことごとく考へあつべきにしもあらず。

と概括しているが、この文章に続けて「とてもかくても有るべきなれども、昔より沙汰しあへる事なる故に、今もその趣をいささか言ふ也」と、准拠説にはなはだ冷淡な物言いである。また中世のみならず近世の安藤為章等の儒仏による趣意の説明についても「大むね」に、

此の物語のおほむね、昔より説どもあれど、みな物語といふもののこころばへを尋ねずして、ただ世の常の儒仏などの書の趣をもて論ぜられたるは、作りぬしの本意にあらず。たまたまかの儒仏などの書とおのづからは似たるこころ、合へる趣もあれど、そをとらへてすべてをいふべきにはあらず。

と一蹴する。この考えはいわゆる「物のあはれを知る」の説と両輪をなしているので、平安時代以来の毛伝的文学観の変容という観点からも詳しく論じなければならないのだが、いまは源氏物語を「作り物語」「そらごと物語」として読もうとするものの代表として例示するにとどめる。

河海抄と玉の小櫛との間には物語そのものの理解について大きな相違がある。それが桐壺巻頭の

「いづれの御時にか」の注の付け方に現れており、また准拠に対する考え方の相違にも現れている。[1] いま我々が注釈史・享受史をたどるとき、あるいは近世以前の注釈書を利用しようとするとき、何故にその書物はそのような注を付したか、についての思想的（文学観的）背景を理解しておかねばならない。中世、何故に河海抄的注釈が流行したか。近世、何故に河海抄的理解が駆逐され宣長的理解が主流となったのか。そのことを儒教的（毛伝的）文学観への対応という観点から検討し、源氏物語の注釈研究の歴史の再整理を試みる。[2]

三　毛伝的文学観と源氏物語の価値

既に本書にも収めた拙論（第一章・第二章）で、平安時代以降の我が国の文学観は儒教的文学観（具体的には詩経毛伝のそれ）に拠っており、漢詩文のみならず和歌・物語の和文学もまた、詩（文学）は政治的道徳的に有益であらねばならぬという儒教的文学観の中で評価されたこと、古今和歌集序は和歌を漢詩と同じく政治的道徳的に価値ある文学だと強弁するために毛詩の序を流用したこと、儒教的価値観のなかで物語は「まこと（事実、歴史書）」「そらごと（虚言、作り物語）」の対比で論じられたこと、源氏物語螢巻の物語論も仏教の方便の考えを援用しつつ事実のみを価値有りとする儒教的文学観に同調させようとしていること、河海抄の注釈・准拠の考えは詩経毛伝鄭玄注を規範とした源氏物語学を志していたのであろうこと、等を述べた。本章はそこで明らかにした事々を前提としているが、行論の必要から記述の重複があることをおことわりする。

ここでも強調しておきたいことは、儒教的律令的観念が価値として存続した時代、それは江戸時代にまで及ぶが、「そらごと」の価値は認められていなかったことである。仏教的価値観においても、五戒のひとつに「不妄語戒」があるごとく、人を誑かす虚言は成してはならぬことであった。儒教・仏教いずれの価値観からも「そらごと」は価値を否定されていた。だから物語（作り物語）はつれづれの慰め（枕草子一三五段）であり女の気晴らし（三宝絵詞序）に過ぎないとみなされたのである。

その物語が価値を認められるのは、周知のごとく、建久四年（一一九三）の六百番歌合における藤原俊成の「源氏見ざる歌よみは遺恨のことなり」の発言にみられるように、平安末鎌倉初の頃には源氏物語が歌よみ達の必読書となったことによる。ただしこれも既に言われていることだが、源氏物語が歌よみの教材として評価されたのであって、物語一般はもとより源氏物語も物語そのものとして評価されたのではない。俊成の発言以前にも藤原伊行の源氏釈のような源氏物語の注は存在した。俊成の発言も源氏物語を読んでいて当然だということを前提にしている。その後は定家の奥入が続き、さらに種々の注が続く。

源氏物語の注釈史享受史についての研究文献は多く、いまそれらの幾つかによって見るに、中世の源氏物語の注釈と享受は大きくは二つの流れ、小さくは三つの流れに分かれるようである。一つは河海抄に至り是より出る流れ。准拠説の流れと言ってもよい。一つは注釈においても准拠を重視しない流れ。やや粗っぽく言えば、歌よみ的享受の流れと言えようか。今ひとつは、源氏供養、紫式部堕地獄説などとして現れる仏教的享受の流れ。先行研究でもそれぞれの流れに属する個々の文献については詳細に論じられているが、これらの流れに分かれた必然性の説明はなお十分とは言えない。そのことを儒教的文学観への対応の仕方という観点から整理すれば、源氏物語の注釈享受の歴史はより理解しやすくなるであろう。

さて平安時代、我が国の文学観の核は儒教的文学観（毛伝的文学観）であった。その特徴は「詩は以て興すべく、以て観るべく、以て群すべく、以て怨むべし。邇《ちか》くは父に事《つか》へ、遠くは君に事へ」（論語陽貨篇）「古へ採詩の官有り。王なる者の、風俗を観、得失を知り、自ら考正する所以なり」（書経）「得失を正し、天地を動かし、鬼神を感ぜしむるは詩より近きはなし。先王是を以て、夫婦を経《ただ》し、孝敬を成し、人倫を厚くし、教化を美《うるはしう》し、風を移し、俗を易《か》ふ」（毛詩大序）に要約される。即ち、政治的に道徳的に教誡的に役に立つというにある。さらに儒学においては、尚書春秋等の史書は言うまでもなく、詩経もまた毛伝鄭玄注を通して歴史書という側面を持ったように、歴史書を重んじた。その一方で「子は怪力乱神を語らず」（論語述而篇）と伝えられるごとく、空想怪異を軽んじた。

唐の諸制度を受容した我が国においても、大学寮で学ぶ詩（詩経）についての理念は同じである。学令で詩経の本文は毛詩鄭玄注と指定されていた。平安初期、貴族の子孫の全員入学制度が実施されたりもしたが、いわゆる貴族である貴（三位以上）通貴（四位五位）の子孫のほとんどは歴史文学コースである紀伝道（文章道）を選んだ。そのなかで、事実の記録である歴史書には価値があるが、虚言である物語には価値がない、という価値観を身に付けていった。そうしてそれが時代の価値観となった。

平安末期以降の源氏物語の論は、右のような価値観を前提にして、どのように言えば源氏物語に読む価値、つれづれの慰めでもなく女の気晴らしでもない、極端に言えば三史五経に準ずる価値があると言い得るか、その理屈を求める議論であったとも言える。その議論がそれぞれの拠るべき価値に従って三つの流れに分かれていったのである。

四　歌よみ的享受の流れ

いま仮に歌よみ的享受というのは、准拠の説を重視しない傾向の注釈・享受を指す。すなわち「紫式部、歌よみのほどよりも物書く筆は殊勝なり」（俊成）として源氏物語を詠歌の参考書として尊重し、精読のための出典・語義の考証等はするが、結果的にはそれ以上の価値（儒教的価値）を強いては追求しない傾向をいう。

藤原伊行の源氏釈も定家の奥入も引歌引詩等の出典に関する考証的注が主で、河海抄等では大きな問題となる桐壺巻頭の「いづれの御時にか」についても注は付されていない。本文を精確に読むことのみを意図した注といえよう。総じて源氏物語注釈における初期の注は考証的であると言われているが、詠歌のためという明確な目的があった故に、それ以上の価値に関する考察の必要を認めなかったのであろう。

藤原定家は先達物語（定家卿相語）に源氏物語を次のように言っている（『日本歌学大系第三巻』による）。

近代の源氏物語を見沙汰する様、またあらたまれり。或ひは歌を取りて、本歌として歌を詠まむ料、或ひは識者を立てゝ、紫上は誰が子にておはすなど言ひ争ひ、系図とかや名付けて沙汰ありと云々。古くはかくもなかりき。身に思ひ給ふるやうは、紫上の父祖の事をも沙汰せず、本歌を求めむとも思はず、詞づかひの有様の言ふかぎりなきものにて、紫式部の筆を見れば、心も澄みて、歌の姿詞優に詠まるゝなり。文集の文、此の定にて、文集にて多く歌を詠むなり。筆のめでたきが、心はいかさまにも澄むにや。

ここに言う源氏物語を読む趣旨は、同じ定家の詠歌大概に、

和歌の先達に非ずと雖も、時節の景気、世間の盛衰、物の由を知らんが為に、白氏文集第一第二帙、常に握翫すべし。深く和歌の心に通ず。

とあるのと同じ。和歌の先達ではないが、和歌の心に通ずる故に白氏文集を握翫せよと言う。源氏物語を読むのに紫の上の素姓の詮索などは不要という。この読み方からは准拠を探るような注釈は出てこないであろう。「古くはかくもなかりき」という言葉は、定家の時代に急速に源氏物語の学問化が進展しつつあったことを示してもいる。

本書第二章「詩経毛伝と物語学」では、古今和歌集・伊勢物語の注において、題知らず・読人しらずの和歌にも歌人名と詠歌の歴史的背景を説明し、伊勢物語の話にも具体的歴史事実を指摘しようとする、冷泉家流の荒唐無稽な注が出現したのは毛伝的注の負の影響の顕れであり、根本は河海抄的注釈態度と同じであることを指摘したが、定家系の主流である二条家の注においてその傾向が薄かったのは、定家のかかる考えと無縁ではあるまい。

因みに、初期の注釈書が引用する源氏物語本文は河内本系が多いといわれているが、定家流（二条家）と河内方との注釈に対する姿勢の差により、結果的に古い注釈書として残っているのが河内本系本文であるという事情もあり、古注の本文の残存情況からただちに河内本の方が広く流通していたと判断するのは早計かもしれない。

登場人物の一々に名を当てる冷泉家流伊勢物語注（伊勢物語抄）にしても、書陵部本の識語には「持為説、古注に相違して作者無し。歌は誰にてもあれ押して其の作者を顕すべからずと云々」との持為（一四〇一～一四五二）の説を記し留めている（第二章七節参照）。また持為と同時代の一条兼良（一四〇二～一四八一）も愚見抄に一々に名を顕すことについてこれを「末書」「末注」と称して「昔物語の本意を失ふのみならず、詞花言葉のたよりにもなりがたし」と言い、「邪路」「信用にたらぬ事」と難じている。詞花言葉のたより云々は実作の立場からの批判である。[3] あまりにも強引な背景説明は、歌よみの正統的な流れ、また一条兼良のような和漢の万般にわたる該博な知識と見識とをもった者にはとうてい受け入れ難いものだったのである。

定家の見識は、源氏物語の注釈にあっては契沖の源注拾遺に受け継がれた。「大意」の項に（岩波書店『契沖全集』による）、

定家卿の詞に、歌ははかなくよむ物と知りて、その外は何の習ひ伝へたる事もなしといへり。〈古今密勘に見えたり〉これ歌道においてはまことの習ひなるべし。然れば此の物語を見るにも大意をこれになずらへて見るべし。

と言い、これに続けて源氏物語の作意を五常の道・春秋の褒貶・勧善懲悪・天台四教に比する等の河海抄流の理解を否定する。

また別の箇所でも「毛詩には関雎《かんしょ》螽斯《しゅうし》等の篇は后妃の徳化を示し、鄭衛の詩は淫放をいましむ。美悪水火のごとし。（中略）此の物語は人々の上に美悪雑乱せり。もろこしの文などに准へては説くべからず。定家卿云く、詞の花言の葉を翫ぶべし、と。かくのごとくなるべし」とも言う。その定家の詞は伊勢物語写本の奥書に見える発言であるが、契沖は勢語臆断にも「此の詞肝要なり」と言っている。そして桐壺巻頭の「いづれの御時にか」に注は何も付していない。契沖のような考え方をすれば、あながちな准拠の詮索などは無意味だからである。

ただ、定家の時代とは事情が異なって、契沖は源氏物語を歌よみの為の書と位置づけていたわけではなく、契沖の時代には既に源氏物語は完全に古典として価値が確立していた。だから「そらごと」である源氏物語に注を付けることの意味をことあらためて述べる必要も無かった。このことは本居宣長も含めて、もとより我々も含めて、この後の源氏物語研究者に与えられた幸せな前提である。

五　物語は妄語とする流れ

作り物語を仏教的に見たとき、物語は即ち「妄語」である。妄語は「不浄心の他を誑《たぶら》かさんと欲して、実を覆隠し、異語を出し、口業を生ず。是を妄語と名づく」（智度論一四）と定義されている。これを厳密に適用すれば、文学的表現はみな妄語となる。実際に白居易の「狂言綺語《きぎょ》の誤」（香山寺白氏洛中集記）の考えを承けた本朝の慶滋保胤（一〇〇二歿）は、「勧学院仏名廻文」（本朝文粋巻一三）に

「況やまた、春の苑に硯を鳴らし花を以て雪と称し、秋の籬に筆を染め菊を仮りて金と号すをや。妄語の咎逃れ難し、綺語の過ち何ぞ避けん」と言う。白梅を雪に、菊を黄金に比喩するのさえもが妄語であるなら、そらごと物語である源氏物語は妄語の最たるものである。源氏物語は「そらごと」故に妄語であるが、さらに男女の交会のことを描く故に邪淫戒にも反している。まことに物語の「罪の根」（三宝絵詞）は深い。

平安後期、歌よみは男女を問わず源氏物語を読むようになったが、それは同時に妄語・邪淫の罪を犯すことでもある。読者でさえそうなのだから、源氏物語の作者である紫式部の罪は当然に逃れようがない。「紫式部がそらごとを以て源氏物語を造りたる罪によりて地獄に堕ちて、苦患忍びがたき故に、早く源氏物語を破り捨てて、一日経《いちにちきょう》を書きてとぶらふべし」と夢にみたという話が生じる（宝物集）。こうして歌よみの間に源氏供養が広まっていった（新勅撰集釈経部・実材母集など）。

物語の価値如何と妄語・狂言綺語との関係で注目すべきは源氏一品経であろう。これは法印澄憲の作と伝えられ、永万（一一六五〜一一六六）頃の成立とされている。必要な部分を訓読して抜き出し、その言うところをたどる[4]。

夫《それ》、文学の興、典籍の趣は、其の旨旁々《かたがた》に分かれ、其の義区々《まちまち》に異なるなり。如来の経・菩薩の論は、戒定恵解《かいじょうえげ》の因を示し、遙かに菩提涅槃の門を開く。周公の書・孔子の語は、仁義礼智の道を専らにし、君臣父子の儀を正す。是を以て、内典外典異なりと雖も、悉く世出世間の正理に叶ふ。若しくは又、左史は事を記して、百王の理乱、四海の安危を詳《つまびら》かにす。文士は詩を賦して、煙霞の春興、風月の秋望を恣《ほしいまま》にす。

まずは儒仏史詩の典籍の意義を述べて言う。仏典は戒定恵（慧）解（持戒禅定悟入解脱）の因を示して菩提涅槃の門を開く。周公の書孔子の語（周礼・論語）は仁義礼智の道により君臣父子のあり方を正す。史官は事を記録して歴代の治乱安危を詳かにする。文士は詩を賦して四季折々の興趣を恣にする。ここまでは仏教・儒教の教典の意義、歴史書の意義、詩文の意義を述べる。既に確固とした価値を認められている分野である。続いて、

此の外に本朝に和歌の事有り、蓋《けだ》し日域《じちいき》の風俗なり。本朝に物語の事有り、是れ古今製する所なり。

という。和歌は日域（日本国）の風俗という言い方は、この時代の多くの文章に見られる。一条朝あたりから顕著になってきた和歌の価値を主張するときの言い方である（第一章第三節参照）。

問題は物語である。落窪、寝覚、狭衣、源氏等十二の物語名を挙げて、

此《かく》の如き物語は、古人の美悪を伝ふるに非ず、先代の旧事を注するに非ず。事に依り人に依るに、皆な虚誕を以てするを宗と為す（依事依人、皆以虚誕為宗）。時を立て代を立つるに、併《とも》に虚無を課するを事と為す（立時立代、併課虚無為事）。其の趣は且千《ちぢばかり》なれども、共に唯男女交会の道を語る。

と、古人の美悪を伝え先代の旧事を注するのは史書の役割であるが、物語はそうではなくて、ただただ虚誕虚無を第一に述べたものであると言う。

さらに続けて、そのような物語の中でも源氏物語は古より物語の中の秀逸とされており、艶詞甚だ佳美で、心情は蕩かされる。だから深窓の娘や独身の男はこれを読んで恋の思いを抱く。それ故に、作者の霊も今の読者も、きっと輪廻の罪根を結び、悉く奈落の剣林に堕ちる。それで、紫式部の亡霊は、昔、人の夢に託して罪根の重きを告げた。そこで、ひとつには紫式部の幽魂を救うために、ひとつには読者を済度するために、法華二十八品を書写するのだ、という。

要するに、物語は人も事も時代もみな虚偽であり事実無根だ、しかも男女の交会のことを専らにし、読者を罪に堕とすものだ、ということである。それを儒仏の経典、史書詩文との比較の中で強調している。常に規範は正統の漢籍。仏・儒・史・詩は「真言《まこと》」であり、物語は「虚言《そらごと》」であり、「虚言」は「妄語」である。作者も読者も地獄に堕ちるほかはない。

物語が妄語にして邪淫の書であることを認めたうえで、読んでなおかつ罪に堕ちないと言おうとすれば、虚言も男女のことも菩提に導くための「方便《ほうべん》の権教《ごんぎょう》」（細流抄）と言う以外になかったであろう。それでも、作者も読者も「定めて輪廻の罪根を結び、悉く奈落の剣林に堕つ」と告げられるのは辛いことだから、紫式部堕地獄説の裏返しとして「妙音観音など申すやむごとなき聖たちの女になり給ひて、法を説きてこそ人を導き給ふなれ」（今鏡・物語のゆくへ）という紫式部観音化身説が出現するのは、その機微を現している。結局、仏教的観点からは「そらごと」の物語を「まこと」だと言いなすことができなかった。その結果が供養であり観音化身説である。(5)

かかる読者は准拠などには興味を持たないであろう。しかし、源氏物語の価値を宣揚しようとする者、すなわち源氏物語注釈家はこの仏教的妄語説にも対応しなければならなかった。そのことは儒教的文学観への対応と併せて次に述べる。

六　准拠論は物語の歴史書化

河海抄は儒教的価値観（毛伝的文学観）に同調させるべく、そらごと物語である源氏物語に毛伝鄭玄注の注釈法を適用することによって、源氏物語が「そらごと」ではないこと、歴史事実に基づいていることを証明し、三史五経と同じように価値あるものだと主張しようとした。河海抄の准拠指摘はそのような意図があっただろうことは本書第二章「詩経毛伝と物語学」に述べた。そこで、ここでは具体的にどのような言い方で主張したかを見てみよう。

源氏物語が「そらごと」ではないと言うためには、何が有ると言えばよいか。それは源氏一品経等において儒仏の書・史官の書・漢詩文には有り、物語には無いとされている趣意、すなわち解脱の因縁を示し菩提の門に導くこと、仁義五常の道を諭し君臣父子の儀を正すこと、国家の治乱興亡をつまびらかにすること、煙霞風月の興を恣にすること、これらの趣意が有ると言わなければならない。河海抄は、大胆にもというべきか、あつかましくもというべきか、これらが全て源氏物語に備わっていると言った。

河海抄の「料簡」の「此の物語のおこり」の条に、

誠に君臣の交、仁義の道、好色の媒、菩提の縁にいたるまでこれを載せずといふことなし。

というのは、物語の意義として何が求められていたかを如実に語っている。続けて、

その趣、荘子の寓言におなじきもの歟。

というのは、作者紫式部は、それら君臣の交等々の思想を物語の人物に託しているのだという主張である。寓言のことは本書第七章に詳述しているので、ここには触れない。次の条には、

物語の時代は、醍醐朱雀村上三代に准ズル歟。

という例の准拠の説が記されている。これは源氏物語が歴史と連続していること、史書に准ずることの証明の意味をもつ。

作り物語のならひ、大綱は其の人の面影あれども、行跡におきてはあながちに事々にかれを模する事なし。漢朝の書籍、春秋史記などいふ実録にも少々の異同はある歟。

の強弁にも、源氏物語を春秋・史記などの史書になぞらえる思惑がみえる。(6)

四辻善成は河海抄序に自らを述べて「なまじゐに王統《わかむどをり》の末をうけて、はるかに惟光良清が風を慕ふいやしき翁あり。桂を折る道を学びし昔より」云々と言う。前半は筆名を源惟良としたことの説明である。「桂を折る」は科挙及第の意で、文章の道を学んだことをいう。されば、毛詩は当然学んだであろうから、儒教的文学観の中では、何を言えば源氏物語が意義有る文章だと証明できるかは、十分にわかっていたのである。

言うまでもなく、これは四辻善成において初めて出現した意識ではない。河内守源光行に始まる河内方の源氏物語研究の特徴は文献的考証的であるとされている。その光行（一一六三～一二四四）は和歌を俊成に、漢学を文章博士藤原孝範に学んだという。孝範は蒙求和歌等の作者でもあり、和漢にわたる学識を有した人物である。紫明抄の著者である素寂（光行の男孝行をあてる説が有力）は、その序に「いやしき家の風をあふぎて、とこしなへに光源氏物語をもてあそぶ癖つけり」と、河内流の家学を意識した言い方をしている。「杜預《どよ》が伝癖《でんぺき》」になぞらえて「源癖《げんぺき》になやむ」とも記しているのは、春秋左氏伝に傾倒した晋の学者杜預に自分をなぞらえているのだが、春秋左氏伝をもってきたところに、源氏物語の価値を言うときの急所は捉えていることがわかる。

素寂の紫明抄には桐壺冒頭につき准拠の問答が記されている（本文は『紫明抄河海抄』角川書店）。

いづれの御時にかといへる、おぼつかなし。例にひき申べき帝、いづれぞや。

との問に対して、

醍醐の帝の御子にこそ朱雀院と申御名もおはしませ、また高明の親王も源氏におはしませば、延喜の聖主をやひき申べからん。

と、延喜帝を当てる。問者は重ねて、天皇の位次を勘案して准拠するに、桓武天皇（桐壺帝）嵯峨天皇（朱雀院）淳和天皇（冷泉帝）仁明天皇（今上）文徳天皇（東宮）源光（光源氏）が、それぞれ似ているのではと問うのに対して、

物語のならひ、すこしきさ似たる事一《ひとつ》あれば、例とする事これおほし。

と言い、左遷のこと、宇多の帝の御誡めのこと、絵合巻に延喜の御手づから書いたとあること、明石巻に延喜の御手より弾き伝えたとあること、等を挙げて「桓武の時代あえて證拠にかなふべからず。たゝあふぎて延喜の聖代を時代には立て申べき也」と答えて、この問答は終わる。

後に四辻善成によって徹底的な形で主張されるが、すでに早くも源氏物語に歴史を読むことが明確に意識され始めている。家の学として源氏物語に注釈するとなれば、その規範は漢学、即ち毛詩鄭玄注の方法ということになるのであろう。毛詩鄭玄注の特徴は第二章「詩経毛伝と物語学」に詳しく述べたとおり、詩の背後に隠れている歴史的事実と教訓とを顕在化させることにある。詩の歴史化であり、政治化であり、道徳化、教誡化である。儒教において詩（文学）を読むとは歴史を読み取ることであり、教訓を読み取ることである。それ故、源氏物語の記述に准拠を求めることは、源氏物語の歴

史化であり、儒教的価値の証明の第一歩であった。そのことが河内方の研究や弘安源氏論義のなかで確実に進行していたのである。

四辻善成は河海抄料簡（総論）で、内容は儒教仏教歴史を含む、表現は荘子寓言に同じである、と言って源氏の価値を主張したが、それ以後の代表的注釈書の総論の部はみなそれを踏襲し更に厚く塗り固めていった。その一々を示すことは省略するが、それらが実態の無い虚仮威しであるとしても、それが源氏物語を守る鎧の役割を果たしていることを、中世の源氏学者はよく理解していたのであろう。具体的な本文に関する個々の注とはあまり関係なしに、総論の部分が鎌倉、南北朝、室町と、次第に儒教色仏教色を強めていったのもそれ故である。

七　桐壺巻頭の注と毛詩大序

桐壺巻頭の「いづれの御時にか」云々について河海抄流の注がどのように説明しているかを簡単に見ておこう。諸注がどのように毛伝を意識したかがわかるであろう。

弄花抄（三条西実隆、一六世紀初頭）は次のように言う（伊井春樹『源氏物語古注集成』による）。

此の発端の辞、甚深にしてあまたの理を含めり。先づ作者を顕さずして聞き伝へたる事を書き置きたる物にみせ侍り。されば巻々の終の詞にも其の趣見えたり。作者顕はれざれば、傍人の難を負はざる故也。ことに紫式部が比《ころ》、女房にも才有る人おほかりき。其の憚りも有るにや。言ふ者は罪なきさまにかまへたるなるべし。伊勢集の初の詞、同之。意通ずる歟。

岷江入楚は中院通勝が諸注を集成したもので、成立は慶長三年（一五九八）とされている。そこにも右の弄花抄が引用されているが、岷江入楚の本文（『源氏物語古注釈叢刊』）では文章がすこし違っており、「言ふ者は」云々の部分は毛詩大序の本文により近く「言ふ者は罪なく聞く者はもつていましむるにたれり」となっている。岷江入楚は弄花抄に続いて次の「箋」（三条西実枝の説）を引く。

伊勢集はその身のいやしきことを隠す。紫式部は時代を隠す。詞はおなじくて其の心各々別也。是作者の粉骨也。たとへば風の詩に漢皇のことをもて唐をそしるがごとし。

河海抄が「延喜の御時といはんとておぼめきたる也」と説明したところを、そのおぼめかした理由を弄花抄では「傍人の難を負はざる」ためと言い、かつ毛詩大序の六義の説明に続く次の一節、

上は以て下を風化し、下は以て上を風刺す。文を主として譎諫す。之を言ふ者は罪無く、之を聞く者は以て戒むるに足る。故に風と曰ふ。

を引いて「風」の義があることを示唆している。「箋」は更にその表現意図を長恨歌のごときものだと説明する。弄花抄も箋も「いづれの御時にか」云々に毛詩大序を引いて、作者紫式部が誹りを受けないための工夫であると言う。実隆も漢学の知識は豊かであったから、河海抄の方向で注を付ければおのずから毛詩を引くことになるのであろう。

右の古注の理解がはたして作者の意図にそったものかどうか、今は問わない。留意すべきは、表現意図の説明に毛詩大序を引き、長恨歌を類例としていることであり、それを引かざるを得なかった時代の価値観である。

八　「そらごと」「まこと」の文学観の行方

まこと（事実）・そらごと（虚言）の観点から文章を区別し、そらごとの物語には価値無しとする見方は、室町末期になるとすこしづつ変化してくる。それまで事実の物語として扱われていた伊勢物語が、はっきりと虚言《そらごと》の物語とされるようになる。

三条西実枝（一五一一〜一五七九）の伊勢物語抄には、

> 此伊勢物語、荘子が筆を以て書。此物語は実を虚に書きなす也。源氏は虚を実に書也。源氏は寓言とて、根なし草也。

とある。[7] また細川幽斎（一五三四〜一六一〇）は伊勢物語闕疑抄（片桐『伊勢物語の研究資料編』）に言う。

> 源氏は虚を実に書きたり。此の物語は実を虚に作りたり。しかるを、僻案の説に虚を実に言ひなさむとする故に惑説出でくる也。実をば実にし、虚をば虚に見れば、あひ紛るることなし。是此の物語の口伝なり。業平の一期の間にありしことを書きのせ、またそれに古き歌などを書き加へ

たる所は、作り物語のならひ也。

実枝は源氏物語注釈書である山下水の著者であり、幽斎に古今集の講釈もしている。闕疑抄の「源氏は虚を実に書きたり。此の物語は実を虚に作りたり」も実枝の影響があるのかもしれない。

これらは今から見れば、まだ徹底しない発言であるが、中世の河海抄的源氏学からすれば、画期的な発言である。源氏物語は虚を実として書いたという言い方は、以前であれば、それを言えば源氏物語の価値が無くなる、それは言わない約束でしょ、という類の発言である。河海抄の注釈思想は、単純に言えば、源氏物語は実を虚に書いた、だから虚の中に隠されている実を顕示するのだということにある。河海抄にとって准拠とは源氏物語が実の物語であることの証拠でもあった。それが今、源氏は虚だと言う。この時期には虚の価値に大きな変化が生じ始めていたのである。別の言い方をすれば、このような発言が許されるほど、源氏物語の評価が確定していたのだともいえる。

契沖の源注拾遺が中世の儒仏的解釈を否定した事は前述したが、賀茂真淵（一六九七〜一七六九）は伊勢物語古意（続群書類従完成会『賀茂真淵全集』）の総論に、物語について、

かかるふみを物語と名づけたる事は、実《まこと》の録《ふみ》のごとくはあらで、世の人の語り伝へ来し事を、真言《まこと》・寓言《そらごと》をも問はず、其の語るままに書き集めたるてふ意にて、今云ふむかしむかしの例《あと》なし物語におなじ。

と言い、にもかかわらず、「殊にそら言に言ひなしつる此の伊勢物語をば実録の如く」思っているのは不審だと言う。業平についても「此のふみに書ける様はつくり事」だと言い、初段の注には、

　男は業平朝臣ならぬ業平を云ふと意《こころ》得べし。皆そら言なれば也。

とも言う。伊勢物語を「そら言」とする理解は闕疑抄を更に一歩進めている。

真淵はさらに物語を真言《まこと》（実）・寓言《そらごと》（虚言）の観点から次のように分類している。

　物語のいで来し祖なる竹取の翁が事は、他の国の物語をここの事の如く作りなしたり。此の伊勢物語と源氏物語は、ここに有りし事をあらぬ様に書きなしたれば、即そら言なり。

と言い、宇津保物語・落窪物語もまた「まづはそら言也」と言う。大和物語・今昔物語集については「実《まこと》も虚言《そらごと》もまたいと異《こと》様なるも交れり」と、栄花物語については「実の事なるを、しばらく物語とは名づけたるなり」と言い、栄花物語以外は「そらごと物語」だとする。

平安時代以来、「まこと」「そらごと」は文章を区別する際の重要な基準であり[8]、それがそのまま価値の有無に直結した。「そらごと」には価値は無く、「そらごと物語」は「つれづれの慰め」（枕草子）であり「女の御心をやるもの」（三宝絵詞序）とみなされた。そのような価値観のなかで、それぞれの立場からそれぞれの理屈を立てて「源氏物語は読む価値がある」と主張したのが、螢巻の光源氏（紫

式部）であり、藤原俊成であり、四辻善成たちであった。

作り物語の価値を言うために、紫式部は螢巻で物語は日本書紀よりも道々しい、嘘も方便、そらごともまことも趣旨は同じと詭弁を弄し、四辻善成は河海抄で源氏物語の作意が儒教仏教の経典の趣意に同じだと強弁した。これらによってようやく源氏物語はつれづれの慰め・女の気晴らしではない、社会的価値を主張してきた。その流れの上に近世国学者の儒教仏教離れが可能であったとも言える。

真淵の後、前引のごとく、宣長が「此の物語はすべて作り物語にて、今の世にいはゆる昔ばなしなり」と断定して、なおかつ物語の価値を主張するのを紫式部が見れば、思いの複雑さに長嘆息するであろう。宣長が「注、無用の説ども多し」と准拠説を一蹴するのを四辻善成が見れば、時の流れに深い感慨を催すだろう。

注

（1）准拠の研究については清水好子『源氏物語論』（塙書房、昭和四一年）をはじめとして多くの論著がある。研究史としては、山中裕「源氏物語の準拠論について」（『源氏物語の史的研究』思文閣出版、平成九年。初出昭和五八年）篠原昭二「桐壺巻の基盤について」（『源氏物語の論理』東大出版会、平成四年。初出昭和六二年）日向一雅『源氏物語の準拠と話型』（至文堂、平成一一年）浅尾広良「桐壺帝・桐壺更衣の準拠」（『人物で詠む源氏物語　桐壺帝・桐壺更衣』（勉誠出版、平成一七年）『源氏物語　重層する歴史の諸相』（竹林舎、平成一八年）所収関係論文などを参考にした。「准拠」については第二章「詩経毛伝と物語学」参照されたい。河海抄等における准拠とは、源氏物語は実を虚に書いていると見なし、その虚のもととなった実（実在の事件や物や人）を指摘したものである。なお、加藤洋介「中世源氏学における准拠説の発生

──中世の「准拠」概念をめぐって──」(『国語と国文学』平成三年三月号)は「准拠」を考えるうえで参考になる。

(2) 本稿では、重松信弘『新攷源氏物語研究史』(風間書房、昭和五五年)を中心に、『国語国文学研究史大成3 源氏物語上』(三省堂、昭和三五年)伊井春樹『源氏物語の注釈史』(桜楓社、昭和五五年)岩坪健『源氏物語古注釈の研究』(和泉書院、平成一一年)稲賀敬二『源氏物語注釈史と享受史の世界』(新典社、平成一四年)『源氏物語講座第八巻』(有精堂、昭和四七年)『源氏物語講座8』(勉誠社、平成四年)學燈社『国文学』昭和四四年一月号(源氏物語像 古代から現代まで)他を参照した。

(3) 武井和人「花鳥余情」(『源氏物語講座8』勉誠社、平成四年)は、一条兼良がこの注釈書に和歌庭訓という側面を与えようとしていたのではあるまいかと言っているが、その理解とも矛盾しない。

(4) 袴田光康「源氏一品経」(日向一雅編『源氏物語と仏教』青簡舎、平成二一年、)の本文に拠るが、一部変更したところがある。なお、小峯和明・山崎誠「安居院唱導資料纂輯」(『国文学研究資料館調査報告』一二号、平成三年)参照。

(5) 天理図書館蔵伝津守国冬筆本の鎌倉期書写の巻々の巻末には「南無阿弥陀仏 十遍」と書かれている。鎌倉期の源氏物語をめぐる仏教的反応として興味深いものがある。岡嶌偉久子「源氏物語国冬本─その書誌的総論─」(『源氏物語写本の書誌学的研究』おうふう、平成二二年。初出は『ビブリア』一〇〇号、平成五年)を参照。

(6) 以後の注釈書の総論、例えば細流抄でも「此の物語の大綱、荘子が寓言にもとづけり。寓言といふは己が言を他人の名を借りて以て謂へりとなり。……さてまた人の善悪を褒貶して此の物語にしるし出せるところは左伝を学べり。……さてまたうるはしく文体を似する所は史記の筆法をうつし、巻に次第を立つるも史記の面影を模す。……されば、先人の耳近く、先人の好む処の淫風を書き顕して善道の媒として中庸の道に引き入れ、終には中道実相の悟におとし入るべき方便の権教也」という。権威を総動員して飾り立てている。源氏物語は三代実録の後を継いだのだという説も、河海抄等の示した方向を純化すればおのづから出てくる説であると理解できよう。それにしても、作り物語の価値を言うためには、結局のところ歴史書との類同性と方便の理屈を用いざるを得なかったのは、螢巻の理屈と同じであり、紫式部の明晰さの証でもある。

（7）川平敏文「寓言――惟中と伊勢物語学――」（『江戸文学』三四号平成一八年六月）の指摘による。

（8）無名草子でも、源氏物語・狭衣物語等の作り物語を「いつはり・そらごと」とし、伊勢物語・大和物語等の歌物語を「まことにありける事」として区別しているのは留意すべきことである。

第六章　源氏物語享受史における宋学受容の意義

――岷江入楚の大意における大全の引用を中心に

一　はじめに

平安時代の和歌・物語が儒教的文学観（毛伝的文学観）に拘束されていたことは既に第一章・第二章等に述べた。その文学観の変遷の一環として、鎌倉室町時代に受容された宋学の詩経解釈、即ち朱子（一二〇〇歿）等の詩経解釈が源氏物語をはじめ伊勢物語・古今和歌集等の注釈における毛伝的解釈をどのように変えていったか、それがいま私の明らかにしたいことである。

朱子学の文学的受容は勧善懲悪の面が強調される傾向があった。実際に室町期の源氏物語学（以下、源氏学と略称）は朱子の詩経における勧善懲悪の論を源氏物語の価値主張に利用している。だが同時に、朱子（広く宋学）における毛伝鄭箋の見直しが、本朝の儒学のみならず、和学（歌学や物語学）をも規制していた毛伝的文学観の思想的基盤を、深いところで掘り崩し始めていたのであろうと思う。その経緯を見るための前提として、本稿では室町期の源氏学における朱子学（宋学）の受容状況を明らかにし、併せて源氏学が朱子の詩経解釈を積極的に受容せざるをえなかった事情を、岷江入楚を通して考察しようと思う。

二　岷江入楚の大意にみられる宋学の受容——四書大全・五経大全を中心に

岷江入楚は、細川幽斎の志を承け継いだ中院通勝（一五五六〜一六一〇）が十年をかけて慶長三年（一五九八）に完成させた、三条西家を中心とする中世源氏学の集成である。その岷江入楚に宋の注釈学大成である四書大全・五経大全（明の永楽帝の勅により胡廣等編、一四一五年）が参照されていたことを示す例がある。受容史の観点からは岷江入楚が引用するその元の注釈書の問題だが、いま便宜により岷江入楚を対象とすることとし、岷江入楚の記述順序を入れ替えて、先ずその大全引用の部分から見てみよう。なお、本稿に引く岷江入楚は国会図書館蔵寛永二十年飛鳥井雅章筆本を底本とする『源氏物語古註釈叢刊第六巻』（中野幸一編、武蔵野書院）によるが、『源氏物語古注集成』（中田武司編、桜楓社）をも参照した。

①同毛詩三百篇の中、以関雎婦人之徳為始、以思無邪為一部之大意。此物語亦如此。
②尚書　一部の意、在謹之一字。此物語もかくのごとし。
③左伝　一部の意、在勧善懲悪。
④礼記　一部、在毋不敬之三字。同。
⑤周易　一部の意、在潔清精微。
⑥（九）［大全を引心は、毛詩一部を二つに分て、好き詩をば吟味して人の手本にし、悪き作法を

作りたる詩をのせたる心は、如此悪き作法ははづかしき事也と、後世に知しめん為也。此源氏も、よき事を書たるは手本にし、悪き作法を書たるは如此事は恥かしきと知て戒よ、と云心一つなる故に、引合する也。」

右はひとまとまりの記事だが、論述の便宜により各条毎に番号を付した。⑥は底本に無く、編者中野幸一による九曜文庫本からの補入である。[1]岷江入楚の記事は毛詩・尚書（書経）・左伝（春秋左氏伝）・礼記・周易の五経の趣意を一言で要約し、それが源氏物語の趣意と一致していること、即ち源氏物語は五経の趣意を全て含んでいることを主張している。これらに大全がどのように利用されているか。

1　詩経大全を引く趣意——毛詩解釈から源氏物語解釈へ

まず①毛詩について。

同毛詩三百篇の中、関雎婦人の徳を以て始と為し、思無邪を以て一部の大意と為す。此の物語も亦此の如し。

最初の「同」は、前条の「此物語の根本、荘子の寓言に比す」云々に「箋」とあり、その箋は、岷江入楚の「此抄ニ引処ノ肩付」の説明に「三光院ノ儀　此内或ハ彼抄出ノ処アリ。或ハ予聞書ノ処アリ。（中略）桐壺ヨリ明石マデハ彼抄ノ分ヲ箋ト書。予聞書ヲ箋聞と書之」とあるのだが、大意の部の箋が「彼の抄」か「予が聞書」かは明示されていない。いずれにしても三光院三条西実枝（一五七九年歿）の説であろう。以下、「鄭箋」と区別するために「三光院箋」と称する。この「同」は⑤まで係るであろう。なお、古注集成本には「同」がない。

①は毛詩大序の「関雎、后妃之徳也。風之始也（関雎は后妃の徳なり。風の始めなり）」及び論語為政第二の「子曰、詩三百一言以蔽之、曰思無邪（子曰く、詩三百、一言以て之を蔽へば、曰く、思ひ邪無し）」に拠っている。毛詩の大意を以て何故に「此の物語（源氏物語）もまた此《かく》のごとし」と言い得るのかを補足説明しているのが⑥である。そこで、まず⑥の記事を見ることから始めよう。

⑥は九曜文庫本からの編者補記。この部分は古注集成本にもない。はたして岷江入楚本来の本文であるかには検討の余地が残るが、ここには極めて重要なことが書かれている。九曜文庫本が「大全を引く心は」と言っているので、大全[2]により⑥の引用を確認する。

これに該当する文章は、「以思無邪為一部之大意」を考慮すれば、論語集註大全巻二の孔子が詩経に言及した為政第二「子曰詩三百一言以蔽之曰思無邪」の条に拠るであろう。

詩三百十一篇、言三百者挙大数也。蔽猶蓋也。思無邪、魯頌駉篇之辞。（中略）凡詩之言、善者、可以感発人之善心、悪者、可以懲創人之逸志。其用帰於使人得其情性之正而已。（割注を略す）

詩は三百十一篇、三百と言ふは大数を挙ぐるなり。蔽は猶ほ蓋のごときなり。思無邪は魯頌・駉《けい》篇の辞。（中略）凡《およ》そ、詩の言、善なるは以て人の善心を感発すべく、悪なるは以て人の逸志を懲創すべし。其の用、人をして其の情性の正しきを得しむるに帰するのみ。

傍線部分は朱子の詩伝綱領にほぼそのまま見られる。また詩集伝序(3)にも「詩は人の心の物に感じて言に形《あら》はるるの余なり。心の感ずる所に邪正有り。故に言の形はるるに是非有り。惟《こ》れ聖人上に在れば、則ちその感ずる所のものは正しからざるなく、その言皆な以て教と為すに足れり。その或いは之を感ずるの雑にして発する所択ぶべきなき能はざれば、則ち上の人必ず自反する所以を思ひ、因りて以て之を勧懲する有り。是また教と為す所以なり」と言い、孔子が詩経を整定したとき、「その善の以て法と為すに足らず、悪の以て戒と為すに足らざるもの」は削って簡約した、だから詩は「その学ぶ者をして是に即いて以て其の得失を考ふる有りて、善き者は之を師とし、悪しき者は焉《これ》を改めしむ」とも言う。

朱子の「毛詩一部を二つに分て」「好き詩」「悪き作法を作りたる詩」に二分する詩経解釈は、好色邪淫を含む源氏物語にとってはまことに有難い論理であって、九曜文庫本が、源氏物語も毛詩も勧善懲悪の心は同じなので大全を引いたのだと、わざわざ記した事情には切実なものがあったのである。

源氏物語における非道徳的行為――後に契沖が源注拾遺において、源氏の薄雲[藤壺]に事ありしは父子につきて言はば何の道ぞ云々と難詰した類の行為――特に好色邪淫は、源氏物語が歌詠みの必読書とされた後も、なかなか正当化することができなかった。そのような中で、平安末期から既に紫式部堕地獄説が起こり、作者のため読者のために源氏供養も行われ続けた。一方では、それらの裏返しとしての紫式部観音化身説が唱えられ、また源氏物語は菩提に導くための権教(形を変えた教え)

であるという説もあって、それらは好色邪淫を正当化する解決案の一つでもあった。

ところが、いま儒教の論理の中から源氏物語の好色邪淫正当化の理屈が与えられた。それが詩経の詩を善なる詩と悪しき詩の二つに分ける朱子流の詩経解釈である。そのことを「大全を引く心は」と明示して、源氏物語の価値の主張の理論的裏付けとしたのが九曜文庫本の一文である。

2　関雎之徳——なぜ源氏物語は男女の事を専らとするか（1）

岷江入楚の大意にはいまひとつ詩経に関連する記述がある。①との関連でそれを先に見ておこう。

⑦又此物語何としたれば男女の道を専とするや。是、毛詩関雎の徳を可見云々。関雎后妃之徳也云々。此后妃は文王の后太姒を云ぞ。賢女を得て文王の后になして天下の政をたすけたいと。「文王のおぼしたれば、太姒を得給へり。此太姒詩人のほめて作る詩なり」（九）太姒の思はれたる事をほむる也。女は嫉妬の心ばかりある物なるに、此太姒の心奇特也。これを以て知るべしとぞ。

右は岷江入楚の「或説、一部の作意、天台四教の法門に比すと云々」の次に記されている一条であるが、「或説」の続きなのか別の引用なのかはっきりしない。古注集成本には文頭の「又」がない。いま本稿の引用に際しては「又説」と称しておく。右の質問は、源氏物語は好色邪淫の書なのに何故に読む価値があるのかという疑問と関連するが、源氏物語は何故に男女のことを専らに語るのか、に対する儒学的観点からの答である。

この疑問に仏教を援用して強弁すれば、明星抄がいうように、

> 四書五経は人の耳に遠くして、仁義の道に入りがたし。況や女房女のため其の徳益なし。されば、先人の耳に近く先人の好む所の淫風を書きあらはして、善道の媒として中庸の道に引入れ、ついには中道実相の悟に落とし入るべき方便の権教なり。

となり、盛者必衰、会者定離、無常迅速、源氏物語の趣旨は夢の一語に尽きる（夢浮橋巻の注）ともなるのだが、そのような説明では源氏物語注釈が儒学の世界で学問としての位置をたもつことはできない。中世の源氏学には儒学的説明が求められていた。源氏学が「学」であるためには避け得ない疑問である。

はやく鎌倉初期、紫明抄の著者である素寂はみづからの源氏物語への志向を、春秋左氏伝に没頭して伝癖《でんぺき》と称された杜預《どよ》になぞらえて源癖《げんぺき》と称していた。そこには源氏物語研究を儒学になぞらえる意識が見られるし、河海抄の著者である四辻善成が密かに目指していたのは大学寮の文章道に比すべき物語道（物語学）の樹立であったと思われるのだが、その善成は物語博士源惟良と戯称した。善成の注釈方法は根本のところで毛詩（毛伝鄭箋）を規範としている。河海抄以降の源氏物語注釈はみな河海抄を拠り所として注釈学の体裁を整えていったと思しい。歌詠みとしてではなく、源氏物語等の講釈者として世に立つとなれば、どうしても儒学を意識せざるをえない。

さて岷江入楚所引の又説は、その答を説明する際に毛詩大序にいう「関雎は后妃の徳なり」を以て

した。では何故に后妃之徳の詩が答となり得るのか。

毛詩小序では関雎以下、葛覃《かったん》（后妃之本也）・巻耳《けんじ》（后妃之志也）・樛木《きゅうぼく》（后妃逮下也）・螽斯《しゅうし》（后妃之子孫衆多也）・桃夭《とうよう》（后妃之所致也）等々みな后妃に関する詩として解釈している。何故に周南の始めに后妃の諸篇が在るのかについて、毛伝鄭箋に明示的説明は無いが、毛伝は「関関雎鳩在河之洲」に注して言う（四部叢刊『毛詩』による）。

后妃説楽君子之徳、無不和諧。又不淫其色、慎固幽深、若雎鳩之有別焉。然後、可以風化天下。夫婦有別、則父子親。父子親、則君臣敬。君臣敬、則朝廷正。朝廷正、則王化成。

后妃、君子の徳を説楽《えつらく》すれば、和諧せざる無し。又其の色に淫《ふけ》らず、慎固幽深にして、雎鳩《しょきゅう》の別有るがごとし。然る後、以て天下を風化すべし。夫婦別有れば、則ち父子親しむ。父子親しめば、則ち君臣敬す。君臣敬すれば、則ち朝廷正し。朝廷正しければ、則ち王化成る。

后妃が君子の徳を悦べば、和らぎ睦み、色に度を過ごさず、夫婦の別をまもる。その後に天下は風化され夫婦は正され、終には王化が成るに至る。だから夫婦を正すのが教化の始だとする。この関雎及び召南の諸詩篇についての理解は、唐の孔穎達《くえいたつ》の毛詩正義も同じ。例えば大序「風之始也」についての注（足利學校祕籍叢刊『毛詩註疏』汲古書院による）。

正義曰、序以后妃楽得淑女不淫其色、家人之細事耳。而編於詩首用為歌楽。故於后妃徳下即申明此意、言后妃之美徳文王風化之始也、言文王行化始於其妻。故用此為風教之始。所以風化天下之民而使之皆正夫婦焉。

正義曰く、序の以て后妃の淑女を得るを楽しみ其の色に淫《ふけ》らざるは、家人の細事のみ。而れども、詩首に編み用《もつ》て歌楽と為す。故に、后妃の徳の下に於いて即ち此の意を申べ明かし、后妃の美徳は文王の風化の始めなりと言ひ、文王の化を行ふは其の妻より始むと言ふ。故に、此を用て風教の始めと為す。天下の民を風化し、之をして皆な夫婦を正さしむる所以なり。

この解釈は詩経大全（書名「詩伝大全」だが便宜「詩経大全」と称する。以下同じ）にも継承されている。

按、此篇首五詩皆言后妃之徳。関雎挙其全体而言也。葛覃巻耳言其志行之在己。樛木螽斯美其徳恵之及人。皆指其一事而言也。其詞、雖主於后妃、然其実則皆所以著明文王身修家斉之效也。

按ずるに、此の篇首の五詩は皆な后妃の徳を言ふ。関雎は其の全体を挙げて言ふなり。葛覃巻耳は其の志行の己に在るを言ふ。樛木螽斯は其の徳恵の人に及ぶを美す。皆な其の一事を指して言ふなり。其の詞、后妃を主とすと雖も、然れども其の実は則ち皆な文王の身修《をさま》り家斉《ととの》へるの效を著明にする所以なり。

右は詩集伝の文章でもあるが、これらの詩経解釈を以てすれば、「此物語、何としたれば男女の道を専らとするや」に対しても、源氏物語三光院箋の「関雎婦人の徳を以て始と為し、思無邪を以て一部の大意と為す。此の物語もまた此の如し」を敷衍したものとして一応の答になっているようではあるが、なお直截的ではない。それ故、さらに男女の事が物事の根本であることを補足説明したのが三光院箋の易経（後引⑧）の引用である。

その易経を見る前に、「后妃之徳」の后妃が文王の后である太姒《たいじ》だとする説明を検討しておこう。関雎の序にいう「后妃」が太姒であるとは、実のところ毛伝にも鄭箋にも明示されていない。「窈窕淑女君子好逑（窈窕たる淑女は君子の好逑）」の注においても、左のとおり、衆妾も嫉妬せずの語はあるが、文王・太姒の語はない。

后妃有関雎之徳。是幽間貞専之善女、宜為君子之好匹。箋云、怨耦曰仇。言后妃之徳、無不和諧、則幽間処深宮貞専之善女、能宜為君子和好衆妾之怨者。言皆化后妃之徳、不嫉妬。

后妃、関雎の徳有り。是れ幽間貞専なる善女は、宜しく君子の好匹《こうひつ》と為すべし。箋云、怨耦《えんぐう》を仇と曰ふ。言ふこころは、后妃の徳、和諧せざる無ければ、則ち幽間にして深宮に処る貞専なる善女、能く君子の為に衆妾の怨ある者を和好すべし。皆な后妃の徳に化し、嫉妬せざるを言ふ。

鄭箋は関雎の詩を后妃が王のために賢女を求めて職を共にせんことを思う詩だと解しているが、孔穎達の正義[4]は周南召南譜において「是故、二国之詩、以后妃夫人之徳、為首（是の故に、二国の詩は后妃夫人の徳を以て首と為す）」につき「此后妃、皆太姒也」とする。但し、関雎の詩の疏には太姒の語はない。ところが、朱子の集伝では文王・太姒の名を明記している。

窈窕、幽間之意。淑、善也。女者、未嫁之称、蓋指文王之妃太姒為処子時而言也。君子則指文王也。

窈窕は幽間の意。淑は善なり。女とは未だ嫁ざるの称にして、蓋し文王の妃太姒の処子たりし時を指して言ふなり。君子は則ち文王を指すなり。

文王、生有聖徳、又得聖女姒氏以為之配、宮中之人於其始至見其有幽間貞静之徳、故作是詩。

文王、生れながらに聖徳有り。又聖女姒氏を得て以て之を配と為す。宮中の人、其の始て至るに其の幽間貞静の徳有るを見る。故に是の詩を作る。

とあって、太姒をほめたとする岷江入楚の三光院箋に一致する。本朝の永正十八年（一五二一）の日付が残る清原宣賢（一四七五〜一五五〇）の毛詩抄は既に宋の新注を多く取り込んでいるが、この辺りの注を見ると、

女はまだよめ入をせぬ前を女と云ぞ。あはれうつくしい善女を求て文王にまいらせて、ともどもに天下を治させまいらせいでと、太姒の思はれたぞ。嫉妬はないぞ。君子は文王を云。通釈云、女者未嫁之称、蓋指文王之妃太姒為處子時而言也云々。心は少かはる歟。（倉石武四郎・小川環樹『毛詩抄』岩波書店、平成八年）

とあり、基本は鄭箋と同じだが、太姒云々はおそらく新注によっている。通釈は宋の劉瑾による詩経注釈書。これら詩経の注を見れば、岷江入楚の又説のうち古註釈叢刊本の行間書入れの「文王のおぼしたれば……ほめて作る詩なり」は新注に拠っており、本文の「たすけたいと太姒の思はれたる事をほむる也」は鄭箋に拠っていることがわかるが、太姒と明示する点は新注の傾向である。ただ詩経大雅・文王之什の思斉《しせい》の詩に「太姒嗣徽音」と太姒の名が出ているので、君子を文王だと解釈すれば、自然と太姒の名は出てくる。そうではあるが、朱子等の解釈を受容しつつあった儒学界の波が源氏物語にも及んでいることは確認できよう。

3　易と大学と――なぜ源氏物語は男女の事を専らとするか（2）

前の「此物語何としたれば男女の道を専とするや」という問題に立ち戻る。この問題は源氏物語の価値を主張しようとするとき、大きな障壁となって立ちはだかっていた。仏教的にはついに説明がつかず、写経して罪を贖うか、悟に導く権教（即ち方便）と言い抜けるほかなかった。儒教的には前述のとおり詩経の関雎の徳を以て意義付けようとしていた。しかし、召南の詩は「其の詞、后妃を主とすと雖も、然れども其の実は則ち皆な以て文王の身修り家斉へるの效を著明にする所也」とあるように、文王の徳が后妃に及び、その徳がまた衆妾に及んで、節度を守り和諧しているさまを言うのであって、必ずしも男女のことを第一とするのではない。それは毛伝鄭箋の解釈でも同じである。それ故、源氏物語が男女の事を専らにすることを儒学的に正当化する根拠は、なお関雎の徳だけでは薄弱であり、別に見いだす必要があった。

それでその根拠として提示されたのが岷江入楚の三光院箋の易経であり、大学であった。易経は⑤にも言及されているが、先に易⑧と大学⑨を引用する。

⑧箋易家人卦、家人、利貞女。彖曰、家人、女正位乎内、男正位乎外。註家人之義、以内為本者。故先説女也。男正位乎外男女正位、天地之大義也。家人有厳君焉、父母之謂也。（父ハ父タリ、子ハ子タリ、兄ハ兄タリ、弟ハ弟タリ、夫ハ々タリ、婦ハ々タリ、而天下定ル。）易の家人の卦の心も女は内に位を正し、男は外に位を正すが家の正しき道也。家正しければ天下も定るといふぞ。註の心、家人の義は内をもつて本とす。ゆへに先女をとくといふぞ。女の内に位を正しくするからおこると也。此物語に男女の道を専いへるも此理なるべし。風流好色の事とばかり見なすは、悪（しき）ぞとなり。

⑨箋大学云、古之欲明々徳於天下者、先治其国、欲治其国者、先斉其家、欲斉其家者、先修其身、欲修其身者、先正其心、欲正其心者、先誠其意、欲誠其意者、先致其知、致知在格物。註心者身之所主也。誠実也。意者心之所発也。実其心之所発、欲其一於善而無自欺也。致推極也。知猶識。推極吾之知識、欲其所知無不尽也。格至也。物猶事也。窮至事物之理、欲極処無不到也。此八者大学之条目也。物格而后知至、知至而后意誠、意誠而后心正、心正而后身修、身修而后家斉、家斉而后国治、国治而后天下平。註物格者物理之極処無不到也。知至者吾心之所知無不尽也。知既尽、則意可得而実矣。（意既実則心可得而正矣。）修身以上、明明徳之事也。家斉以下、新民之事也。物格知至、則知所止矣。意誠以下、則皆得所止之序也。自天子以至於庶民、壱是皆以修身為本。

其本乱而末治者否矣。意を誠にし心正くし身を修め家を斉へ国を治め天下を平にする道をあかすぞ。此物語一部の大意もこれを本とせり。よく此物語に心をつけて、道の正しき所を守るべしとぞ。学者これを思へと也。

右はともに修身斉家治国平天下の理を以て源氏物語が男女の事を専らとすることの説明とする。前述の詩経の場合と同趣旨であるが、易や大学まで持ち出して「風流好色の事とばかり見なすは悪しきぞ」と言わざるを得なかったところに、逆に源氏物語は好色邪淫の書だという見方が根強いものであったことをうかがい得る。

さて易の引用を確認する。「利貞女」は「利女貞」とあるべきところ。誤写であろう。「彖《たん》」は彖伝。「家人之義、以内為本（家人の義、内を以て本と為す）」のみが註の文。「故先説女也（故に先づ女を説くなり）」は三光院の説明。「男正位乎外（男は位を外に正す）」以下「父母之謂也（父母の謂なり）」も彖伝。但し、傍線部は繰返しであり、無いほうがよい。いま括弧で補入した「父ハ父タリ」云々は古注集成本の本文であるが、これも彖伝で、原文は「父父、子子、兄兄、弟弟、夫夫、婦婦、而家道正、正家而天下定矣」である。古注集成本では傍線の部分が脱けているが、次に続く「易の家人の卦の心も」以下の説明からして当然在るべき文字。而の目移りによる脱落であろう。「註」は周易伝義大全巻十三の「家人、利女貞」の注の「中溪張氏曰、家人之義、以内為主（中溪の張氏曰く、家人の義、内を以て主と為す）」を引くであろう。三光院箋は「主」を「本」としているが、これに拠り「周易では女は位を内に正す」といい、「内を以て本と為す」であるから、「それ故に、源氏物語も先ず女のことを説くのだ」という理屈を立てた。修身斉家治国平天下だから、家正しければ天下定まる。だから源氏物語も男女の事を専らにすると見えて、実は風流好色の事ばかりではないと、源氏物語の価値の主張に儒学の経典たる周易を利用したのである。

次の大学（括弧は古注集成本による補い）の引用意図も周易と全く同じ。三光院箋における引用がおそらく大学章句大全に拠っているだろうことを確認する。大学の本文は省略して大全の註の部分を引用する。「古之」から「致知在格物」までが最初の大学の本文。「心者」以下「大学之条目也」までがその註文（A）。さらに「物格」から「国治而后天下平」までが大学の本文。次の「物格者」以下「則皆得所止之序也」までが註文（B）。「自天子」以下はまた大学の本文である。まずAの註を大学章句大全により掲げる（割注は略した）。

明明徳於天下者、使天下之人皆有以明其明徳也。心者身之所主也。誠実也。意者心之所発也。実其心之所発、欲其必自慊而無自欺也。致推極也。知猶識也。推極吾之知識、欲其所知無不尽也。格至也。物猶事也。窮至事物之理、欲其極處無不到也。此八者大学之條目也。

一部に傍線部のような相違はあるが、まず同じ註と判断してよい。次にBの部分。

物格者物理之極處無不到也。知至者吾心之所知無不尽也。知既尽則意可得而実矣。意既実則心可得而正矣。脩身以上、明明徳之事也。斉家以下、新民之事也。物格知至則知所止矣。意誠以下、則皆得所止之序也。

この部分も大全と同じ。古註釈叢刊本には「意既実……正矣」が無く、古注集成本には存する。逆に、「修身以上」以下は古注集成本に無い。脱落か補充かの問題はあるが、そして大全からの直接引用なのかどうかの問題も残るが、註は大学章句大全の文章と認めてよかろう。なお、「新民」はもと書経の語。教化された民の意。

4　尚書・左伝・礼記・周易——五経の趣旨は源氏物語に一致する

これまで保留していた岷江入楚の②尚書③左伝④礼記⑤周易について検討する。

②尚書　一部の意、在謹之一字。此物語もかくのごとし。

古注集成本は「尚書十三巻」とあり、「一部の意」の「の意」無し。九曜文庫本は「意」を「心」に作る。尚書（書経）の大意を「謹の一字に在り」とすることは、書経大全巻七の「明王慎徳、四夷咸賓」云々の注、

謹徳蓋一篇之綱領也。方物方土所生之物。明王謹徳、四夷咸賓。其所貢献、惟服食器用而已。言無異物也。

徳を謹むは、蓋し一篇の綱領なり。方物とは方土の生ずる所の物。明王徳を謹まば、四夷咸《ことごと》く賓す。其の貢献する所は、惟服食器用のみ。異物無きを言ふなり。

に重なる。これは朱子の弟子である蔡沈《さいしん》の書集伝の注。尚書には他にも「始を謹む」「終を謹む」等の語もあり、これらを総じて「一部の意は、謹の一字に在り」としたとも見うるが、他の毛詩等に関する記事が経本文や注文そのままを引用しているので、ここも「謹徳蓋一篇之綱領也」に拠った表現と見なしてよいであろう。

③左伝　一部の意、在勧善懲悪。

古注集成本、この条無し。九曜文庫本は「意」を「心」に作る。左氏伝の趣意を一言で表せば「勧善懲悪」だと言い、源氏物語もまた同じだとする。既に杜預の春秋左氏伝序（文選）に「懲悪而勧善」の語が見えているが、春秋集伝大全を検すれば、巻二の隠公五年夏四月の条「謚者行之迹」に、

范氏曰、謚者行之迹、所以表徳、周公制謚法、大行受大名、小行受小名、所以勧善而懲悪。

范氏曰、謚《おくりな》は行ひの迹《あと》、徳を表す所以なり、周公謚法《しほう》を制し、大行は大名を受け、小行は小名を受く、善を勧めて悪を懲らす所以なり。

とあり、また巻二四成公十四年の「九月、僑如、以夫人婦姜氏、至自斉」の条に、

左伝、舎族尊夫人也。故君子曰、春秋之称微而顕志、而晦婉而成章、盡而不汙、懲悪而勧善。非聖人誰能修之。

左伝、族を舎《す》つるは夫人を尊ぶなり。故に君子曰く、春秋の称、微なれども志を顕《あらは》し、晦婉なれども章を成し、尽せども汙《ま》げず、悪を懲らして善を勧む。聖人にあらずして誰か能く之を修せん。

とある。「勧善」「懲悪」の語が組み合わされて用いられるのは他にも数例ある。

④礼記　一部、在毋不敬之三字。同。

古注集成本は「同」が九曜文庫本と同じく「此物語もかくのごとし」とある。「毋不敬（敬せざるなかれ）」はもともと礼記（曲礼）の語であるが、論語集註大全巻二の「詩三百」の条に、

范氏曰、学者必務知要。知要則能守約。守約則足以尽博矣。経礼三百曲礼三千亦可以一言。以蔽之曰毋不敬。

范氏曰、学者は必ず要を知るを務む。要を知れば則ち能く約を守る。約を守れば則ち以て博を

尽すに足れり。経礼三百曲礼三千もまた一言を以てすべし。以て之を蔽へば、曰く、敬せざるなかれ。

とあるのにほぼ一致する。経礼は儀礼のこと。源氏物語がいかなる意味で「毋不敬」と同趣旨なのか、理解しにくいことであるが、おそらくともかく五経を揃え、その趣旨と同じだと言うことに意味があったのであろう。

⑤周易　一部の意、在潔清精微。

この部分、古注集成本は「一部　在時之一字　此物語もかくのごとし」とある。「潔静精微」の語は、礼記第二十六経解に「潔静精微、易教也（潔静精微は易の教なり）」「潔静精微而不賊、則深於易者也（潔静精微にして賊《そこな》はざるは則ち易に深き者なり）」とあるのに拠る。論語集註大全巻七の「子所雅言、詩書執礼、皆雅言也」の注に「厚斎馮氏曰、易道精微」とある。周易大全巻八には観の卦の条の「進斎」に関して周易本義に「所以為観盥将祭而潔手也。（中略）言致其潔清而不軽」の語がある。

古注集成本の「時の一字に在り」については論語集註大全巻二の「詩三百」の条に、

雲峯胡氏曰、執中二字、是書五十八篇之要。時之一字、是易三百八十四爻之要、亦不可不知。

執中の二字は、是れ書五十八篇の要。時の一字は、是れ易三百八十四爻《こう》の要、また知らざるべからず。

とある。「時」の語は、損の卦の彖伝に「二簋有時、損剛益柔有時、損益盈虚、與時偕行（二簋《き》に時有り、剛を損じ柔を益すに時有り、損益盈虚は時と偕《とも》に行はる）」とあるのを始め、「與時（偕）行」「與時偕極」「〇〇之時義大哉」等の表現は随所に見える。易は陰陽の循環が根本だから、その点からも「時」の一字が易の要であるとするのは納得できるが、岷江入楚古注集成本はそのような一般論としてではなく、論語集註大全の「時之一字」云々から採ったのではなかろうか。その点で、時之一字の採用はより宋学の影響が強いと言えようか。

易の思想、時の思想を損の卦「損益盈虚は時と偕に行はる」で言えば、過ぎたるは損じ、足らざるは益し、虧《か》けたるは盈《み》たし、実なるは虚しうする、いわゆる盈虚思想である。これは仏教の盛者必衰の思想とも繋がる。「潔清精微」と「時之一字」のどちらが岷江入楚の原形かは審らかでないが、源氏物語の趣意を説明する小道具としては、仏教の無常観にも通ずる「時之一字」の方が中世の人々には受け入れられやすかったであろう。

三　室町時代における宋学の受容状況

朱子学等の宋学が何時の頃からどのようにして我が国に拡がっていったかについては、いま私の手に余る課題であるから、先学の研究をかりてこれを瞥見しておこう。

和島芳男『中世の儒学』（吉川弘文館、昭和四〇年）によれば、普門院経論章疏語録儒書等目録（一三五三年）に収載される儒書のなかに晦庵大学・晦庵中庸或問・論語精義・孟子精義など新注書十一部四二冊があり、それらは禅僧である東福寺の円爾（聖一国師）が宋から帰国した時（一二四一年）に持ち帰ったものだろうという。晦庵は朱子。宋学は禅林を経由して我が国に広まったらしい。ただ虎関師錬（一二七八〜一三四六）をはじめ禅僧の宋学観の多くは宋儒の仏教観に対する反駁にとどまったともいう。足利義満（一三五八〜一四〇八）は儒学に熱心で、その師である義堂周信（一三二五〜一三八八）に古注と新注の違いを質問したり（一三八一年）、義堂周信は四書を講じたりしている。同じ一三八一年には二条良基（一三二〇〜一三八八）も義堂周信に儒書新旧二学の相違するわけを尋ねている。

一方、博士家である清原家も良賢（一四三二歿）あたりから新注を摂取し始め、清原宣賢（一四七五〜一五五〇）の祖父業忠（一四六七年歿）は朱子の晦翁集を読んだり易学啓蒙を講じたりもした。永正五年（一五〇八）の宣賢の毛詩講義には三条西実隆（一四五五〜一五三七）も聴講したという。また毛詩の加点を請うたりもしている。宣賢の毛詩抄には朱子等の新注が随所に言及引用されている。詩経大全の引用も見られる。宣賢の孟子抄には朱子集注に加え、五経正義・四書大全等を参看したことが指摘されている。清原宣賢は晩年に出家して、越前・能登・北陸などの大名家で孟子・中庸章句等を講じた。宣賢の毛詩抄における宋学の受容については土井洋一「毛詩抄について」（『抄物資料集成第七巻解説索引篇』清文堂出版、昭和五一年）が具体例を示して丁寧である。朱子の集伝、劉瑾の通釈をはじめ詩経大全も引用されていること、大全は「大全云」と明示して引用されるものがあり、かつ集伝の引用までが大全に拠っていることがあるという。

源氏物語注釈との関連では、宣賢の毛詩講義を聴講したこともある一条兼良（一四〇二〜一四八一）は、その著である大学童子訓で「程子より前は四書の名なし。故に四書は新注を本とすべし」と述べ、また日本書紀纂疏に程子・張横渠・朱晦庵（朱子）の説を引用しているという（和島芳男『中世の儒学』）。

芳賀幸四郎『東山文化の研究』（河出書房、昭和二〇年）の「公家の教養と漢籍」「五山禅僧と外典」の章には、室町中期の公家社会における漢籍の読書状況が、実隆公記等を資料に経・史・子・集・類書辞書等ごとに明らかにされている。同書には、経書の新注に関するものとして、康富記応永二四年（一四一七）条に新注論語、看聞御記応永二四年三月二十五日条に朱子の近思録の名が見えること等の指摘もある。毛詩については、実隆公記永正六年（一五〇九）三月二日、同七年六月八日条に「毛詩大全」の借覧記事を指摘している。また桃源瑞仙（一四三〇～一四八九）の易の註に易大全が用いられていること、桃源瑞仙は史記抄儒林伝第六十一(5)に、

宋朝ニ至テ、周茂叔二程先生以下晦庵ニ及テ、継絶世、性学明。漢唐諸儒未発之妙集而大成者也。於是、朱夫子採先儒之注解、易ニハ本義啓蒙ノ二書アリ、詩ニハ集伝アリ、春秋ニハ集註アリ、（中略）其後、又諸儒注解ヲ集テ六経ニ各大全ト云ガ出タゾ。又文公特抽礼記中之大学中庸之二篇、加以論孟、四書ト云テ、（中略）四書ノ集註ヲ作ルゾ。後ニ倪士毅ガ輯釋、五元善ガ通攷、程腹心ガ章図ナンド云ガデキタゾ。近又四書大全ト云モノアルゾ。不可枚挙矣。

と述べていること、四書大全は清原業忠も見ていること等、また桃源瑞仙は一条兼良や清原業忠の指導を受けており、清原宣賢は史記抄の書写に関与していることも指摘されている。

これらを見ると、十二世紀半ばに始まった新注受容が十四世紀から徐々に拡がりを見せ始めており、大雑把には十五世紀半ばから後半にかけて、即ち清原宣賢・桃源瑞仙・一条兼良等の活躍するあたりから、漢籍の注釈と宋学との関連が顕著になってくる。このような儒学における宋学受容の動きを源氏物語注釈史と重ね合わせると、一条兼良あたりからは宋学の影響への留意が必要になろう。兼良の花鳥余情には朱晦庵の名が二度見えるが、博士の語義（帚木）と詩経小雅の楽曲に関する注（雲隠）である。兼良が四書・五経の大全を見ていたかどうかは分からない。しかし、宣賢と交渉のあった三条西実隆が毛詩大全を見ていたことは確実だから、三条西家の学問を承けている岷江入楚に「大全を引く心は」とあるのは毛詩大全であり、尚書以下も大全に拠っている可能性は大きいであろう。

四　細流抄から岷江入楚へ——朱子学による儒教的意義付け

三条西家の源氏学は、前述の通り宋学を摂取している。しかも詩集伝・毛詩大全等を利用しつつ、儒学的側面から源氏物語の意義の称揚を図っている。その岷江入楚に至る経緯をより詳細にたどる必要があるのだが、いまは三条西実隆の弄花抄（永正七年［一五一〇］成立）と細流抄（永正七年から同一〇年の間の成立）、実隆の子である三条西公条（一四八七〜一五六三）の明星抄（天文三年［一五三四］頃）を見るにとどめる。

弄花抄は大意を次のように記している（『源氏物語古注集成』による）。

大意者、A君臣父子夫婦朋友之道以教人也。B関雎之徳可見。C又模荘子寓言。D更有一字褒貶。E凡明盛者必衰会者定離之理而已。

Aは岷江入楚にも「箋君臣父子夫婦朋友の道をもて人をしふと云々弄」として引かれている。またA・Cは河海抄料簡の「誠に君臣の交、仁義の道、好色の媒、菩提の縁にいたるまで、これをのせずといふことなし。その趣き荘子の寓言におなじき物歟」と基本は同じ。寓言説も源氏物語の意義付けに河海抄以後盛んに利用されたことは本書第七章に述べる。

Bについては、やはり河海抄料簡の「凡此物語の中の人の振舞ひをみるに、貴き卑しきにしたがひ、男女につけても人の心をさとらしめ、事の趣きを教へずといふことなし」と、また河海抄夢浮橋巻の巻名の説明の中で浮橋につきイザナキとイザナミの天浮橋の国造りを言い、

これみな男女のなからひより起これり。かの漢家の風を移し俗を易へ、政事も三百篇の中に関雎麟趾の化より鵲巣騶虞の徳に至るまで此の夫婦の道をもて周公の風をのべたり。陰陽、万物を生ズル謂也。詩序云、関雎ハ后妃ノ徳也。風之始也。（中略）といへり。されば浮橋は生死のおこり、煩悩の根元也。

と言うのと同じ方向の考え。そしてこの河海抄の説明は、前述の何故に男女の事を専らにするかについての岷江入楚の説明へと発展していったのであろう。D・Eのことは細流抄・明星抄に引き継がれ、岷江入楚へと流れ込む。

三条西公条の明星抄になると、源氏物語の作意（趣意）を儒教的仏教的に論理的に説明しようとする姿勢が強く出てくる。好色淫風を語る源氏物語に何故に価値があるのか、何故に男女の事を専らに書くのか。それを明星抄は次のように説明している。便宜により内容ごとにアルファベットを付した（本文は『源氏物語古註釈叢刊』による）。

a此物語一部の大意、面には好色好艶をもつて建立せりといへども、作者の本意、人をして仁義五常の道に引いれ、終には中道実相の妙理を悟らしめて、世出世の善根を成就すべしとなり。されば河海にも君臣の交、仁義の道、好色の媒、菩提の縁に至る迄、是を載ずと云事なしといへり。

b先此物語の大綱、荘子が寓言にもとづけり。（後略）

cさて又人の善悪を褒貶して此物語に記し出せる所は、左伝を学べり。孔子の春秋を記さるゝ心は、善を記す所は後人を善道にいさみを加へて進ましめんため、悪を記すは後生に見懲り聞懲りに懲らすべきため也。されば勧善懲悪といふ、是也。此物語の作意の本意是なり。

dさて又うるはしく文体を似する処は、史記の筆法をうつし、巻に次第をたつるも史記の面影を模す。されば此物語の習、物一つを取り詰めては記さず。

e寓言は荘子により、又しるす処の虚誕なき処は司馬遷が史記の筆法をかたどれり。

f爰に不審をかくる人あり。此物語はこと〴〵く好色淫乱の風也。何とて仁義五常を備べき哉。これ、道を知らざる人の一隅の管見なり。四書五経とて仁義五常を旨とする書に殊に淫乱の悪虐を記せり。是、上に申如く悪をば懲らさんの義也。尚書に朝にわたる脛を切り、賢人の胸を割くとて、（比干の故事省略）昔もかゝる事ありとて手本にすべきに非ず。毛詩又淫風を記して戒とす。史漢是又暴虐を記せり。是、後人の戒め也。経教の中にも提婆が五虐、又仁王経に九百九十九王の首を切らんとせし事、又阿闍世太子の父王を籠者し、母を害せんとせし事も、末世の群生を戒めんが為也。此物語も好色淫風の事を載せて、此風を戒めとす。さればこそ世の翫物とはなれりけれ。淫風あるならば、披見をも戒むべき事也。こゝは［工藤云、「こゝばく」トアルベキカ］の先賢達の至宝と称せらるゝうへは、眼ある書と見えたり。

g凡四書五経は人の耳に遠くして、仁義の道に入がたし。況や女房ごときのため其徳益なし。されば先人の耳に近く、先人の好む処の淫風を書き顕はして、善道の媒として、中庸の道に引入れ、終には中庸実相の悟におとし入るべき方便の権教也。

h凡五十四帖は天台六十巻に比すと云。(6)（以下、天台四教のこと、省略）

明星抄の説明を見るに、abは河海抄の延長である。eはbから発展した細流抄の「表は作物語にて、荘子が寓言により、又しるす所の虚誕なき事は司馬が史記の筆法によれり」を承けている。平安時代以来の常識として物語は虚言であるが、虚言である限り価値はない。だから、その虚言は荘子の表現方法である寓言に同じと言い、内容は史記と同じで事実だと言う。即ち源氏物語の趣旨は史書に同じなのだ、と。この理屈によってやっと源氏物語は儒教的価値観の中で存在価値を主張できたのである。

好色の戒めについて、細流抄は桐壺巻の発端に「いづれの御時にか」の准拠に関連して次のように

いう（伊井春樹編『内閣文庫本細流抄』による）、

惣じて此物語の習ひ、人ひとりの事をさしつめて書くとはなけれども、皆故事来歴なき事をば書かざる也。表は作物語にて荘子が寓言により、又しるす所の虚誕なき事は司馬遷が史記の筆法によれり。好色の人を戒めんがため、多くは好色淫風の事を載する也。盛者必衰の理、則出離解脱の縁も、此物語の外にはあるべからざる也。

右は弄花抄に比べると一歩踏み込んでいるが、好色淫風の事を載せるのが何故に好色の人を戒めることになるのか、なおまだ理屈は無いといってもよいであろう。しかしながら、好色の戒めだと言わなければ、源氏物語の意義は宣揚できない。その理屈を何とか構築しようとしたのがｃであり、また直截にはｆとｇである。

儒学にあっては歴史書は「王道之正、人倫之紀」（杜預の春秋左氏伝序）を明らかにするものである。本朝でもその認識は同じであったことは日本後紀序等に明らかである（第三章第二節）。ｃの考えは、源氏物語を史書に同じと強弁すれば自ずと出てくる理屈である。史書の趣旨は勧善懲悪に在るとすること、岷江入楚の「左伝一部の意、在勧善懲悪」に直結する。そして「孔子の春秋を記さるゝ心は、善を記す所は後人を善道にいさみを加へて進ましめんため、悪を記すは後生に見懲り聞懲りに懲らすべきため也」という理屈の立て方が、朱子の詩集伝の勧善懲悪の理屈とまったく同じであることも留意すべきことである。

fはもう説明するまでもない。「此物語はことごとく好色淫乱の風也。何とて仁義五常を備べきや」という不審に源氏学者は答えなければならなかった。この不審は源氏物語を読む誰もが抱く当然の不審である。それに対して明星抄は言う、四書五経にも仏典にも戒めとして淫乱悪虐を記している、源氏物語もそれと同じなのだ、淫風ならば見るのも慎むべきだが、そうではなくて、源氏物語は好色淫風の事を載せて淫風の戒めとしたのだ、だからこそ世々に賞翫されたのだ、と。苦しい理屈であるが、源氏物語は単なる好色淫乱の書ではないと主張するためには、やむを得ない論法である。

明星抄は「毛詩又淫風を記して戒めとす」とあるが、ここに朱子の「凡そ詩の言、善なるは以て人の善心を感発すべく、悪なるは以て人の逸志を懲創すべし、其の用、人をして其の情性の正しきを得しむるに帰するのみ」をもってくれば、実にぴたりと収まる。岷江入楚が詩経大全(詩伝大全)の説を積極的に受け入れる理由はここに在ったのだ。

明星抄に先立つ細流抄の注が儒教的教誡を多く含んでいることは、既に早く重松信弘『新攷源氏物語研究史』(風間書房、昭和三六年)にも指摘されるところであるが、そのようになった必然性について適切な説明がなされているとは必ずしも言えない。

教誡的評論は、(中略)未だ必ずしも細流抄の大きな特質とするほどのものではない。但し、男女関係の点については、特異の儒教的見解があり、鎌倉時代初期の無名草子などに比べて、著しく異なってゐる。(中略)無名草子が空蝉の心強さを「むげに人わろき」といふのも、物のあはれにとらはれてゐるが、細流が槿の姫を貞節といふのも、こはごはしい道義的評論の行きすぎである。(二二六頁)

何故に男女関係について特異の儒教的見解があるのか。何故に朝顔（槿）の姫君の貞節を言うのか。その事情と岷江入楚に強調される源氏物語の儒教的意義説明とは、全く同じ必要に因っている。それは「そらごと」として社会的価値を疑われていた源氏物語の、学問的世界における必死の価値主張であり、源氏学確立期の苦闘の跡なのである。その苦闘の中にあっては、朱子の詩経解釈（詩集伝・論語集注）における勧善懲悪の説は嬉しい光明であったに違いない。

中世の古典注釈史における朱子学（宋学）の受容の問題は、源氏物語とともに古今和歌集・伊勢物語についても考慮しなければならないが、いまそこには及ぶことができなかった。(7)

注

（1）国文学研究資料館の岷江入楚の紙焼写真によれば、九曜文庫本の「大全を引心は」と同じ文章を持つ本に、蓬左文庫本（E1453）米議会図書館本（E7053）がある。また学習院大学本（E7679）宇部図書館本（E7480）には「毛詩三百篇」云々につき上欄に論語大全の引用がある。書入時期等は未勘。九曜文庫本等の文章も岷江入楚本来のものではないかもしれない。たとえ⑥の文章が後補であるとしても、①から⑤の記述が大全に拠っているであろうことはこれから述べる通りである（但この部分も伝本により掲げる経典に出入りがある）。これらは源氏学の置かれていた状況をよく反映している資料と考えるので、いまここに取りあげた。

（2）四書大全・五経大全は、四庫全書を底本とする雕龍シリーズ簡易版CD・ROM所収本文に拠る。漢字は原則として新字体に改めた。

（3）朱傑人他編『朱子全書』（新華書店上海発行所、二〇〇二年）により、訓み下した。

（4）岡村繁『毛詩正義訳注　第一冊』（中国書店。昭和六一年）の翻訳を参考にした。
（5）『抄物資料集成第一巻　史記抄』（清文堂出版、昭和四六年）に影印がある。
（6）源氏物語はもとは六十帖であったという伝えもあるが、これはむしろ天台六十巻にあわせた、信ずるに足りない説である。
（7）浅見緑「『両度聞書』と『毛詩』——古今和歌集仮名序注と毛詩註釈——」（『新古今集と漢文学』和漢比較文学叢書第十三巻。汲古書院、平成四年）は新注の影響に触れている。

第七章　源氏物語享受史における寓言論の意義
――そらごと・准拠・よそへごと・寓言

一　はじめに

源氏物語が和歌の世界で認知され、注釈が施されるようになり、注釈はおのずから精密化し、そして学問化へと進んでいった。平安・中世の男性知識層にあっては学問化とは儒学化にほかならない。それ故に、源氏物語の注釈に携わる人々は、その注釈が価値ある営為だと言おうとすれば、「そらごと」である源氏物語が儒教的な観点からも価値あることを示さなければならない。そのような時代にあって、四辻善成の河海抄は、源氏物語の記事の一々に准拠があると主張して、源氏物語を歴史書に準ずるものとして読むことを試みた。

歌よみの必読書となったとはいえ、仏教的な観点からは、物語は狂言綺語であり、妄語の罪は逃れがたく、男女のことを専らとする源氏物語は邪淫戒にも触れる。既に平安末期には、紫式部は地獄で苦しみ読者もまた地獄に堕ちるとされ、その救済のために供養がなされることもあった。その裏返しとしての紫式部観音化身説も生じ、源氏物語は菩提の縁を結ばせるための書との説も起こる。これが河海抄にも引き継がれ、次々の注釈書では更なる理論武装を施されて、好色のことを書いたのは中道実相の悟りに導くための方便の権教だと説くようになる。

儒教仏教のどちらからしても、源氏物語の社会的有用性を主張するときの障碍は、物語が虚言であり、書かれている内容が男女の事であるということにあった。その障碍を論破するために、儒教的には、そらごとに対しては准拠指摘による歴史書化を試み、男女の事に対しては詩経毛伝の関雎の徳をとなえ、修身斉家治国平天下の始めは夫婦のことだと強弁し、かつ勧善懲悪の理念を以て擁護した。仏教的には、虚言に対しては方便の理屈を以てし、男女の事も菩提に導く方便であり、源氏物語五十四帖は天台六十巻に比すとか、四門三諦に比すとか、事々しい理屈を立てた。儒教仏教の両面にわたってそのような事々しい理屈を立てざるを得なかった歴史的背景と源氏学者の具体的な対応は、既に本書の幾つかの章に論じてきた。

詮ずるところ、中世源氏学を学問として存在させるための最大の課題は、源氏物語が単なるそらごとではないことの証明であった。源氏物語は単なるそらごと（虚言・虚事）ではないと言おうとするとき、准拠の指摘は重要な観点であったが、いまひとつ、単なる虚言ではないというための理論的根拠に用いられたのが荘子の寓言《ぐうげん》の説である。

荘子の寓言とは、自己の言いたいことを他人にこと寄せて言う（外を籍《か》りて之を論ずる）ことを指す。これを源氏物語にあてはめ、表現の背後には作者紫式部の思想が籠められている、光源氏も紫の上も借り物の架空の人物だが、その内容は実なのだ、という論法を以て源氏物語の趣旨（紫式部の作意）を説明しようとした。中世源氏学は、かの准拠説とこの寓言説とを連携させることで、源氏物語を歴史書道徳書に准ずるものとして読む理論的裏付けとしたように思われる。

そもそも、寓言ということが文学史研究の対象となった始めは近世の俳諧史研究にあった。寓言研究は近世文学研究者がこれを担ってきたし、今もそうである。(1) 源氏物語注釈書に現れる寓言説についても、それらの諸論のなかで近世に至るいわば前史として論じられてきた。それ故、中世の源氏学が何故に荘子の寓言を取り入れたか、取り入れざるを得なかったかについては、必ずしも十分には論じられていない。源氏物語古注で現在確認されている寓言の初出例は南北朝時代の河海抄であるが、従来の近世文学の側からの寓言研究は、当然それ以前の源氏物語注釈における寓言説的説明については触れることがない。

本稿は河海抄以前をも視野に入れて、源氏物語注釈史における寓言説の発生と展開、准拠説との関連、そしてそれらの享受史的意義を考えようとするものである。

二　荘子の寓言と本朝の寓言理解

源氏物語注釈書の寓言に言及する前に、荘子の寓言とはそもそも何かを見ておこう。荘子雑篇の寓言篇第二十七に荘子の言語について次のような記述がある。(2)

寓言十九。重言十七。卮言日出和以天倪。寓言十九、籍外論之。親父不為其子媒。親父誉之、不若非其父者。(中略)重言十七、所以已言也。是為耆艾。(後略)

寓言は十の九。重言《ちょうげん》は十の七。卮言《しげん》は日々に出で和するに天倪《てんげい》を以てす。寓言十九は、外を籍《か》りて之を論ず。親父は其の子の媒を為さず。親父の之を誉むるは、其の父に非ざる者に若《し》かず。（中略）重言十七は、言を已《や》むる所以なり。是れ耆艾《きがい》たるが為なり。

荘子の注、河海抄ではまだ郭象《かくしょう》の注が用いられていたことは先学に指摘がある。郭象注は平安時代の藤原佐世（八四七〜八九七）の日本国見在書目録にも登載されている。その郭象注は、寓言につき次のように説明している。

（寓言十九）寄之他人、則十言而九見信。

之を他人に寄すれば、則ち十言にして九信ぜらる。

（籍外論之）言出於己、俗多不受。故借外耳。肩吾・連叔之類、皆所借者也。

言の己より出づれば、俗多く受けず。故に外に借るのみ。肩吾・連叔の類は皆借るところの者なり。

これによれば、寓言とは、自分の言いたいことを自分の言葉として言うのではなく、他人に託して言うこと。肩吾・連叔は逍遥遊篇に見える人物である。後に本朝で流行する宋の林希逸《りんきいつ》の荘子鬳齋口《けんさいこう》義《ぎ》（鬳齋は林希逸の号。以下、口義と略称する）では、

此篇之首、乃荘子自言。其一書之中有三種説話。寓言者、以己之言借他人之名、以言之。十九者、

言此書之中、十居其九。謂寓言多也。齧缺・王倪・庚桑楚之類、是也。
此篇の首《はじめ》は乃ち荘子自ら言ふ。其の一書の中に三種の説話有り。寓言とは、己の言を以て他人の名を借り以て之を言ふ。十が九とは、言此の書の中に十にして其の九に居る。寓言の多きを謂ふ也。齧缺《げつけつ》・王倪《おうげい》・庚桑楚《こうそうそ》の類は是なり。

と説明している。他人に寄せるも、他人の名を借りるも、寓言の理解としての基本は同じと言ってよかろう。なお、「十九」を郭象注では他人を借りて言えば十のうち九は信ぜられるの意に解しているが、口義では荘子の発言の十分の九は寓言だの意に解しており、現在の注釈書もその意に解しているものが多い（朝日文庫・岩波文庫等）が、郭象注に従うもの（明治書院新釈漢文大系等）もある。「重言」の理解についても異なっているが、本論の趣旨に直截影響しないので、ここには言及しない。

平安・鎌倉時代、儒学を学んだ者達にとって、荘子の寓言はむしろ否定的な意味あいを持つことがあった。本朝続文粋巻三に収められる、十一世紀半ばの藤原実範の文章得業生菅原清房に対する策問である「論牛馬」に、

子、大器伝家、函牛之鼎還少矣。利根稟性、斬馬之剣猶鈍焉。庶振高材於春官之策、勿慣寓言於秋水之篇。（『新訂増補国史大系』三四頁）
子は、大器家に伝ふれども、函牛の鼎還りて少なし。利根性を稟《う》くれども、斬馬の剣猶ほ鈍し。庶《ねが》はくは高材を春官の策に振るひ、寓言を秋水の篇に慣るるなかれ。

函牛の鼎は牛が入るほどの大きな鼎。春官は治部省のこと。当時実範は治部大輔だったので春官と言い、牛馬の縁で策と言い、荘子秋水篇を以て春官と対にした。「勿慣寓言於秋水之篇」は、荘子の寓言に慣れ親しんではならない、即ち経典に拠って明晰に述べよとの意であろう。例えば、本朝文粋巻三の春澄善縄の策問に「宜しく憑虚《ひょうきょ》せず、終に蹠実《せきじつ》に通ずべし(3)」と言い、藤原惟貞の策問に「応に其の疑ひを春氷にすべし、其の辨を秋霧にするなかれ」と言うのと同じ趣旨とすれば、要するに事実に基づいて具体的に明確に述べよ、根拠のない抽象的で曖昧なことを書くなということである。

荘子の寓言は、事実から離れた、空虚な表現とも見なされていた。そのことは既に史記巻六十三の老荘申韓列伝において指摘されていることである。

(前略)其の要は老子の言に本帰す。故に其の著書十余万言、大抵率《おほむ》ね寓言なり。漁父《ぎょほ》・盗跖《とうせき》・胠篋《きょきょう》を作り、以て孔子の徒を詆訾《ていし》し、以て老子の術を明らかにす。畏累虚《いるいきょ》・亢桑子《こうそうし》の属《たぐひ》は、皆空語にして事実無し(皆空語無事実)。然れども善く書を属《つづ》り辞を離《つら》ね、事を指し情を類し、用《もつ》て儒墨を剽剝《ひょうはく》す。當世の宿学と雖も、自ら解免する能はざるなり。其の言、洸洋として自ら恣にし以て己に適《かな》ふ。(水沢利忠『新釈漢文大系　史記八』明治書院)

荘子の大略は寓言であり、漁父・盗跖等の人物を創作して、孔子の徒を批判した。畏累虚・亢桑子の類は皆空語であって事実は無い。だが巧みに文を綴り詞を婉曲にして、事柄を示し心情を類比させ、それを以て儒者墨者を攻撃した。亢桑子(庚桑楚)は老子の弟子。畏累は庚桑楚が移居した山の名。

「辞を離《つら》ね」は「辞を離《わか》ち」とも訓まれる。

唐の司馬貞の史記索隠（藤原佐世の日本国見在書目録にも見える）は、寓言は主客を立てて相対して語らせるので偶言とも言うという説と、寓は寄であり、人の姓名を創作して其の人に辞を寄せて（託して）語らせることだという説とを掲げている。荘子の郭象注も林希逸注も後者に近い。その点に問題はないが、留意すべきは史記が傍線部のように「皆空語、無事実」と記している点である。史記の太史公曰では「荘子は道徳を散じ論を放《ほしいまま》にするも、要は之（老子）に本帰す」と概括している。史家である司馬遷からみれば、寓言は事実に拠らない空語であり、放論だったのだろう。

司馬遷は何故に荘子に対して空語放論という貶辞を以て評するかといえば、司馬遷が実録を事とする史官だったことと無関係ではないであろう。太史公自序、壺遂《こすい》なる者の「孔子はなぜ春秋を作ったのか」という問への答の中に、孔子の言が用いられず道が行われなかったので、二百四十二年中の歴史の是非を定めて、それで王事を遂げるべく春秋を作ったのだが、「天子を貶しめ、諸侯を退け、大夫を討つ」ために孔子は、

我欲載之空言、不如見之於行事之深切著明也。

我、之を空言に載せんと欲すれども、之を行事に見《あらは》すの深切著明なるに如かざるなり。

と考えて、春秋の記述がなされたのだという。この太史公自序の「空言」は荘子列伝の「空語」と、そして同じく「行事《こうじ》」は列伝の「事実」と呼応しているであろう。寓言（空語）は実録（事実）の対

極にある表現法とみなされていたのである。なお、本朝において史記等の史書を実録とみなすこと、河海抄（料簡）に「漢朝の書籍、春秋史記などいふ実録にも」云々とある。

唐の劉知幾の史通外篇雑説下（四部叢刊所収）に言動の記述に経典や先行史書に拠って美辞麗句を用いる例を示して、

此何異荘子述鮒魚之対而辨類蘇張、賈生叙鵩鳥之辞而文同屈宋。施於寓言、則可、求諸実録、則否矣。

此れ何ぞ、荘子の鮒魚が対《こたへ》を述べて辨は蘇張〔蘇秦・張儀〕に類し、賈生〔賈誼《かぎ》〕の鵩鳥《ふくちょう》が辞《ことば》を叙して文は屈宋〔屈原・宋玉〕に同じきに異ならんや。寓言に施《もち》ゐれば則ち可、実録に求むれば則ち否なり。

と言う。寓言と実録とが反対概念として用いられている。

また宋の司馬光の資治通鑑考異第十一巻（四部叢刊所収）には「二月殺僧懐義」の条に、

作明堂者、此蓋文士寓言。今従実録。

明堂に作れるは、此れ蓋し文士の寓言ならん。今、実録に従ふ。

という用例もあり、この場合の寓言は創作というに近い。

このように寓言が事実に基づかない表現だという認識は、前に引いた本朝の藤原実範の「勿慣寓言於秋水之篇」も同じ流れにあろうし、中世でも荘子抄巻二に、(4)大宗師篇（内篇第六）に登場する子祀《しし》・子輿《しよ》・子犁《しり》・子來《しらい》の四人について、

疏、子祀四人、未詳所拠云々。荘子ハ寓言ヂャホドニ、実ヲ求ニ拠《よりどころ》ナイゾ。

と説いていることにもあらわれている。平安・鎌倉期の儒学者には、おそらく荘子の寓言はたんに表現法（譬喩）としてのみではなく、表現内容に及ぶこと（即ち虚言・虚事）としても理解されていたのであろう。そしてそれは史書の事実性（実録性）に対立するものと見なされてもいたのである。

わかりきった事を長々と確認してきたのは、「無事実」であるはずの寓言が、史実（事実）に准拠することを主張するいわゆる准拠説と組み合わされて、中世源氏学に准拠説の補強理論として利用されたからである。

三　源氏物語は託事とする理解

順徳院（一一九七～一二四二）がその御記承久二年（一二二〇）条で源氏物語を絶賛していることは花鳥余情（作意）に引用されてよく知られている。(5)そこには源氏物語寓言論を考えるうえで重要な記事がある（本文は『源氏物語古註釈叢刊』による）。

一切物語雖多、或有事或託事也。伊勢物語は詞指事なけれど尤上手めき詞殊勝也。大和は無下に劣。其外無何物語、尽も不見、無其詮之故也。源氏物語不可説物也。更非俗人之所為。（中略）源氏は第一には詞つゞき非人間所為、不可説事也。第二歌秀逸、是又何人及之。第三作様也。以虚言尽優美、過之事も有ぬべし。但未見。歌又不可説也。但是は我朝最上也。詞は更非人之所為物也。未知子細之輩、不可弁是非歟。（後略）

順徳院は物語を「有事」と「託事」とに分かつ。有事の物語とは伊勢物語や大和物語を指すであろう。伊勢物語が当時は在原業平の物語だと見なされていたこと、ここに改めて言うまでもない。それらに対して源氏物語は託事の物語に属するであろう。引用の中略部分には狭衣物語との優劣が論ぜられているから、狭衣物語も託事の物語とみなしているのであろう。ではその「有事」と「託事」はいかなる意味で用いているか。

「有事」を「ありごと」と読めば、(6) その用例、『日本国語大辞典』『時代別国語辞典　室町時代編』などの辞典類では次の例が挙げられている。

・此詩ハ歌ノ体デ実事ノアリ事ヲマッスグニ云也。（三体詩絶句鈔六）
・唐ニハ死ツレバヤガテ碑ヲ立ゾ。ココモアリコトゾ。（山谷抄五）
・今朝臘月春意動ト作リタルモ、臘月ニハ春意ウゴカヌ者ナルニ、動クト云コト也。此類、太多。コレラハ、アルマジキコトノアルコトヲシルシタル也。又アリコトヲソノマヽ作リタルニハ、三月桃花浪ト作リ、八月秋高風怒号スト作リ、（中略）実ヲ云ハントテハ、必ズマツスグニ其月ヲシルス也。（中華若木詩抄中　杜子美・漫興(7)）

これらの例からして「あり事」は、実事すなわち実際に存在する事の意であることは疑いない。そしてそれは伊勢物語・大和物語が事実の物語であるとの認識とも矛盾しない。

一方「託事」(8)の読みは確定しにくいが、「よせごと」あるいは「よそへごと」と読むのであろう。「託」を古辞書で検すると次のようである。

託　音橐　弘云寄也　依也　累也　憲也　委附也　ツク易　（図書寮本類聚名義抄）

託　ツク　ヨル　禾サウフ　オコル　累也　寄也　（観智院本　法上50）

右の訓みだけでは「託事」を「よせごと」「よそへごと」と読んでよいかどうか、まだ決められない(9)が、「よそへごと」の例としては、崇徳院が讃岐に配流されてから崩御までの間（一一五六〜一一六四）の成立とされる法門百首の第五番（ぬしや誰の歌）に、

青柳の糸は佐保姫の染めかくるぞと言ひ、梅の花笠は鶯の縫ふとか言ひおけれど、これはただよそへごとなり。まことにはその主定まれることなし。

という用例がある。「青柳の」は平兼盛の「佐保姫の糸縒りかくる青柳を吹きな乱りそ春の山風」（天徳四年内裏歌合）を、「梅の花笠」は「青柳を片糸に縒りて鶯の縫ふてふ笠は梅の花笠」（古今集一〇八一）等をいう。文意は、佐保姫が染めるとか、鶯が縫うとか言っているが、これは単に佐保姫や鶯に関連づけた（仮託した）だけで、実際は青柳の糸を染め掛け、梅の花笠を縫ったのが誰だとは決まっていることではない、の意。

「よそへごと」の例は多くは無いようで、『日本国語大辞典　第二版』には後に引く日葡《にっぽ》辞書の例を掲げるのみ。『角川古語大辞典』は項目自体がない。その中で『時代別国語大辞典　室町時代編』には日葡辞書と玉塵秘抄の「よそへことば」の例をあげ、さらに「参考」として五常内義抄（上）なる抄物の、

又ヨソヘ事ヲシテ人ヲ訴へ、又ソラ事ヲシテ人ヲアザムキ嘲哢スル事、是皆内外典ニ付テユルス所ナシ。

を掲げている。「そら事」と対にされていることから判断すると、本来関係ない者や事を関係付けるような虚言即ち讒言を「よそへ事」と言っているのであろう。順徳院御記に源氏物語を託事に分類してかつ「虚言を以て優美を尽す」と言っているのも、託事を「よそへごと」と読むとすれば、「よそへごと」と「そらごと」とが類似の概念であることに拠っているのであろう。

物語と関係しそうな「託事（託言）」の例はまだ見出していないが、『批評集成源氏物語第一巻　近

世前期篇』（ゆまに書房）に収載されている本朝通鑑の一条帝長保三年十二月には紫式部に関して、

少時源帥高明の顧眄《こべん》を受け、又覚運に天台止観を学び、かつ老荘の書を学ぶ。故に新撰の趣、荘子寓言の体に倣ひ、醍醐朱雀村上三代の事に准じ、名を設けて言を託し、男女の事を叙するに無を以て有と為し、而して始末相備ける。仏法の心を仮て盛者必衰の理を説く。光源氏物語と号して暗に源帥を懐ふの心を含む。

とあり、荘子寓言に拠って「名を設けて言を託し」云々とあるのは、源氏物語を「託言」と捉えている例である。それが同時に「寓言」であることにも注意されるが、時代を遡って直ちに中世に適用するわけにもゆかない。「託事」を「よそへごと」と読む確例がほしいが、まだ見出し得ていない。ちなみに広韻（『校正宋本廣韻』藝文印書館）では、託に「寄也」とあるのは図書寮本名義抄に「寄也」とあるのと同じだが、広韻では寓にもまた「寄也」とあるから、託と寓とは同義となる。そこで観智院本類聚名義抄の寓（図書寮本には寓の部分が無い）を見ると、「ヨル」「ヨス」「ツク」等の訓がある（法下46）。本朝の理解でも託と寓と寄とは類義の関係にあることは確認できる。(10)

四　弘安源氏論義と准拠と寓言

上述の検討によって、「託事」が「よそへごと」或いは「よせごと」と読むべきものであるなら、(11)託事は寓言と近くなる。寓言は十七世紀後半になると「そらごと」と読む例が出てくるが、中世は

「よそへごと」「よせごと」と読まれていた。中世の資料、弘決外典抄の弘安の訓（築島裕編『訓点語彙資料』に拠る）に、

寓言ヨソヘゴトス（下16ウ6）

とあり、時代はくだるが、江戸時代前期の石田一鼎の聖徳太子五憲法釈義には「よせごと」の訓がある。(12)

梵経トハ佛経之理ヲ以合点スレバ、佛ノ正體ヲ失テ寓言《ヨセゴト》トナル。

中世、寓言が「よせごと」或いは「よそへごと」と読まれたことは日葡辞書（一六〇三年刊の日本語―ポルトガル語辞書）からも確認できる。即ち、

yosoyegoto　ヨソエゴト（准へ事）ある事をそれとなく他の事のように言って、それを聞いた人自身でその意味を取ってもらうようにする、そういう事柄。（土井忠生他編訳『邦訳日葡辞書』）

という説明は、荘子寓言の「之を他人に寄す」（郭象注）「己の言を以て他人の名を借りて之を謂ふ」（林希逸口義）と基本は同じである。『邦訳日葡辞書』は「准へ事」と漢字を当てているが、日葡辞書

の説明は、おそらく寓言に対応するものであろう。
平安時代からの「よそへごと」「よせごと」なる和語が荘子の寓言と重ねられていったのだとすれば、河海抄に至る流れの中で重要な位置にあるのが弘安三年（一二八〇）の弘安源氏論義である。この議論には「准拠」「准ず」の語が頻繁に見え、早くから准拠論の面で注目されてきたが、寓言論の視野には入っていなかった。近世文学の寓言論から遡れば、おのずから河海抄以前には言及されない。だが、この弘安源氏論義は順徳院御記の源氏物語を「託事」とする考えと繋がっている資料である。
弘安源氏論義の跋文にあたる部分は、古今和歌集仮名序をそっくり模して書かれている、まことに見事な戯文であるが、そこには次のようなことが書かれている。(13)

光源氏は式部が心を種としてよろづの言の葉とぞなれりける。世の中にある人、ことわざ繁きものなれば、心に思ふことを見る物聞く物につけてよそへ言へるなり。花にすまぬ箱鳥山になく鹿の声を聞くまでも、生きとし生ける物、いづれかこれを載せざりける。

傍線を施した部分、古今集仮名序では「心に思ふことを見る物聞く物につけて言ひ出せるなり」に該当する。弘安源氏論義が古今集序の「……につけて言い出せる」を「……につけてそよへ言へる」と変えているのは、前述の弘決外典抄弘安点に寓言を「ヨソヘゴトス」と訓んでいることを勘案すると、留意すべきことであろう。では如何なる表現を「よそへ言ふ」と言っているか、具体的論義の中で見てみよう。源氏論義は左右に分かれて難義の箇所を出し合い、互いにその解答案を示し、判がなされるという、歌合に擬した形式で行われている。そのうちの五番に「よそふ」「思ひよそふ」の語が見られるが、今は「准拠」「なずらふ」の語を用いている三例を示す。


第三番「なにがしの院といへる、いづれの所になずらへたるぞや。」

(右)源氏の物語は業平を思ひて書けりといふ説あり。それにつきて是を案ずるに、月やあらぬと詠みける五条わたりにや、荒れたるさまも思ひよそへられ侍り。

(左)五条わたりの事、荒れたるばかりにては准じ難かるべし。(中略)五条わたり、河原の院幾程の事なし。(中略)木霊に取らるゝことも思ひよそへらるゝ事侍り。(中略)霊に犯さるゝことも思ひよそへられて侍るものをや。

(判詞)(前略)左の霊物、まことによそふる所、故あり、とて勝と定めらる。

第十二番「朱雀院の御賀は准拠の例、いづれぞや。」
(左)延喜の御賀両度侍にや。十月おぼつかなし。(中略)延喜十五年三月の御賀に当代の御子重明親王舞の袖を返す。(中略)源氏の中将おなじく舞の賞に上階、かたがた思ひよそへられ侍り。如何。

第十六番「六条院におきて准拠の人多し。致仕のおとゞ、誰の人になずらへたるそや。」

(右)致仕の事、准拠の例、一つに定め難し。(中略)思ひよそへらるゝ人、さだめて侍らんと覚ゆれども(後略)

(左)まことにこの事、致仕をむねとすべし。大方は清慎公あひたる事おほく侍るにや。(中略)

西宮の左大臣と相並ぶことも、源氏によそへられ侍り。

第三番の「なずらふ」は、類聚名義抄では「准」の他に「擬」「倣」等の訓としても見えるが、第十六番のように「准拠」と同義に用いられているので、右に掲出した。右の問答を見ると、問で「准拠」「なずらふ」の語を用いているのに対して、答では「思ひよそへられ侍り」「よそふる所」「思ひよそへらるゝ人」「よそへられ侍り」という言い方をしている。例えば十二番、朱雀院の賀の「准拠の例」を尋ねている。「例」と言っているのは行事に関することだからで、准拠となる先例はどれかとの問である。なお、六条院（光源氏）であれば「准拠の人」であり、なにがしの院であれば「准《なずら》へたる所（准拠の所）」となる。朱雀院の賀の例についての答は、重明親王が舞を舞ったこと、源昇が昇叙したことを挙げ、これらが光源氏が舞を舞い昇叙したことに「思ひよそへられ侍り」と言う。

「思ひよそふ」は、あれとこれとを類似のもの（こと）と思うの意。古語辞典では、連想する、なぞらえる、等の口語が当てられている。「よそふ」は、あれとこれとを関係づけること。なぞらえる、譬喩する、比較する、等の口語が当てられている。弘安源氏論義の用法に近い例を源氏物語から一例づつ挙げる。

- （中の君は、薫が）つれなき人（匂宮）のけはひにも通ひて、思ひよそへらるれど、いらへにくくて、弁してぞ聞こえ給ふ。（総角　⑤三二二頁）
- （桐壺帝）「な疎み給ひそ。あやしくよそへきこえつべき心地なむする。（中略）つらつき、まみ等

はよう似たりしゆゑ、通ひて見え給ふも似げなからずなむ」など聞こえつけ給へれば

（桐壺　①四四頁）

総角の例は、薫が中の君に歌を詠みかける場面。薫が匂宮の感じによく似ていて、中の君は自然と「思いよそへ」てしまうという。桐壺の例は、桐壺帝が藤壺に光源氏を可愛がってほしいと依頼する場面。その言葉の中で、藤壺と桐壺更衣とが不思議なほどよく似ていて、それで帝も「よそへ」てしまいそうな気持がする、と言う。これらの用法も弘安源氏論義の用法も基本的に同じ。弘安源氏論義の場合は、物語の描写とよく似ていて「よそへられる」或いは「思ひよそへられ」る歴史事実を、物語の准拠（拠り所）[14]として指摘しているのである。

中世の源氏物語研究における准拠の思想は、源氏物語は歴史事実を本にしているという認識に依拠している。弘安源氏論義の場合も、その准拠に関する問は「准拠があるかどうか」ではなくて、「准拠としてどの指摘が正しいか」という問である。その意味で「光源氏」にも「なにがしの院」にも「朱雀院の御賀」にも准拠があることは問答の前提である。物語表現の准拠として史実を求める考え方は随分早くからあったのである。前に引いた順徳院御記に見える、源氏物語を「託事」でありかつ「虚言」であるとする認識に従って注釈を行えば、託事のその本に在る事実を明らかにしようとするのは自ずからの勢いであろう。

弘安源氏論義の准拠論は、源氏物語の描写には准拠――描写の拠り所――が在るというのが前提である。即ち、作者紫式部は歴史事実を准拠として源氏物語を書いた。しかし、その源氏物語は「そら

ごと」として物語られている。だから准拠指摘の論理は、源氏物語の描写と似ている歴史事実を探しだし、源氏物語のこれこれ（例、なにがしの院）の描写は歴史上のそれぞれ（河原の院）と（六条に近く荒れていて物怪が出るという点が）似ているのでそれぞれ（河原の院）が連想される、だから紫式部は歴史上のそれぞれ（例、河原の院）を准拠として源氏物語のこれこれ（なにがしの院）を書いたのだ、と指摘する。それが源氏学における准拠である。

弘安源氏論義の「准拠」と「よそふ」「思ひよそふ」の関係が、その「よそふ」から「よそへごと」を媒介として「託事」「寓言」へと連環してゆく。寓言の理解用法を近世から遡って河海抄を初源と見るのではなく、平安時代から下ってきて南北朝時代の河海抄に至るときには、「託事」「よせごと」「よそへごと」という物語に対する考え方が、儒学に擬える源氏物語注釈の中で、荘子の「寓言」即ち「よそへごと」と重ねて用いられたと理解すべきではなかろうか。そして源氏物語は事実に基づいた「よそへごと」であり、実を虚に書いたものだと見なすところに、物語表現（虚）の准拠・拠り所としての歴史事実（実）を求める読み方が成立したのである。

五　河海抄の寓言

これまでも指摘されているが、源氏物語注釈書における「寓言」の初出例は四辻善成の河海抄である。河海抄は、その序に述べるごとく、定家の奥入、光行の水原抄をはじめ善成の師であった忠守の説等を取り込んでいるので、料簡に記される寓言説が善成の創見であるかどうかはわからないが、河海抄の記事が源氏物語注釈の中に寓言説を位置づける切っ掛けとなったのは疑いない。ただ、河海抄の寓言説はまだ総論の域にとどまる。荘子の引用についても出典・語例の範囲を出るものではない。河海抄は「寓言」の語を巻頭の総論にあたる料簡と夢浮橋巻との二度用いている。

（料簡）誠に君臣の交、仁義の道、好色の媒、菩提の縁にいたるまでこれをのせずといふことなし。そのをもむき、荘子の寓言におなじき物か。詞の妖艶さらに比類なし。

（夢浮橋）此巻名（中略）所詮、作者の本意を推するに、此物語は、はじめにいふがごとくに、其趣荘子寓言に一同せり。而彼荘周は胡蝶夢に死生の変をあかせり。是物化の謂也。且、有大覚而後知大夢ともいへり。漢家の寓言も百年の夢に化し、和国の寓言も一部の夢にきはまる也。華厳経には知一切仏及与我心皆悉如夢と説り。古人云、生死涅槃如昨夢、天堂地獄逍遙自在文。荘子斉物曰（後略）

右の引用、「誠に」とあるのはこの前の部分を承けての言い方である。料簡では源氏物語の執筆事情（大斎院選子内親王の執筆依頼のこと）から説き起こし、石山寺参籠のこと、湖水の月を見て大般若経の料紙に須磨巻から書き始めたこと、後に罪障懺悔のために般若経六百巻を自ら書いて奉納し、それが今も石山寺に在ると伝えられていること等を先ず述べる。それに続けて源氏物語須磨巻の執筆方法の説明に移り、紫式部は、光源氏を左大臣になぞらえ、紫上を式部自身によそえて、周公旦・白居易の古えを勘え、中納言在原行平・右大臣菅原道真の例を引いて、須磨巻を書いたのだろうと言う。その後に次第に書き加えて五十四帖にしたのを、藤原行成が清書して大斎院に奉ったのだが、法成寺入道関白（道長）が奥書を加えて言うには、この物語は式部の筆とばかり世間は思っているが、老比丘（道長）が筆を加えたという話だとあるのを承けて、前引の「誠に」云々と続くのである。

源氏物語執筆の事情に関する伝承である石山寺・大般若経のことは「菩提の縁」に対応し、周公旦・白居易、行平・道真のことは「仁義の道・君臣の交」に対応する。光源氏と紫上のことは即ち「好色の媒」である。そして全体として「光源氏を左大臣になぞらへ、紫上を式部が身によそへて」「君臣の交、仁義の道、好色の媒、菩提の縁に至るまで」を源氏物語に書いたのだと言う。この河海抄料簡の理解を単純化して言えば、左大臣道長と紫式部自身の思いを述べるために、光源氏と紫上を創作し、具体的な物語の描写においては、周公旦や道真やの例を利用したのだ、ということになる。

この理解、荘子の寓言「外に籍りて之を論ず」を、そしてその郭象注「之を他人に寄す」（林希逸口義では「己の言を以て他人の名を借り以て之を言ふ」と説明する）をそのまま当てはめてもよいほどに類似している。荘子は自らの思想を架空の肩吾・連叔等に寄せて述べたのに対して、源氏物語は道長と紫式部の思想を光源氏・紫上に寄せて（なぞらへ・よそへて）物語ったのだとの理解である。

しかしながら河海抄には、物語は「外に籍り」たものだとしても、その裏には事実が存在するのだ、という確固とした源氏物語理解があった。根無し草ではなく、拠り所が在るのだと考えた。その信念の故に、河海抄の注は寓言を空語空言と解釈する方向には進まなかった。そのことは河海抄の注において荘子の利用が語注にとどまり、寓言の理屈を以て物語の場面（例えば、物語論義、雨夜の品定、芸術論など）を解釈するところまでは進まなかったことにもうかがわれる。

二つめの夢浮橋巻の荘子寓言への言及は、「夢」の一語が源氏物語の肝要であることを言うために荘子斉物論篇の胡蝶の夢をもってきた。源氏物語の趣意、特に夢浮橋巻名の由来を仏教を以て説明することは河海抄以前から行われていた。例えば、十三世紀後半の成立と考えられている素寂の紫明抄は、この物語は「ただ有為無常の理をあらはし、生者必滅のいはれを述べ尽くせる物」だと言い、夢浮橋の巻に至って「幽玄の儀をもととして、かたはらに菩提の縁を結ばしめんがために」この巻名を付けたのだと言う。そして更に、日本書紀の天の浮橋、いざなき・いざなみの二神のことを述べ、次ぎに涅槃経や大円覚経の「生死無常猶如昨夢」云々を引き、また白居易の詩句「栄枯事過都成夢」等を引き列ねて、「これ又、現当も夢なり。善悪も夢なり。是非おなじく夢ならば、始終もあに夢ならざらんや。かるが故に、穢土の浮橋に法性の夢をあはせて、終りの巻に夢浮橋と名付くるなるべし」と結ぶ。ともかくも、仏典を中心として、一期は夢であることを示し、それを悟って菩提の縁を結ぶために源氏物語はあり、その終着点にこの巻名があるのだと言いたい。だから、「夢」の一語に源氏物語の趣意が籠められているとみなせば、儒学的には此世を夢とする観念は無いけれども、同じ漢学の範囲でみれば、荘子斉物論篇の胡蝶の夢が想起されるのはごく自然の勢いである。河海抄は「夢」の一語を媒介として荘子と源氏物語とを結びつけ、荘子の寓言を以て漢学的立場から源氏物語の趣意説明の補足としたのである。

河海抄の注釈方法が基本的には儒学のそれ、具体的には詩経毛伝及び鄭箋の注釈思想を模したものであること、そして毛伝鄭箋を模したのは、儒学における文章道に準ずる学問としての物語道（具体的には源氏学）の確立を希求していた故であろうことは、既に第二章に述べたところである。だから「夢」についても、仏教のみならず、漢学的根拠が欲しかったのであろうと思う。

このことを今一度紫明抄の夢浮橋巻名説明との比較で確認してみよう。河海抄の説明はおおよそ紫明抄を受け継いでいるが、新しく加わったのは、源氏物語手習巻夢浮橋巻の夢の用例に基づくとする或説の紹介とその否定、仏典としては唯識論の用例の追加、白居易の用例の差し替え。男女の事については、紫明抄の日本書紀に加えて「まつりごとも、三百篇の中に関雎麟趾《かんしょりんし》の化、鵲巣騶虞《じゃくそうすうぐ》の徳にいたるまで、此夫婦の道をもて周公の風を述べたり。陰陽万物を生ずる謂也」としてこの後に毛詩大序を引き、「されば、浮橋は生死のおこり、煩悩の根源也。夢とは世間出世の法、皆如幻、如夢なりといふ心也。無相の理也」云々と結論してゆく。

関雎の徳に言及する等、儒学的観点が強化されているが、実はここまでは河海抄の著者である四辻善成の独創ではなく、「師説」に善成が自案で潤色を加えたものだと言う（ただし、どこが善成の潤色かは明確でない）。そして再三検討した末の四辻善成の結論は、定家の「夢の浮橋とだえして」の本歌取からしても、「夢浮橋」の「真実の義は夢の一字の外に別の心なし。浮橋は夢に引かれて出来（る）詞也」と述べ、前引の「所詮、作者の本意を推するに、この物語ははじめに言ふがごとくに、其の趣、荘子寓言に一同せり」云々と続く。

四辻善成は夢浮橋の巻名の要所が「夢」にあると考え、その出所として荘子斉物論篇と仏典とを指摘した。「浮橋」は夢に引かれて用いた詞だと言うのは、浮舟出家後の源氏物語最終巻に至ってまでも日本書紀の天の浮橋の故事などを持ち出して男女の事を言うのは源氏物語の趣意（夢浮橋巻で言えば「菩提の縁」となるであろう）に合わないと考えたのではなかろうか。日本書紀まで持ち出して複雑にする必要はないとの判断は穏当なところである。もしそうであれば、典拠は仏典のみでもよかったのだが、そこに荘子の胡蝶の夢を加えて「漢家の寓言」（荘子）「和国の寓言」（源氏物語）と並べたところが、「物語博士」を戯称した四辻善成らしい漢学的こだわりなのであろう。

河海抄が料簡や夢浮橋巻で荘子寓言に関連して述べている所をまとめれば、源氏物語を「趣き、荘子の寓言におなじき物か」（料簡）と言うのは、荘周が寓言を以て我が思想を語ったごとくに、源氏物語も紫式部の思想（君臣の交、仁義の道、男女のこと、菩提のこと等）を登場人物に託して述べようとしていると理解したことを意味しており、その作者である荘周と紫式部が、荘子（漢家の寓言）と源氏物語（和国の寓言）に託した思想は、多岐にわたってはいてもその究極はともに「夢」の一語だ、と善成は理解したということになる。

源氏物語注釈書の寓言説を概観した江本裕「源氏物語と近世文学――近世前期の『源氏』寓言説を中心に――」（『源氏物語研究集成第十四巻』風間書房、平成一二年）は河海抄の寓言説につき、荘子には無常迅速観に近い一種解脱の思想のようなものが色濃くあったことを述べ、従って、源氏古注釈書の首尾の記述だけでもって「寓言」を論ずると、「涅槃教には生死無常猶如昨夢」というのと同次元になる危険性をもっと指摘し、氏は引き続いて、細流抄では河海抄といささか質を異にし「述作法についての具体的な指摘となる」と言い、岷江入楚を経て「近世に入ると、『寓言』は仏教の無常観的思想から自立して、小説作法の手段と理解されてきている」と、中世における「寓言」受容の流れを整理している。

河海抄の料簡と夢浮橋巻との寓言を単純に結べば荘子と仏典とが「同次元になる危険性をもつ」という言い方は、近世文学の側から見るときの注意喚起であるが、中世の源氏物語注釈の側から見れば、むしろ「夢」の一語を媒介にして仏典と荘子とを同次元に並べることに眼目があったと見るべきであろう。儒教的説明と仏教的説明の橋渡しとして荘子の胡蝶の夢を用いたのかもしれない。河海抄もまたその後の注釈書も、源氏物語の価値を主張するためには儒教も仏教も荘子もいとわず取り入れて論陣を張った。使える物は何でも使うということだったに違いない。荘子は儒教とは立場を異にするけれども、仏典を引用するのに比べれば、儒学を学んだ四辻善成としては同じ漢学という点で違和感はなかったであろう。

本来は矛盾した認識であるはずなのだが、河海抄には、物語の記述の背後に歴史事実を読む「准拠」の指摘と、事実を求むるに拠り所無き「寓言」という考え方とが同居している。これを四辻善成に即して整合的に解釈しようとすれば、四辻善成は寓言の方法である「外を籍る」（郭象注「他人に寄す」）を事実の虚構化として源氏物語に当てはめ、虚構化される以前の事実を准拠として指摘しようとした、ということになるであろう。だから四辻善成にとっては源氏物語に書かれている事々はあくまでも事実に准えたものなのである。

六　河海抄以後の寓言論の展開

河海抄以後の注釈書は、荘子の寓言について総論としてだけではなく具体的な場面に寓言説を適用する方向に進んだ。そして宋学の受容とともに荘子の注釈が郭象注から宋の林希逸の口義に移った(15)。ただし、それで源氏物語寓言論の質が変化したわけではない。

具体的な場面への寓言説の適用がはっきりするのは、源氏物語注釈書では細流抄からであるが、その前に、一条兼良の花鳥余情を見ておこう。

花鳥余情はその序に「我が国の至宝は源氏の物語に過ぎたるはなかるべし」（本文は一四七六年の再稿本を底本とする『源氏物語古註釈叢刊』による）と記すごとく、紫式部と源氏物語を称えることには熱心だが、総論においても紫式部の作意を語ることはしない。夢浮橋巻の巻名についても「その子細、河海抄にいへる、相違なく覚え侍り」とのみで、仏典も荘子も引用しない。しかし、河海抄の説をそのまま認めているから胡蝶の夢は否定していない。また若菜下巻の巻末につき、

この巻の結語のごとくは奇特なり。かのおはします寺にもまかびるさなの御ず経ありといふべきを、かくかきたる也。か様の筆法、荘子などの書に相似たる也。

との指摘がある。河海抄の総論的言及から進んで、個々の描写に荘子の筆法を見ようとしているとも言える。

ただし、一条兼良は源氏物語を史実の反映として読むことには懐疑的であったようで、螢巻の物語論義の玉鬘の言葉「げにいつはりなれたる人や」云々に関して、

いま源氏一部の意、この段にいへるがごとし。まことしきそら事なるべし。

と注している。源氏物語を「まことしきそら事」というのは、百年の後に三条西実枝や細川幽斎が源

氏物語は虚を実に書いたのだというのと呼応しているが、この時期としては源氏学の流れに逆らう発言である。物語についての一条兼良の見識は、さすがに広く和漢にわたって古典学を修めた碩学の面目躍如というべきものがある。しかしながら、中世源氏学はやはり源氏物語の史実性に拘る流れに棹さしていた。

細流抄（一五一〇年成立）は三条西実隆（一四五五〜一五三七）の編著であるが、細流抄に至ると荘子による説明が一層多くなり、荘子注釈書も林希逸の口義を用いていることがわかる。細流抄総論に次のように言う（本文は伊井春樹『内閣文庫本細流抄』による）。

> 総じて此物語のならひ、人ひとりの事をさしつめて書とはなけれども、皆故事来歴なき事をばかゝざる也。おもては作物語にて荘子が寓言により、又しるす所の虚誕なき事は司馬遷が史記の筆法によれり。好色の人をいましめんがためおほくは好色淫風の事を載也。盛者必衰のことはり則出離解脱の縁も此物語のほかにはあるべからざる也。

言っていることは河海抄と大差ないが、説明の仕方がさすがに巧みになっている。前述の通り寓言は事実（実録）とは背反する概念だから、荘子寓言の方法ということを強調すれば、源氏物語は虚言（空言・そらごと）であることの強調に等しくなる。それ故に、儒学の立場から源氏物語を史書に准ずるものとして読むことを目指した河海抄は、荘子寓言に深入りしなかったのであろう。源氏物語が虚《そら》言《ごと》であるとなれば、儒教的価値観のなかで源氏物語の価値を主張することはできないからである。河海抄以後の源氏学者にとっても、源氏物語注釈を学問として存立させようとすれば、源氏物語の事実性の主張は譲ることのできない一線である。しかしながら、源氏物語が虚言であることはどうしようもない事実である。河海抄はそこに准拠という概念を導入して物語と歴史とを繋いだ。

四辻善成がどの程度明確に意識していたか疑問はのこるが、河海抄以後の源氏学者には、荘子寓言と准拠の方法を結びつけることが、源氏物語が虚事でありながら根底で歴史事実と繋がっていることを主張するさいの強力な武器になることに気づいたのではないかと思う。それで、おもては寓言に拠る作り物語だと認めたうえで、内容は司馬遷の史記と同じく史実に基づいており（細流抄の「故事来歴無きことをば書かざるなり」は即ち河海抄の「此物語のならひ古今准拠なき事をば不載なり」に等しい）、虚誕ではないと主張したのである。

細流抄の説明を意を迎えて敷衍すれば、例えば、白居易の長恨歌のおもては漢皇を借りた寓言（空《そら》言《ごと》）であるが、書かれている内容は玄宗皇帝の史実であり、それを批判したものだ、だから漢皇の准拠は玄宗だ、と言う説明に等しい。そしてこの説明の仕方は詩経毛伝鄭箋にも通ずる。河海抄が持ち込んだ寓言の説は、細流抄に至って源氏物語の趣意を説明するさいの安定した枠組みとなった。

右の総論以外にも源氏物語の幾つかの場面説明に荘子寓言が適用されるようになった。典型的な例は螢巻の物語論義の場面。

（その人のうへとて）源の詞也。下は紫式部此物語を作せる大意をあげていへり。荘子寓言のごとし。寓言者以己言借他人之名以言之と注せり。

「寓言とは己の言を以て他人の名を借りて以て之を言ふ」（細流抄の底本「定也」を「言之」に改めた）の注は、郭象注にはなく林希逸の口義に見られる。さてその口義の説明を適用すれば、螢巻の物語論は紫式部の考え（下心）であって、それを光源氏を借りて語らせているのだと解釈できる。紫式部の作意を云々するのに荘子寓言は極めて都合のよい理屈でもあったのだ。源氏学者が荘子の寓言説に靡いていった事情もよくわかる。

因みに、現在の読者（研究者批評家）にしても、源氏物語の登場人物が語る物語論、芸術論、結婚観等々を作者の考えの反映として読むのは、みな荘子寓言論の適用とも見なしえよう。その事情は源氏物語に限らない。近現代文学についても同じことである。荘子寓言論の文学表現に提起する問題は広く深い。

さて細流抄、この他には前述の夢浮橋・浮舟巻に荘子の名が見え、帚木巻には巻名につき、

> 作者の本意、盛者必衰の理、此題号におさまれり。凡、荘子が胡蝶の夢の詞も此ありなしに同じかるべし。世間は只帚木にはじまりて、夢の浮橋におさまるとみるべき也

と、夢浮橋巻と関連づける説明が見える。帚木巻名に荘子を引くことは後続の注釈書に受け継がれている。ただ、帚木巻のいわゆる雨夜の品定の論談は、螢巻の物語論義と同じく、荘子寓言を適用するのには好都合の場面であるが、何故か言及しない（後の孟津抄では言及されている）。

明星抄は、三条西実隆を父にもつ三条西公条が天文三年（一五三四）頃に著した注釈書である。明星抄

が細流抄を承けているのは言うまでもないが、総論の項目は整理され説明も詳しくなっている。その項目は「作者」「紫式部と号する事」「発起」「大意」「此物語の五十四帖冊数の事」「諸本不同の事」「諸抄」「准拠の時代」「題号の事」に分かたれており、荘子寓言に関連するのは「大意」「准拠の時代」である。

明星抄には大意（源氏物語には何が書かれているか、作者は何を書こうとしたかの概要）の説明が一段と整理されたかたちで示されている。既に第六章「源氏物語享受史における宋学受容の意義」でも引用したのだが、寓言の位置づけがよくわかるので、あらためて次に明星抄の大意を引用する。便宜段落毎にアルファベット記号を付した。［ ］は筆者の付した見出し。

A［作者の本意］（前略）人をして仁義五常の道に引きいれ、終には中道実相の妙理を悟らしめて、世出世の善根を成就すべしとなり。されば河海にも（中略）といへり。

B［荘子の筆法］先此物語の大綱、荘子が寓言にもとづけり。寓言といふは己が言を他人の名を借て以て謂へりとなり。荘子が文法は名を作り出して、我云たき事を言はせたり。其云処はことごとく実の事なり。今此物語に云処の源氏も其真実を尋ればその人なし。書あらはす所は実也。されば荘子が筆をまのあたり写せり。（後略）

C［春秋の筆法］さて又、人の善悪を褒貶して此物語にしるし出せる所は左伝を学べり。孔子の春秋をしるさるゝ心は、善をしるす所は後人を善道にいさみをくはへてすゝましめんため、悪をしるすは後生に見懲り聞懲りに懲すべきため也。されば勧善懲悪といふ、是也。此物語の作者の本意、是也。

D［表現法と表現内容］さて又、うるはしく文体を似する処は史記の筆法をうつし、巻に次第をたつるも史記の面影を模す。（中略）寓言は荘子により、又しるす処の虚誕なき処は司馬遷が史記の筆法をかたどれり。

E［Aの再解説とその裏付け］（好色淫乱の風を載せているわけは、四書五経は耳遠いので、俗耳に入りやすい淫風を書いて善道の媒とし、中庸の道に引入れ、終には中道実相の悟に導く方便の権教であること。五十四帖は天台六十巻に比すとし、天台四教を説明。）

F［Dの補足］帝王四代、年紀は七十余年の興廃を今眼前に見るがごとくしるせり。

G［大意の総括］盛者必衰。有為転変。会者定離。世間の興廃。因果の道理。君臣の道。父子の礼。夫婦の序。朋友の交。

源氏物語の趣意説明における明星抄の論理構成の基本は、細流抄の項で説明したところと同じ。明星抄はまず第一に、源氏物語の作意を説く。そのA・Eそしてそれを簡潔に列記したGは、河海抄以降の中世源氏学が固守したところで、これ無しには源氏注釈に学問としての存在価値は有り得ない。続くB・C・DはAの論証である。何を論証しなければならないかといえば、源氏物語が社会的に有用の書だということである。では有用であるという為には何を言えばよいか。

それは例えば、平安末期の永万（一一六五～一一六八）頃の成立とされている源氏一品経（澄憲の作）、これは紫式部堕地獄を伝える資料としても著名であるが（本文は第五章第五節に引用した）、そこには諸典籍の意義につき、仏典は菩提の因縁であり、儒教の経書は五常の道を正し、史官の記す歴史書は国家の興亡を明らかにし、文士の詩は折々の興趣を賦す、という。これらはそれぞれに仏教・儒教の中で確固とした価値を認められている。また和歌は我が国の風俗だ、という。これは第一章第三節に述べたとおり、十世紀以降に盛んになる、和歌の意義を主張するときの言い方である。ところが、物語だけは価値を認められていない。何故なら、史書は古人の美悪を伝え旧事を記すことによって国家の興亡の徴を明らかにし、また人々に勧善懲悪を示すのだが、物語はもっぱら「事に依り人に依るに、皆な虚誕を以てするを宗と為し、時を立て代を立つるに、併に虚無を課するを事と為す」（登場人物も時代設定も皆な空言虚事を第一としているの意）だからである。しかも内容は男女逢会のことである。仏教からすれば妄語戒にも邪淫戒にもふれる。作者も読者も地獄に堕ちるしかない。だから写経して作者と読者とを救済したいと源氏一品経は言っている。しかし、その考え方では源氏物語を悪書と認定したことになるので、一方では、実は紫式部は観音の化身であり菩提に導くための方便として源氏物語を書いたのだ、という逆転も行われた。だが、それらはいずれにしても学問にはならない。

儒学の立場、源氏学の立場からは、源氏物語の価値を言うためには、どうしても源氏物語は仏典（菩提の因）か経書（五常の道）か史書（興亡の徴、勧懲の備）かに等しいものだと言わなければならない。その中で物語に最も近く真実らしさを求めやすいのが「源氏物語は史書に等しい」という論法だった。紫式部も螢巻の物語論義ではその論法を用いた。中世の源氏学もまたそれに従った。中世源氏学の課題は「源氏物語は史書に等しい」ことを証明することなのである。河海抄をはじめ中世源氏物語注釈書が准拠指摘を重んずるのは、史実に准拠していることを示すことが源氏物語の史書性を保証すると考えたからである。荘子寓言の論も同じ文脈の中にある。

右のことを念頭に置いて明星抄をもう一度見てみよう。Aは、源氏物語が儒教の仁義五常の道と仏教の菩提の縁との両方を共に有していることの主張である。Bはその論証。直截には源氏物語が儒仏の書とは言えないので、その媒介に荘子の寓言を持ち込んだ。何故に荘子の寓言が有効かといえば、荘子の寓言とは己（荘周）が言いたいことを他人の名（齧鈌・王倪など）を借りて言うことで、その人は「虚」だが、その言っている内容は「実」のことであるから、これを源氏物語で言えば、源氏物語は紫式部が言いたいことを光源氏や紫の上の名を借りて言っている。だから、光源氏や紫の上が真実に存在するかと求尋すれば、光源氏も紫の上もいない。そうではあっても、書きあらはす所は「実」だ、ということになる。そしてその書き現すところは、紫式部の本意である仁義五常の道であり菩提の縁である、という理屈である。

だが、荘子の「実」はいわゆる事柄としての「事実」ではない。だから荘子寓言の説だけでは源氏物語を「事実」を描いた物とは言えない。そこで次にCで、史書である春秋及び春秋左氏伝を持ち来たって、源氏物語の人物にもいわゆる春秋の筆法による褒貶が加えられているのだと言う。春秋は孔子が歴史の是非を明らかにすべく著したものとされているが、春秋に限らず、勧善懲悪は史書の意義のひとつと考えられていた。勧善懲悪が紫式部の本意だというのは、源氏物語が史書の役割を果たすべく書かれたのだと言うに等しい。

それを更に寓言との関係で説明したのがDである。表現のおもてはBに言う「寓言」であるが、内実はCに言う史書の筆法、即ち虚誕なき事実の記述であって、それは史記の体裁に倣っているのだ、と。Bで「実」と言っていたものが、ここでは「虚誕なき史実」になっている。巧みなすり替えである。

源氏物語注釈における荘子寓言の役割を端的にいえば、光源氏や紫の上のような架空の人物が書かれている源氏物語を、何故に史書に准じて扱うことができるのかの理由づけにある。紫式部の言いたいことを「他人に寄せて」「他人の名を借りて」言わせたのだという所だけが必要だったのだ。源氏物語注釈における荘子寓言の利用が空語の方向、「無根拠」「根無し草」の方向に延びて行くことがなかったのもその故であろう。そのように理解し利用したので、河海抄以下の毛伝的注釈法（詩の背景に歴史的事実を当て教訓を読み取る注釈）とも矛盾無く共存することができた。その点では順徳院御記が源氏物語を「虚言」とも「託事」とも言うのは、既に細流抄や明星抄等と類似の理解をしていたことを示すのかもしれない。そこに中世においては「寓言」を「そらごと」ではなく「よそへごと」と読む必然性もあったのであろう。

孟津抄（九条稙通）の成立は明星抄からは四〇年ほどを経た天正三年（一五七五）である。孟津抄は河海抄・花鳥余情をはじめ三条西家の源氏学を承け継いでいるが、その総論部分には趣意としての君臣の交、仁義の道云々や荘子寓言のことは見えない。ただし、螢巻の物語論義の所に源氏物語全体と寓言の関係が注されているので、それを引用する（本文は『源氏物語古注集成孟津抄中巻』による）。

（その人のうへとて）紫式部は荘子をもって源氏一部は書也。其様此詞に顕れたり。荘子寓言なり。をのれが事を以てそれぞれにいひたる物也。無其例事は不書也。八万宝蔵の経も荘子の心也。好色のかたにては身をほろぼす物なれば、其心得をなせとの事を書也。源氏は能習てよめと也。聖廟業平等の事を含て書也。其人のうへとて根もない事也。来歴なき事は一として不書者也。花鳥ニ是よりはつゐでに源の世間道理をの給事云々。
（人にしたがはんとては）紫式部、作意を心にこめて寓てのぶる也。

被注本文である「その人のうへとて」は源氏が物語の趣意を玉鬘に語る言葉。この物語論義については前述の細流抄が既に「下は紫式部、此物語を作せる大意をあげていへり。荘子寓言のごとし」と指摘しているが、それを孟津抄はもうすこし丁寧に説明しようとしている。同時に例の河海抄の准拠説と同じく、「其の例《ためし》無き事は書かざる也」と言い、「聖廟（菅原道真）・業平の事を含みて書く也」はその具体的な准拠の指摘。「紫式部、作意を心にこめて寓てのぶる也」は、荘子寓言の「己の言を他人の名を借りて」言う方法が用いられていることを指摘した注である（この注は弄花抄にもある）。

ところが、同時に「其人のうへとて、根もない事也」と記す。これも寓言にかかわる注で、寓言を事実に拠らない言葉だとする理解が広くあったことは前述した。その理解に基づけば、源氏物語の人物に史実が述べられているわけではない。「其人のうへとて、根も無い事也」を素直に解すればそういうことである。「其の例無き事は書かざる也」「来歴なき事は一として書かざる者也」と言うのであれば、同時に「其人のうへとて、根も無い事也」などと注してはならない。そう注記すれば、正反対のことを並記することになるからである。細流抄にも「今此物語に云処の源氏も、其真実を尋れば、その人なし」という、類似の文言はあるが、その置かれた文脈からして、其の真実を求めればその人なしだが、書き表わされいるのは実だ、という趣旨はよく理解できる。だが、諸注を集めたゆえか、孟津抄はその文脈が明晰ではなく、この一文が前後の文章から浮いている。

いま「其人のうへとて、根も無い事也」の一文が如何なる書に拠っているのか、確認できていないが、次の「来歴無き事は」以下は細流抄である。細流抄は寓言の論理を採用するにさいしては、表の表現は寓言だが、内実は史記（実録）と同じだという言い方で源氏物語の史実性を確保していた。その配慮（戦略というべきか）が孟津抄には足りない。

孟津抄は螢巻以外にも二箇所に荘子寓言に言及しているので、それを引用する。他に語釈に関して荘子の引用が一例あるが、いまは触れない。左の引用の［　］は割注。

（帚木巻の巻名について）此の巻の名なれども、五十四帖におよぼす名也。荘子云、寓言［ねもなき事也］巵言［さかづきをしては和合する事也］ありてなきといはんとの事也。

（葵巻「大将の御かりの随身」について）此一段の詞、心得がたき事也。別に猶しるすべし。口伝云、此物語の寓言の体と心得ぬべし。源氏大将をほめんために如此書たるべし。禅閤御説。

帚木巻の寓言への言及は細流抄が行ったことであり、孟津抄もその理解を承け継いでいる。ただし、寓言を「根もなき事也」と注するのは、細流抄の趣旨には合致しないこと、右の螢巻の事例と同じである。あるいは、前の「其人のうへとて、根も無い事也」も、「寓言」についての語注が、前後の文脈と関係なく紛れ込んだのかもしれない。

葵巻「大将の御かりの随身」は弘安源氏論義でも取り上げられている不審箇所だが、禅閤（一条兼良）の説として「寓言の体と心得ぬべし（寓言の体と心得るのがよい）」とあるのは、史実としては根拠のない記述だとの解釈であろう。帚木の「寓言　ねもなき事也」がここで活きている。一条兼良の花鳥余情では寓言について直截に触れることはなく、源氏物語を「まことしきそら事なるべし」と見ていたことを併せ考えると、この口伝は、寓言の裏に史実を読むのではなく、寓言を「根も無きこと」「そらごと」と理解していたことを示している。なお、この口伝は一葉抄にも見えている。准拠・寓言論における一条兼良の立場はもっと考えてみなければならない。それは後述の三条西実枝・細川幽斎の理解につながる糸筋でもある。

岷江入楚は中院通勝が十年の歳月をかけて慶長三年（一五九八）に完成させた、中世源氏学の集大成である。集成の常として彼も此もの性格は免れがたいが、そのことを考慮しつつ寓言に関する記事を見てみよう。寓言の利用法についての基本認識は明星抄等に同じだから、岷江入楚で加わったことを中心に述べる（本文は『源氏物語古註釈叢刊』による）。

（大意の項）

箋　此物語の根本、荘子の寓言に比す。寓言者以己言借他人之名謂之。註又根なし草と訓ずるぞ。又内篇七外篇十一雑篇十五、已上三十三篇あり。内篇は理の根本をあかすぞ。桐壺より匂宮までの二十七帖に比すべし。外篇は物の事迹をあかす。宇治十帖に比すべし。雑篇は理事まじへあかす。是を並の十七帖に比すべし。

（文躰等之事の項）

或抄云、おほむね荘子の寓言を模して作る物語なりといへども、一事として先蹤本説なきことをのせず。一字の褒貶は春秋におなじ。但、荘子は寓言のみ。左氏は事実を書して、文詞も又其法ありといへり。今此物語は仮名のおろかなる言の葉なりといへども、左氏荘子の上にたゝむ事もかたからずや。

大意の項の「箋」は三光院（三条西実枝）の説。寓言に関する言及の前半はこれ以前の注釈書と同じ。文体等の事で「荘子は寓言のみ」と言うのは、寓言の本質が空言だと理解されていた故、源氏物語の内容は事実だとするための注意である。大意の後半の荘子各篇を源氏物語各帖に当てるのは新しい。無用の拡充だが、寓言だけでなく荘子そのものを注釈に取り込もうとすれば、同じ三光院箋が、史記の本紀を桐壺から匂宮に、列伝を並《ならび》の巻に、世家を宇治十帖に当てるのと同様の扱いをすることになるのであろう。

文体の事についても三光院箋は、従来の史記の司馬遷の文法、春秋左氏伝の一字の褒貶に、新しく「段々の褒貶は資治通鑑の文勢、司馬光が詞を学ぶと云々」を加えている（実は資治通鑑の成立より紫式部の方が早い）。箋はまた天台六十巻（源氏物語六十巻の説は、天台六十巻に模した虚説であろう）のことも挙げる。

注釈や作品解説は、今現在でも同じだが、ともすると本筋でないところに深く広くなる傾向を本質的に持っている。中世は、困ったことに、その傾向に加えて源氏物語の権威付けに役立つと思われることは、あれもこれも仏典も経書も史書も皆並列的に無原則的に取り込んでいった。源氏物語の作意説明における寓言説の利用に始まった荘子利用が、荘子の各篇に源氏物語の各帖を相当させるところに至るのも、注釈が陥りやすいこの傾向の現れである。

詮ずるところ、中世源氏学における荘子寓言の受容はあくまでも源氏物語を史書に準ずる書として読むための手段であり、源氏物語が史実に准拠しているという考えを支えるだけの役割しか求められていなかった。荘子寓言を無事実の空語として理解することは意識的に拒否したと言ってよい。

七　寓言・准拠の近世的展開——役割の転換

近世において源氏物語寓言説がどのように変質していったか、粗々とたどっておきたい。近世の寓言については「はじめに」に記した如く近世文学の側からの研究が進んでおり、その全体を見通して発言することは難しいので、近世期の寓言としては一面的な記述になるであろう。また以下に述べる准拠説後退の経緯は、源氏物語寓言説をめぐる記述のまとめとして、これを避けることができない。ただ、第五章第八節の記述と重複するので、資料の提示はそちらに譲って簡略を心がけた。

源氏物語寓言説は准拠の思想と関連づけられることで中世源氏学の中に位置を占めていた。だから、准拠の思想が消えれば、おのずから従来の寓言説も役割を失う。その始まりは源氏物語そのものではなく、伊勢物語にあったように思われる。(16) 伊勢物語は業平の事実の話と見なされていたので、中世の伊勢物語注釈の中には、事件と人とに強引に具体的年月日・事件内容と実在人物とを当てようとするものもあった。そのような傾向が行き着いたところが荒唐無稽と評されるいわゆる冷泉家流の注釈書群である。

そのような注釈に対して早く一条兼良の伊勢物語愚見抄は、それらは昔物語の本意を失うものだ、信用してはならないと警告している。くだって、三条西実枝の伊勢物語抄や細川幽斎の伊勢物語闕疑抄では、伊勢物語は実を虚に書きなしたもの、源氏物語は虚を実に書いたものという言い方がされるようになった。中世の源氏学における准拠指摘の思想の根源は、源氏物語は実を虚に書いたということにあった。だから虚の裏にある実を指摘する作業（即ち准拠の指摘）が営々として行われたのである。源氏物語が虚言であるなら、准拠指摘の意味はなくなる。(17)

近世の契沖は、源氏物語の作意を五常の道・春秋の褒貶・勧善懲悪・天台四教に比すとする理解を否定し、古注の「物語の大意」の説明の中には「用ある事」も「不用なるもの」もあり、その「用ある事をのみ用べし」と言っている。准拠説もまた「不用なるもの」として捨てた。賀茂真淵は、伊勢物語古意の総論、源氏物語新釈の惣考において物語を「むかしむかしの例《あと》なし物がたり」と同じ「そら言」だと言う。源氏物語を「例《あと》なし物語」と見れば、そこに准拠を求めることも有り得ない。

このようにして中世源氏学の准拠説が後退して行く過程は、同時に寓言説が准拠説と切り離されて自立してゆく過程でもある。(18)

北村季吟の湖月抄は中世源氏学の集成の趣もあり、中世の准拠説も寓言説もそのまま紹介しているが、同じ季吟が俳諧用意風躰（『季吟俳論集』古典文庫。注1の論文の多くに引用されている）では、
源氏五十四帖も紫式部のもとの趣向は、五倫の道ををしへ、菩提を求る縁とすべきの本意といへ

ど、おもてはたゞ好色の物語と見ゆるがごとし。荘子が寓言は根なし詞に託して道をとけるを、是をも世のつねのうそつきの類とせんは、よく荘子を見しれる人とはいふべからず。

と言う。「おもてはたゞ好色の物語と見ゆる」ことを認めても、つまり中世の准拠の思想を取り去っても、寓言の説を当てはめれば、源氏物語はそらごとではあるが、五倫の道・菩提の縁は、紫式部の本意として残る。むしろ史実に准拠するのだという強引さが消えて、「紫式部の本意」の理解の当否は別として、論理は単純にしてかつ素直になったとさえ言えよう。それ故、源氏物語は寓言であるという言い方は、江戸時代を通じて用例を見出すことができる。その幾つかを木下綾子「源氏物語についての近世儒教言説資料集」(19)によって示す。

・林羅山林鵞峰『本朝通鑑』　倣荘子寓言之体、准醍醐朱雀村上三代之事、設名託言、叙男女之事。
・林鵞峰『本朝三十六対小伝』　紫式部（中略）殊好老荘之旨、作源氏物語五十四帖。皆寓言而有所託意。
・松永貞徳『戴恩記』　又荘子の寓言をふまえて、桐壺の御門、源氏の君などゝいふ人ありしやうに思はせ、
・天野信景『塩尻』　源氏物語人名凡四百二十七人。悉く寓言也。紫式部、荘子が書に倣て妖艶の詞を巧にせり。（太田南畝『半日閑話』）
・岡本保孝『難波江』　紫の上のらう〳〵じくおほどかに心やすきものから、重りかに用意深く

（中略）古へ人をいふやうに思へど、実は式部が心をしるしたるなり。

岡本保孝の例は寓言の語は用いていないが、他を借りて己を言う寓言の方法を言うことは明らかである。

かの本居宣長もまた源氏物語玉の小櫛に、源氏物語を読むと「紫式部にあひて、まのあたり、かの人の思へる心ばへを語るを詳しく聞くにひとしく」と言い、或いは、

心のうちにむすぼゝれて、忍び込めてはやみがたき節々を、その作りたる人のうへに寄せて、詳しく細かに書き顕はして、己が善とも悪しとも思ふ筋、言はまほしき事どもを、其人に思はせ言はせて、いぶせき心を漏らしたる物にして

とも言う。准拠説と切り離された後も、寓言説がいかに紫式部の作意を説明するのに都合がよかったかがわかる。

だが、儒学的観点を守ろうとすれば、准拠の説はなかなか捨てがたいものがあったようで、熊沢蕃山[20]（一六一九〜一六九一）は源氏物語蕃山抄（神山閏次編『源氏物語蕃山抄』巧藝社による）に、

此の物がたり書たる意趣は、（中略）いにしへの上﨟の美風心持ゐを詳しく記し残せるもの也。（中略）尤荘周が寓言に類して、彼を是に比し、昔の人のうへを今の人の事のやうにいひ、もろ

こしの事をやまとの事となしてかきたる事はあれども、其実は皆証跡ある事共也。故に古人も事実なる事は司馬遷が史記の筆法なりといへり。

と言う。寓言だと言いながらも、同時に皆な証跡があるとも史記の筆法だとも言うのは、中世の源氏学の流れをそのまま承けている。

宣長に至る流れと蕃山とを対比すれば、中世源氏学において准拠・寓言が果たしていた役割も自ずから明かになるであろう。

注

（1）近世文学に関する寓言関係論文として、山本平一郎「俳諧と『荘子』が寓言（上・下）」（『国語と国文学』昭和一二年一・二月号）今栄蔵「談林俳諧覚書」（『国語国文研究』七号、昭和二八年）野々村勝英「談林俳諧の寓言倫をめぐって」（『国語と国文学』昭和三一年一一月号）小西甚一「芭蕉と寓言説（一）」（『日本学士院紀要』一八巻二号、昭和三五年）中野三敏「寓言論の展開」（『国語と国文学』昭和四三年一〇月号）広田二郎「談林派の寓言説と芭蕉」（『小樽商科大学人文研究』昭和四六年）及び最近のものとして川平敏文「寓言――惟中と伊勢物語学――」（『江戸文学』三四号、平成一八年六月）「俳諧寓言説の再検討」（『文学』平成一九年五月）飯倉洋一「大江文坡と源氏物語秘伝」（『（大阪大学）語文』八四・八五号、平成一八年二月）「怪異と寓言」『西鶴と浮世草子』二号、平成一九年一一月）等を見たが、見たにとどまり本稿に活かすには至っていない。

（2）荘子本文は郭象注・林希逸の鬳齋口義ともに『和刻本諸子大成　第十二輯』（汲古書院、昭和五一年）に拠る。
（3）原文（新古典大系）は「宣不憑虚、終通蹤実」であり、版本も柿村重松『本朝文粋註釋』も「宣ぶること憑虚ならず」と訓んでいるが、「宣」は「宜」の誤りであろう。策問の結びを「宜〜」とすること、経国集巻二十の百倭麻呂への問に「宜陳指要」とあり、本朝続文粋巻三の策問にも「宜課鳳々之文華、以答苕々之詞藻」（江湖勝趣、藤原明衡）の他に「詳琴酒」「郷国土俗」（藤原敦光）「得宝珠」「詳和歌」の策問にも見られる類型的表現である。
（4）享禄三年（一五三〇）、清原宣賢講述。『続抄物資料集成第七巻』に本文、『第十巻』に土井洋一氏の解説がある。
（5）日向一雅「『河海抄』の源氏物語」（『文学』二〇〇三年七・八月号）は、順徳院と四辻善成の関係について論じている。この観点からも考えてみる必要がある。
（6）岷江入楚（中野幸一編『源氏物語古註釈叢刊』）の引用では「あり事」と表記している。
（7）中華若木詩抄の例は勉誠社文庫により前後を補った。
（8）図書寮本は『図書寮本類聚名義抄』（勉誠社、昭和五一年）の九五頁。観智院本は正宗敦夫編『類聚名義抄』（風間書房、昭和四五年）に拠る。
（9）岷江入楚（中野幸一編『源氏物語古註釈叢刊』）の引用では「託」に「ツケ」と訓が付されている。
（10）「託」「寄」に関連して言えば、万葉集の「寄物陳思」の「寄」との関連、間接的に比喩的に思いを陳べるという点では荘子寓言と同類であり、「寄物陳思」の「物」を「他人」に換えれば、そのまま荘子の寓言の「外に籍りて之を論ず」「之を他人に寄す」の説明に重なる。その観点からの考察も必要であろう。
（11）早い時期の例としては、中野三敏「佚斎樗山のこと」（『戯作研究』一四一頁）に可笑記評判（一六六〇刊）に寓言を「そらごと」と読む例が挙げられている。

(12)『角川古語大辞典』に拠る。中島信三編『聖徳太子五憲法釋義』(昭和五三年)により確認。仏説は少しも無実の事を説くことがない、それを忘れて仏経の理を以て合点すると妄説(寓言)となる、との文脈で用いられている。「寓説(ヨセコト)」「造言(ツクリコト)」の語も見える。

(13)本文は高田信敬『源氏物語考証稿』(武蔵野書院、平成二二年)の「『弘安源氏論議』簡校」(底本は寛文元年八月版本)に拠り、取意の便宜により私に漢字を当てたところがある。

(14)「准拠」の意は一般的に言えば、根拠、拠り所というほどの意味である。加藤洋介「中世源氏学における准拠説の発生」(『国語と国文学』平成三年三月号)は中世の用例に則して解釈を試みた貴重な論文だが、その挙例も大方この意で解釈できる。毛詩注疏の斉譜でも史記との年数の相違について「毛公は馬遷の前に在り。其の言、當に準拠有るべし。故に馬遷と同じからず」(『毛詩注疏　第一巻』汲古書院　五七一頁)という、この用法に同じ。

(15)注1の諸論文。特に野々村・小西論文及び池田知久「日本における林希逸『荘子鬳斎口義』の受容」(『二松学舎大学論集』三一号、昭和六三年)に詳しい。

(16)伊勢物語と寓言の関連については、川平敏文「寓言——惟中と伊勢物語学——」(『江戸文学』三四号平成一八年六月)を参照されたい。この実枝の伊勢物語抄も川平論文に引用されている。

(17)中世源氏学の「准拠」の思想を離れて作者の方法・技法という観点から見れば、清水好子『源氏物語論』は採るべき点が多いし、もっと緩く「源氏物語の源泉」という観点からすれば、河海抄等の古注も含めてこれまでに指摘されてきた事々は意義有ることである。要は、それぞれの注釈・研究を支えた(支えている)思想を考慮したうえで、その適不適を判断しなければならないということに尽きる。作者が意図したのか、研究史のなかでそう読まれたのか、今の研究者個人がそう読みたいのか、それを意識的に区別しなければならない。また「准拠(準拠)」という中世源氏学の思想に密着した用語を用いて作者の技法や現在の研究者の思想が語られるのも問題であろう。

(18) 近世初期の荘子寓言説の受容は本稿に引きつけて言えば、仮に郭象注から林希逸注への移行がなかったとしても、源氏物語・伊勢物語注釈における准拠の思想の後退とともに、荘子寓言の本来的性格である空語性・無根拠性が強調される方向に動いたであろうと思われる。

(19) 木下綾子「源氏物語についての近世儒教言説資料集」(明治大学『古代学研究所紀要』一九号、平成二五年)。文字通りの労作というべきこの「資料集」は、近世の源氏物語享受資料として極めて有益であり、さまざまな知見を得ることができる。

(20) 蕃山流の源氏物語理解については、野口武彦「江戸儒学者の『源氏物語』観——熊沢蕃山『源氏外伝』をめぐって」(『源氏物語』を江戸から読む』講談社学術文庫、平成一六年)。本稿とも交差するところがあり、参考になる。

第八章　大和物語と伊勢物語——事実と虚構の間で

一　はじめに

文学史では歌物語[1]に分類されている伊勢物語は、六歌仙の一人である在原業平の事跡を基にしていると理解されていたので、早くから歌詠みの必読書として尊重され、また平安末期からは表現の裏に歴史事実を探る毛伝的な注釈書が作られていた。そのことは本書第二章に述べた。その行き過ぎた注釈に対する反省の動きについては第五章にもふれている。

ところが、大和物語は伊勢物語とは異なって、中世以前には目立った注釈書はなく、儒教仏教による教誡的な解釈もなかった。それはやはり歌物語に分類される平中物語等も同じだから、物語のなかで伊勢物語と源氏物語だけが特別扱いされたということなのだが、大和物語はその二作品に次いで、近世になって本格的に注釈が施されるようになる。そのとき、あたかも伊勢物語や源氏物語の跡を追うかのように儒教的教誡の文言が付されることがあった。

それ故、現在の文学史で歌物語として伊勢・大和と併称される、その大和物語が各時代の中でどのように扱われ読まれてきたかをたどる。それはおのずから「まこと」「そらごと」をめぐる文学思想史の一環ともなるであろう。

さて、大和物語の内容は、例えば次のように紹介されている。

通常百七十三段から成る歌語り集である。（中略）その間に、上は天皇・皇族・貴族から僧侶、庶民、さらに女性では皇后・内親王から宮廷女房、遊女にまで及ぶといった各層の人物がちりばめられている。（中略）さらに『大和物語』は百四十六段を境目に前・後篇の二部に分かれている。前篇は歌を中心とした短小段が配列され、いくつかの文芸サロンの場に生じた今様歌語り集である。一方、後篇は語り中心の歌説話といった長篇の諸段で、伝説・打聞や古い時代の和歌説話から成っている。（講談社学術文庫『大和物語』「まえがき」雨海博洋）

伝本・注釈者により章段の区切り方等は異なり、前後を第何段で分けるかにも、第一四〇段までとする案もあり一定していないが、これらのこと、いまは触れない。

大和物語のわかりにくさ、全体を統一的に把握することの難しさは、前半部の十世紀前半の醍醐・朱雀朝を中心とする実在人物をめぐるゴシップ的和歌逸話群と、後半部の地方伝説や六歌仙等に関する地域的時間的広がりをもつ説話的歌話群とのおさまりの悪さにあるように思われる。その統一的理解は容易なことではなく、近代になってからでも、早く明治の藤岡作太郎『国文学全史　平安朝篇』は率直に「大和物語は片々たる事実を輯めたるものにして、文学的価値甚だ多からず、全体を概括してこれを論ずるは、また容易のことにあらず」と評した。

そのような作品であるにもかかわらず、なぜ大和物語は伊勢物語と併称されて中世近世を通じて読み継がれてきたのだろうか。現在の読みも平安時代からの長い享受史の流れを受け継いでいる以上、それを考えるところに大和物語とは何かを知る手懸かりがあるにちがいない。そしてそのむこうに、平安時代の人々の大和物語に対する理解、そしてその後の読み方の変遷、何故にそのような読み方を採用したのかを探ってみよう、というのが本稿の目指すところである。

二　歌学の書としての大和物語——伊勢物語との併称

いま文学史では多くのばあい伊勢物語・大和物語を歌物語としてセットであつかう慣わしになっている。なぜセットで扱うようになったかには長い歴史がある。

そもそも物語は「そらごと」であって、それ故に、女が気晴らしのために、徒然を慰めるために読むもの、男がまともに読むべきものではなかった。藤原俊成が建久四年（一一九三）の六百番歌合の判で「紫式部、歌よみのほどよりも物書く筆は殊勝なり」「源氏見ざる歌読みは遺恨のことなり」と評したあたりから、源氏物語は男を含めて歌よみの必読書となった。一方、伊勢物語は業平の一代記として読まれたので、早くから歌よみの読むべき書として扱われていた。源氏物語にしても「物語」として評価されたのではなく、詠歌のための書として評価されたことは、藤原定家の先達物語に「近代の源氏物語を見沙汰する様」が本歌取の材料探しや人物の系図穿鑿などにはしっていることを批判的に述べたあとで、「身に思ひ給ふるやうは、紫上の父祖の事をも沙汰せず、本歌を求めむとも思はず、詞づかひの有様の言ふ限りなきものにて、紫式部の筆を見れば、心も澄みて、歌の姿詞優に詠まるゝなり」とあるので明らかである。このあたりの事情は第五章にも記したことであり、ここにあらためて述べるまでもないであろう。

俊成よりも十年程早い生れである藤原清輔（顕輔の男。一一〇四〜一一七七）の歌学書袋草紙（一一五七〜八年成立）に伊勢物語・大和物語の名が見えている。即ち、「故撰集子細」の項には勅撰集等の和歌の総数と撰集事情とが記されているが、そこに万葉集・古今和歌集から詞花和歌集までの勅撰集に続いて、伊勢物語と大和物語とが取り上げられている。それぞれ、

伊勢物語　和歌二百五十首。但本々不審。
大和物語　和歌二百七十首。此中連歌三首。但本々不同。

とある（いま撰集事情の記述は省略した）。

同じ清輔の和歌初学抄には、「古歌詞」として万葉集・古今集・後撰集・拾遺集・後拾遺集と並んで、伊勢物語から二十七条、大和物語から十四条の歌詞が抜き出されている。他の物語からの抽出は無い。これらを見ても、この二つの物語は物語として取り上げられたのではなく、撰集（歌集）に準じた扱いをされていることがわかる。歌学にとっては、物語のなかでも伊勢物語と大和物語だけが特別扱いだったのである。(2) 俊成はそれに源氏物語を加えたことになる。

後鳥羽院により千五百番歌合が企画され（一二〇一年）、顕昭（藤原顕輔の猶子）も判者の一人となった。その一二七六番の右方の歌（通具朝臣）についての顕昭の判詞に（『新編国歌大観』による）、

草の原とへどしら玉とれば消《け》ぬはかなの人のつゆのかごとや

右うたは、源氏の物語には、憂き身よにやがて消えなばたづねても草の原をばとはじとや思ふ。狭衣物語には、たづぬべき草の原さへ霜枯れて誰にとはまし道芝の露。ふるき人は、歌合の歌には、物語の歌をば本歌にも出し証歌にも用ゐるべからずと申しけれど、源氏、世継、伊勢物語、大和物語とて歌読みの見るべき歌とうけたまはれば、狭衣も同じ事歟。

とある。「草の原」は俊成が判詞で「源氏見ざる歌よみは」云々と言うきっかけになった詞である。「古き人」云々は歌よみの見るべき書に源氏物語が加えられる以前の考え方なのであろうが、伊勢・大和はともかく、そらごと物語である源氏物語まで見るべき書に加えられてしまえば、「狭衣も同じことか」という、やや投げやりにも聞こえる詞も出てくるのであろう。

　さらにすこし時代が降って、順徳院（一一九七〜一二四二）晩年の編著とされる八雲御抄（『日本歌学大系別巻三』）の「学書」の項には、家々撰集（新撰万葉集等）、抄物（万葉集五巻抄等）、四家式（歌経標式等）、五家髄脳（新撰髄脳等）に並べて、「物語」として「伊勢上下　大和上下　源氏五十四帖」とあり、かつ「此外物語非強最要（此の外の物語は強ちなる最要にあらず）」と記されている。『日本歌学大系』の凡例によれば、底本は志香須賀文庫本であり、校合本とした宮内庁書陵部本には「源氏五十四帖」の部分が無いという。源氏物語が歌よみの必読書となった後で付加されたものであろうか[3]。ただ、巻六の「憎いげをこのむ事」の条には「凡、歌の子細を深く知らんには万葉集にすぎたるはなし。歌の様を広く心得むには古今第一也。詞につきて不審をひらく方は源氏物語にすぎたるはなし」ともあるから、源氏物語が歌学の参考書として尊重されたことは確かである。それと同時に、顕昭の判詞からは、伊勢物語・大和物語・源氏物語以外の物語に要読書の範囲が拡がっていったこともうかがえる。その拡大に対する注意が「此の外の物語は強ちなる最要にあらず」なのであろう。

しかし、一度拡大され始めると止め処なく広がってしまうのは学びの常で、弘安年間（一二七八〜一二八八）の成立とされる代集（『日本歌学大系第五巻』）には、「物語」の項に次のような多くの作品を掲出している。［　］は割注。

在中将が伊勢物語　滋春が大和物語［このしげはるは在中将が次男、むねやながおとゝ也。一説には伊勢がかけるともいふ。］　源氏　狭衣　枇杷大納言あまのてこら　宇治大納言物語　濱松の中納言　山陰の中納言　有馬の王子　孔雀の御子　住吉　世継　忍びね　大鏡　小鏡　須磨の日記　明石の日記　いはひをが花たとへ　道綱母のかげろふの日記
世々の落書どもさまざま、ものがたりさのみへ《（えカ）》しるさず。
康頼が宝物集　長明が発心集　信実朝臣今物語
ことに物語は昔今数をしらず。くはしく知りても歌の道によしなきのみあればしるさず。

伊勢物語・大和物語・源氏物語・狭衣物語はともかく、「くはしく知りても歌の道によしなきのみあればしるさず」と言いながら、多くの物語を挙げている。これらの物語、何を基準に掲出したのかよくわからない。

細川幽斎（一五三四〜一六一〇）説の聞書とされるものに聞書全集（『日本歌学大系第六巻』）がある。延宝六年（一六七八）刊行されているが、成立年次は未詳。その中に、詩の心や物語の心はそうそう詠むべきではない、ということに関連して物語の名を挙げている。

一、和漢にわたりて本説物語を用うべきといふ事、頓阿云、本説本文、詩心物語の心、さのみ不可詠之由申され侍れども、常に見て侍るにやと云々。

一、物語とは、伊勢、大和、源氏、狭衣、うつぼ、竹とり赫奕姫《かくやひめ》物語等なり。

ここでも伊勢・大和はセットで出てくる。源氏・狭衣もこれまでの流れからはセットの扱いのようである。作り物語の宇津保物語と竹取物語が代集とは異なる。

このように伊勢物語と大和物語の併称は古く歌学のなかで起こったことで、大和物語も初めは撰集（和歌集）に準じて扱われたことが確認できた。ただし、大和物語は歌よみ達に伊勢物語と同じように尊重されたわけではない。そのことは中世以前の古注釈書が大和物語鈔のみという実態によく示されている。

いまの文学史が歌物語として伊勢物語・大和物語を一括りにするのとは意識も目的も異なっているが、伊勢物語・大和物語を「歌まなび」の書として一括りに扱う伝統の淵源は遠い。大和物語は歌学のなかで撰集に準じて扱われることで、そして伊勢物語とセットで扱われることで、後世に読まれ続けてきたといっても決して言い過ぎにはなるまい。

三　大和物語の教誡的享受――物語としての存在価値

近世前期、承応二年（一六五三）、北村季吟の大和物語抄（拾穂抄）が刊行された。和歌の説明も詳しいが、「歌まなび」のためならば不要と思われる、人物・地名・建物などの説明も詳しく、定家は「紫上は誰が子にておはすなど言ひ争ひ、系図とかや名付けて沙汰」する識者の注を退けたが、拾穂抄はまさにその定家が退けた方向の注だった。

注釈書として刊行するとなると、おのずからその本の意義を説明する必要がある。そのとき、「歌学び」のためとしたのでは、恐らく広くは受け入れられないと判断したためか、大和物語抄の序（源杏僊）は次のように言う(4)。

夫れ大和物語は花山帝の製する所なり。或いは曰ふ、在原滋春の撰する所なりと。和歌百八十余首、皆其の人を論じ、其の事を正し、其の物を述べ、其の語を記す。良《まこと》に以《ゆゑ》有り、前事の不忘は後世の元亀なりとは。橘良利の宇多帝の山林に随ひ、聖武帝の人麻呂の諷詠に答ふるは、君臣の道存す。戒仙の父を哭し、遍昭の子を思ふは、父子の義に非ずや。蘆屋の女の男を尋ね、葛城の妻の夫を思ふは、夫婦の道の至りなり。延喜帝の菊を済（斎）院に呈し、嵯峨院の蘭《ふぢばかま》を平城帝に献ずるは、兄弟の倫具はれり。源公忠の歌を小野好古に贈り、堤の兼輔の別れを大江千古に惜しむは、朋友の信尽くせり。実に難波敷嶋の遺流を挹《く》む。誰か敢へて喜尚せざらんや。

物語を儒教や仏教と結びつけて教誡的に読むことは、中世に源氏物語がたどった道であったが、いま大和物語抄は注釈を付して世に弘める意義を仁義五常の教誡に求めたのである。もとをたどれば、古今和歌集序は、勅撰集として和歌の社会的意義を宣揚する必要があったとき、毛詩大序の記述を借りて、「天地を動かし、鬼神を感ぜしめ、人倫を化し、夫婦を和らぐるは、和歌より宜きは莫し」（真名序）と言っていた。もともと大和物語は歌人の読むべき書でもあったから、大和物語抄序が古今和歌集序及びその根源である毛詩大序の儒教的倫理と関連づけて意義を説くのは当然の方向である。序のみならず、最終段末尾に季吟は「愚案ずるに」として次の文章を記している。

愚案ずるに、彼古今の祇註に又云、此の誹諧の結句に此の歌を置く事、其の心あるべし、梅の花見にこそ来つれといふより、世間の人のうへの善悪を教へ、又は政道の深き理を示しなどして、終に人はたゞ世を逃れて、是非をば放下するを本意とすべきの心也と云々。此の物語も、様々の人の振舞を書きつらねつゝ、此のうつぶし染めの歌を終りに置かせ給へるも、さる心にや侍らん。

文中に「置かせ給へる」と敬語を用いているのは、大和物語の作者を花山院と考えてのことである。また右のような作意についての理解もそのことと関連している。「古今の祇註」云々は、宗祇の古今和歌集誹諧歌の注に見えることだが、宗祇が古今和歌集の効用を言うときに「世間の人のうへの善悪を教へ、又は政道の深き理を示しなどして、終に人はたゞ世を逃れて、是非をば放下するを本意とすべきの心也」と言うのは、中世源氏学と同じ趣意であり、古今集享受史としても興味深い事実である。(5)

さてその宗祇の注を引いて、この大和物語の配列意図にもそのような趣旨があるのではないかと季吟はいう。では、実際には「善悪を教へ、又は政道の深き理」は大和物語ではどのように注されているかを確認しておこう。数としてはそう多く有るわけではない。段序は新編全集による。

（一三三段）人のうれへをうれふるは堯舜の心也。実に此感慨聖主の御心にかなひ侍けん。又公忠の名誉也。

（一四二段）いままで此物語にあまたの女侍しかど、うさかの森のしもとなくかみともいはず、筑摩の祭のなべて其数を恥ぢざるべきやは侍し。其中にかくふたかみ山の高き心をたて、耳無の池の深く思とるたぐひ、なきにしもあらず。されば、淫といひ貞といふも、藻に棲む虫のわれからならずや。

（一四九段）大和の女の見る人なきにかたちづくると、この女の人見ぬ時にうちとけたると、其心ばせ、いかばかりの違ひぞや。この故に、君子は屋漏に恥ぢずとかやいへり。世の人の心すべき所成けり。

（一五四段）淫奔の者の、我がため人のためあぢきなき物語也。是ただ盗める男のみ咎あるに似侍れど、とかく軽々しく身をもてなして、用意無く奪はれにたる女の罪もすくなからず。かの行露の多きを思ひて、まだきにゆかぬ言の葉を、聖代の風とて翫ぶこそげにさる事と見え侍しか。

（一五六段）（嫁と姑との中悪しきことの例のことなど略す）さて、中よからぬ習ひあるは、さ（姑）の僻みをさきにせんか、若気のなすをさきにせんか。偏に姑の咎といふべからず。人の心のあやにくにして、をのが様々はべる世なれば、其後先は定めがたければど、大方のことわりを思ひ量るには、若きが罪ぞ重かるべき。ことに人の嫁子としては、思ふべきところ成けり。

（一五八段）（前略・物妬みの誡め）なだらかに見忍びて、怨ずべき節をもさすがに憎からずかすめなしたる、女の品の上なりけり。これらの道を知りわけて、かの妹背の山に入らん人の、いかで偕老の喜びを求めきこえざらん。

（一七二段）人倫を和すること、和歌よりよろしきはなしとかや、古今の序に侍る、まことなるかな。

源杏僊の序にしても、季吟の言にしても、どこまでが本心かわからないところはある。或いは何か当時の出版事情が考慮されているのかもしれない。そうであったとしても、大和物語を右のように意義づけ、少ないながら教誡的注を付したことで、「歌まなび」から離れて、大和物語をそれ自体として享受する道を拓いた。その意味で大和物語抄の出版は大和物語享受史の大きな事件であった。

作品に注釈が施され始めると、おのずから注釈は精密化し学問化することは、古今和歌集・源氏物語等で経験したことである。季吟の注釈は人物考証も詳しく他出文献の指摘も丁寧で、学問的注釈書でもあったから、後続する注釈書の数は源氏物語等に比して格段に少ないけれど、大和物語もまた同じ道をたどった。

季吟の抄が示した教誡的注釈は、刊本の中では継承する注釈書もあった。例えば、明暦三年（一六五七）刊の大和物語并首書（首書大和物語。著者は、錦繍抄に「書籍目録に一華堂切臨とあり」という）は作意の条に抄とほぼ同じことを記している。その言い方は源氏物語の作意を儒仏をもって説明する注釈書に極めて近い。

作意　人のしりやすき和語を以て仏儒の道をあらはせり。又道は五倫の外なし。君臣の道父子の義夫婦のまじはり朋友の信兄弟の倫、これ也。おほくは好色をしるすは、人のこのむ所をもて道に引入るべきため也。又一切の礼は夫婦よりはじまる義也。其人を論じて其事を正し、其物を述て其語をしるす。前事の忘れざるを以て後世の亀鑑とするのみ。

教誡的注の具体例は季吟抄よりもずっと多い。いまその一部を摘記して示す。

（二段）君臣の倫をあらはせり　（四段）朋友の信を尽せり
（六段）男女共に不義なるを刺《そしり》て書けり
（一七段）色を好みて父子の礼をそむくを刺れり　（二〇段）女の好色を刺る
（二三段）女の好色なる心を改めて貞になりたるをほめ男の不義を刺てしるし了
（二五段）光陰のはやくうつりかはるを思ひ世の無常を視せり
（二七段）戒仙が父を哭す父子の倫をしるす　（四五段）父子の倫をしるせり
（四九段）兄弟の倫をしるす　（五五段）無常をすゝめたり

以下は省略する。おおむねこの調子で、君臣・男女夫婦・兄弟・朋友の道、無常等の義が注されている。首書は季吟の抄を見ているようだが、さらに教誡性が強くなっている。特に好色への誡め、男女夫婦の倫における女性への誡めを強調する傾向が見える。その表現も毛詩小序の美刺の表現様式に類似している。

刊本は右のようであるが、写本で伝わった大和物語直解（賀茂真淵、宝暦一〇年〔一七六〇〕）大和物語虚静抄（木崎雅興、安永五年〔一七七六〕序）大和物語錦繍抄（前田夏蔭、文政二年〔一八一九〕）にはこのような教誡的注をみることはない。これらは江戸時代には刊行されていない。執筆の目的（想定した読者）も異なり、出版にともなう社会的配慮を必要としなかったということであろう。

また伊勢物語の近世期の注釈にあっても、五井蘭洲の勢語通のような例もあるにはあるが、教誡的言辞を加える例は稀になっている。季吟の伊勢物語拾穂抄も先行注から引き継がれた数例を見るにすぎない。[7]伊勢物語は「歌まなび」の書という価値が定着していたことと無縁ではないであろうし、儒教仏教に拠る教訓を付せば、すべてこれ好色の誡めとせざるをえなくなるという事情もある。[6]そうすると、紫式部は観音の化身であるという伝え（今鏡）と同じく、業平は馬頭観音の化身だということにもなるが、伊勢物語・源氏物語については、近世にはその段階は既に通り過ぎていたのである。[8]

大和物語は、伊勢物語ほど歌学書としての権威はなかったし、源氏物語ほど物語としての価値の理論武装がなされていなかった。だから、中世に源氏物語注釈がたどった道、即ち源氏物語の社会的有用性について儒教仏教と関連させて説いた便法を、[9]遅れて近世において採用せざるをえなかったのであろう。また仏教説話集などの各話の最後に教訓を記す体裁の影響もあるかもしれない。

四　歌物語としての享受――伊勢物語との対比の中で

これまで見てきたように、大和物語は平安後期から歌よみの見るべき書として伊勢・大和と併称して扱われてきたという経緯はあったが、それは現在の「歌物語」というジャンル意識とは異っており、江戸期には注釈書の刊行にともない教誡的意義づけをすることによって、伊勢物語と離れていく傾向さえうかがわれるようになっていた。

その流れの先に、近代以降、大和物語を歌学びの書や教誡の書でなく、文学作品として評価し意義づけしようとしたとき、現代の研究者はおおむねその主題を「あはれ」[10]に求めた。「あはれ」と言えば、平安朝の和歌文学の情趣から外れることはまずない。いわば万能薬でもあるから、とりあえずの処置としてはやむをえないが、「あはれ」をもって全体を統一的に読み解こうとすれば、おのずから矛盾は出てくる。その問題はさておいて、ともかくも近代の文学史研究が大和物語を歌物語に属する文学作品として意義づけようとしたとき、「あはれ」の語を以てした。このことにもまた、すこしづつ遅れながら、源氏物語享受の流れを追うさまをうかがいうる。

右のような文学作品としての意義づけが進行する一方で、歌物語の前段階に「歌語り」を想定し、大和物語的な形が伊勢物語に先行するとする益田勝実の論文が発表されてからは、伊勢物語・大和物語を論じるときには必ず「歌語り」に言及されるようになった[11]。そのため一度は離れかけていた伊勢物語と大和物語とは、この歌語り論によって再び一括して論じられることが定着した。その意味で、大和物語はかつて「歌学びの書」として伊勢物語と一括されていた状況から、今度は「歌物語」として伊勢物語と一括され直したとも言えよう。そのため大和物語に対する理解・評価が「伊勢物語と同じ歌物語」であることを前提になされるようになった。大和物語の主題を「あはれ」と捉える流れの加速はこの動きと無関係ではないであろう。

大和物語が歌物語に分類されると、大和物語の評価も伊勢物語との対比のうえでなされた。例えば、西郷信綱『日本古代文学史改稿版』(岩波書店、昭和三八年)は『伊勢物語』や『平中物語』のようにそれらをある人物で統一しようとはしておらず、一種の聞書集というべき性質をもち、(中略)『伊勢物語』を見た目にはやや二番煎じのうらみがある」と言う。あるいはまた『日本文学史概説』(秀英出版、昭和三四年)は「伊勢と違って単なる口承書承の和歌説話の集積にすぎない」「伊勢が男女の間柄を主とする純愛の物語であるのに対して、これは恋愛譚が半分を少し上まわる程度で、雑然と無体系に話が並んでいる」(執筆・秋山虔)とも言う。

研究史的には、右のような評価に対する異議申し立ての役割を果たしたのが高橋正治『大和物語』(塙書房、昭和三七年)の、独自の主題とそれに即した構成・配列があるとする研究だった。ともかくも普遍的文学性の主張をしなければならないという事情があって、大和物語の主題研究は「あはれ」の説へ傾斜したのであろう。

このように歌物語として伊勢物語との対比で享受されるようになると、おのずから伊勢物語の虚構性と大和物語の事実性とが大きな問題となる。歌語りの持ったてまえの事実性と物語の虚構性の問題でもある。大和物語の素材と関連して、虚実の問題については既に江戸時代後期に前田夏蔭の大和物語錦繍抄(『大和物語古註大成』国文名著刊行会)の序に清水濱臣の説を引いて次のように言っている。

濱臣云、此物語の大むねは打聞《うちぎき》にして、作物語にはあらず。歌をもとにて文はするなり。撰集家集などの端書に近し。（中略）伊勢物語に文勢の似通ひたる所もあれど、よく考れば、伊勢には事遠くして、中々に宇治大納言物語のかきぶりにちかし。されば、作り物語にはあらずして、打聞物語也。其打聞の歌をかきとめんとて、はしかきけるほどの文詞おほし。さればこそ、歌はよくて、文はつたなし。これまことに拙きにはあらず。伊勢などのやうに、わざとつくり構へしものならねばなり。

清水濱臣は、大和物語の大方は聞いた話をそのまま書き留めた打聞物語であって、創作した物語ではない、意図的に虚構して書かれている伊勢物語には遠く、かえって説話物語の書き方に似ている、歌が本で文は末、聞いた歌を書き留めようとした端書（詞書）程度の文章が多い、だから歌は良いが文章は拙い、伊勢物語のように「わざと作り構へしもの」ではないからだという。この時代の考察としては示唆に富むすぐれた指摘で、大和物語が作り物語ではなく説話文学に繋がるとの指摘をはじめ、現代の研究も基本はこの指摘の延長線上にあるとも言える。

歌語りは確かに伝承された歌の報告として事実性に富んではいるが、その歌語りにも語りの本質として多少の潤色はあっただろうと考えられている。歌語りの段階での潤色、文字化（打聞として記録される）段階での潤色、そして現在見る大和物語としてまとめられたときの潤色、さらには、清水濱臣は作り構えていないと言うが、意図的潤色即ち虚構化の問題もある。近年、伊勢物語等を利用したとする虚構化の指摘は少なくない。(12) そのような側面はあるが、歌語りが事実を伝えることをたてまえとしていることは諸氏の論ずるところである。[13] 大和物語の事実と虚構をどのように測るか、ここにも大きな困難が横たわっている。

清水濱臣のような、打聞であって撰集家集の詞書に近いという考えは、おそらく平安時代以来の理解を受け継いでいる。打聞であって撰集家集の端書に近い故に、実在人物の和歌の集積として袋草紙等では撰集並に扱われたのである。その間の事情をもうすこし説明すれば、次のようになる。

伊勢物語も細川幽斎の闕疑抄の頃からは虚構の物語として享受されるようになったが、中世以前は事実にもとづく物語と見られていた。別に「在五が日記（在五中将日記）」とも称され、近衛中将在原業平の日記（日記は記録であり事実を伝える文章である）として、業平の実話として読まれた。享受史の中では「昔、男」という言い方は、長恨歌に玄宗皇帝を隠して「漢皇」と称したように、業平を隠して「男」と称したのだと理解されていた（本書第二章参照）。だから後代の注釈は、その「男」が実は「在原業平」であることを顕わそうとした。

一方、大和物語の実話性・事実性は、実名（官職名もそれに準ずる）を以てするところに最も顕著に示されている。だから大和物語は実在人物の歌である故に、「物語」と称されながらも、事実に準じて享受された。それ故、伊勢物語も大和物語もともに勅撰集の採歌対象とされた。虚実においてはちょうど裏表の関係にあるが、結果的には同じ扱いを受けたのである。

近世以降、伊勢物語は虚構の物語（清水濱臣は「作り構へしもの」という言い方をしている）と見られるようになっていたが、「歌まなび」の書としての伊勢物語の重要性は、本居宣長も初山踏に必読書として挙げるように、揺らぐことはなかった。

大和物語も、近世以前は、事実をもとにした物語であるとみなされている限りは、歌学びの書でもあり、教訓の書でもあり得たが、近現代に至って「歌物語」として享受され始めると、事実性は大和物語にとってむしろ負の方向にはたらくと考えられたようである。研究史における伊勢物語の影響の指摘、あるいは後撰和歌集との比較による物語的効果の強調は、大和物語の「物語性」の主張にほかならない。

大和物語を伊勢物語と同じ「歌物語」として位置づけるために、研究史的にはやむを得ぬ選択だったと思うのだが、「歌物語」という枠がしっかりはめられたためか、中世以前の人々が大和物語を「撰集」に準じて扱っていたこと、歌学びの書であったこと、これらを示す資料は早くから指摘されていたが、そのことが持つ意味を深く考えることはなされなかったようである。(14) そこに、近世以前と以後との享受に大きな断絶が示されていると言える。作品評価の基準が変化したのである。

五 「大和物語」の形成――事実から虚事へ

平安時代の人々にとっては、「撰集」と「物語」とはまったく価値の異なるものであった。そうであれば、「大和物語」という書名がどの時点で命名されたかは、大和物語の性格を、あるいは同時代の受け取られ方を考えるうえで極めて大きな問題である。

それ故、ここで成立の問題にも触れなければならないが、成立について明確なことはわかっていない。登場人物の呼称等から「天暦五、六年の頃一応成立し、その後二、三年の中に多少の注が加わり、更に拾遺集成立前後に又部分的に加筆されたものであろう。(中略)室町以降のものは付載説話と呼ばれるように、一部に記載されるに止まったようである」という阿部俊子説[15]が通説となっている。作者についても結局は「大和物語の作者に就いては袋草紙に『不審』とあるのに従ふが、最も正當であるといふべく、特定の作者を立てるのは時代的環境から推して、最も事情の適合するものを挙げて見るに過ぎない」（西下経一『日本文学史第四巻』昭和一七年）という事情はいまも同じである。

歌語りがどのように集められ記録されたかについて、よく知られた例だが、枕草子二六一段（うれしきもの）に、評判になった歌が「打聞」に書き入れられることが見える。

　もののをり、もしは人と言ひかはしたる歌の、聞えて、打聞などに書き入れらるる。みづからの上にはまだ知らぬことなれど、なほ思ひやるよ。

平安後期鎌倉期の歌学書は私撰集をも打聞と称しているが、この枕草子の用例は諸注が「備忘録」「聞書」と説明しているごとく、聞くにしたがって書き付けたものであろう。以後の本稿の「打聞」もその意で用いる。大和物語の諸話（特に前半部分）も、既に天暦五年（九五一）以前に大和物語という名は持たないまま、まとまった量の打聞として記録されていたことは十分に考えられる。

前述のとおり、登場人物の呼称[16]はほぼ天暦五、六年（九五一、二）の時点で整理されていると見なされるが、いわゆる前半部の事件年次は、初段の宇多天皇退位の年（八九七）から、四段の小野好古の純友の乱追討（九四〇～九四一年）、六九段の藤原忠文の将門追討のための征東将軍進発（九四〇年）、一二六段の追討使小野好古と檜垣の御の話（但し史実ではない）の間にほぼ収まる。歌語りがよく知られた人々の歌話を興味の対象としたとすれば、そしてもし天暦五年頃に初めて歌語りが蒐集されたのだとすれば、もっと天暦年間の記事があって然るべきであろう。前半部が実際にはほとんど承平・天慶の乱以前の話ということは、天慶四、五年（九四一、二）頃には記録された打聞として蒐集は終わっていたことを示唆するであろう。

そのほぼ十年後の天暦五、六年（九五一、二）の頃に誰かによって、その記録されていた打聞の整理が行われた。後半部が加わったのもおそらくはその時かと推量される。その後、さらに追加があって現在の形になった。「大和物語」という書名が付けられたのは、あるいは天暦の整理の時であろうか。

もし右の推測が許されれば、天暦以前の歌語りの記録である「打聞」段階と、「大和物語」になって以降とでは、同時代の受け取り方も評価もおのずから違ったものになるであろう。それがどのように違うものなのかを見るために、同時代の物語に対する考えを確認することとする。

六　官撰の書と民間の巷説――撰集・家集と物語

すこし迂遠な道ではあるが、平安時代の人々の物語をめぐる事実・虚偽の観念から確認しよう。大和物語が物語であるからには、そこを避けて通ることができない。

第三章に述べたが、源氏物語螢巻では物語の価値は「まこと」「そらごと」の対比の中で語られる。光源氏が物語の有用性を論証しようとして、「ありのままに言ひ出づることこそなけれ、（中略）みな方々につけたるこの世の外の事ならずかし」と言うのは、物語られる事柄が事実に繫がっていることの強調であり、「ひたぶるにそらごとと言ひはてむも事の心違ひてなむありける」と言うのは、物語が全くの虚偽ではないことの強調である。物語がそらごと（空言・虚事）であること、そらごとには価値がないこと、それを疑いなき前提としている。平安時代の知識人には、虚構を通して真実を描くという発想はない。事実が即ち真実であり、虚構は即ち虚偽である。「日本紀などはただかたそばぞかし」と言うのは、逆に日本紀（日本書紀）が道々しき有用な書物であるが故の言い方である。その日本書紀と本質も目的も同じだという論法を以て物語の価値を主張しているのが、螢巻の物語論である。虚構の真実を主張しているのではない。

この世の人の有様を後世に伝えるにおいて、最も事実即ち真実を伝えているのは、官撰の正史である、民間の伝は虚偽が多い、と平安時代の人々は考える。たとえば、弘仁四年（八一三）の日本紀講書の記録である日本書紀私記（甲本）の序に、民間に伝わる諸書について「多偽少真（偽り多く真少なし）」という。古事記の序でも天武天皇の詔として、帝紀を撰録し、旧辞を討覈《とうかく》し、「偽りを削り実を定めて」ともある。官撰以外の書には虚偽が多く真実は少ない、という認識なのである（第三章参照）。史書や記録に類する書であってさえ、民間の書は真実は少なく虚偽が多いと言う。まして物語は初めから虚言であり偽りである。

物語および虚実についての右のような考え方、価値観を前提に見れば、平安時代の人々に大和物語はどのように見えるであろうか。

蒐集され記録されていた「打聞」が、天暦五六年の頃に整理されて「大和物語」の名が与えられたとすれば、おそらくその「物語」という命名と相俟って、後半の説話的歌話の増補を促した。その増補により地域的には京都の外に、時間的には過去へと拡がっていった。そして同時に、蒐集された歌話は、同時代の人々にとっては、「物語」即ち「そらごと」の世界に組み込まれたのである。

それでも伊勢物語と比較すれば、大和物語の方がはるかに事実に近い。事実に近いのはもとより、創作の方法も伊勢物語とは逆である。伊勢物語は長恨歌と同じように名を隠して「男」を主人公とした。大和物語は実名を顕して事実として伝えながら、話が本当に事実かどうかの保証はしない。

もうすこし砕いて言えば、誰それの「歌語り」として人々の間に語られているとき、また誰それの話として打聞に記録されたとき、その段階では、客観的には事実でないこともあるが、誰それの事実を伝えようとしているという意味で事実である。だが、それが「物語」として編纂されたとき、事実そのものを伝えようとするものではなくて、「物語」即ち「そらごと」の衣をまとうことになった。その逸話は事実かもしれないが、物語と名づけられたことによって、たとえ実名を記していても、事実ではないこと、即ちそらごと（虚事）だと表明したことになる。今にたとえて言えば、ある人物について、たとえ実名ではあっても、「誰某物語」として刊行された伝記物語は、読者もどこまでが本当の事かと疑いながらも、なんとなく事実として読む、なんとなく事実として読むけれども、完全な事実として記述されているわけではないことも理解している、という事情と似ているであろうか。

大和物語は、たとえ実在人物を実名で語るものではあっても、いわば民間の巷説である。その大和物語がなぜ私撰集並に扱われたかといえば、実在人物の和歌をめぐる話だったからである。和歌は本物と見なされたのだ。話（詠歌状況）は事実かどうかはわからないが、和歌は本人のものである。そのような和歌を二七〇首（無名歌人の歌を除外しなければならないが）も持つ大和物語を私撰集なみに扱うことに問題はない、と考えたのであろう。詠歌状況の異なりは、私家集にはしばしば見られることで、珍しくはない。大和物語は十世紀の延喜天暦の聖代に活躍した実在人物の歌話であるということも歌学的関心事として後世には大きく影響したであろう。

和文学にあって最も権威あるものは和歌。和歌の中では勅撰和歌集。これはいわば「偽りを削り実を定め」る過程を経た官撰の書だからである。その意味で後撰和歌集は、歌語りを資料のひとつとしているかもしれないが、後撰和歌集として編纂されたものは歌語りの記録ではなく、「偽りを削り実を定め」た官撰の書、勅撰和歌集である。決して「褻の歌集」ではない。私撰集も私家集も細かく言えば様々であるが、実在人物が詠んだ和歌の集としては、物語よりも権威ある書である。だから、大和物語が袋草紙において勅撰集と並べて挙げられているのは、大和物語にとっては名誉なことともいえる。

七　おわりに

大和物語の享受のされ方を時代に沿って概観し、今現在の大和物語の享受の仕方が近世以前とは大きく異なることを見てきた。

その要因の一つには、大和物語を読む意義についての考えの変化がある。歌学書あるいは撰集に準ずる書という評価がなされていた中世以前、そこから抜け出して「物語」として読まれ始め、それ故に教誡的注が施された近世、そして歌学からも教誡からも解き放たれた近代以降。その評価の歩みはほとんど源氏物語の跡を追っている。

また一つには、右の事とも関連するが、現在の文学史研究が大和物語をいかなる文芸様式と見なすかにある。歌物語といっても和歌説話といっても、どこか落ち着かない部分がある。冒頭に記した前半と後半のおさまりの悪さはどこまでもついてくる。

後半の伝説的歌話は面白くはあるが、もし後半の地方の伝説的歌話のみだったら、歌学的に必読書となることはなかったであろうし、中世の歌学書で伊勢物語と併称されることもなかったであろう。しかしまた逆に、後半の地域的時間的広がりを持つ話柄によって、仲間内の「打聞」から抜け出すことができたともいえる。現在、話として一般に評価されているのは、むしろ後半の説話的な話の方である。

そのような矛盾を抱えたまま大和物語は存在する。大和物語を統一的に把握するのは容易なことではない。しかしながら、その受容のされ方の変遷のなかに、事実と虚構をめぐる我が国の文学思想史の一面を見うることも確かなことである。

注

（1）この文学史用語は芳賀矢一・藤岡作太郎が用い始めたとされている（阿部俊子『歌物語の周辺』風間書房、昭和四四年。一三頁）が、岡部由文「歌物語の和歌と物語」（『就実語文』一二号、平成三年）は大和田建樹の『和文学史』明治二五年が最初という。

（2）岡部由文「歌物語の和歌と物語」（『就實語文』一二号、平成三年）は伊勢物語・大和物語を「歌まなび」の書という観点から論じていて、有益である。

（3）『八雲御抄の研究　正義部作法部　本文篇』（片桐洋一編、和泉書院、平成一三年）に収載される国会本・

幽斎本・書陵部本・内閣本には「源氏」も存在する。

（4）本多伊平『北村季吟　大和物語抄』（和泉書院、昭和五八年）により、漢文を私に訓み下した。「良に以有り」云々の部分、原文は「良有以前事之不忘後世之元亀也」である。なお、源杏仙は医師武田道安の子（野村貴次『北村季吟の人と仕事』新典社、昭和五二年。二〇一頁）。

（5）宗祇の古今集伝授に「裏説」「下の心」なる秘説があり、それは例えば巻十物名四四六の「山高みつねに嵐の吹く里はにほひもあへず花ぞ散りける」について「裏云、嵐は人の心はげしく、仁心なきたとへ也。花をばやさしき心ある人にたとふ。さるべき人といへども人心なき人の下には、やはらかにやさしき心なる人は堪忍しがたきよし也。此用心あるべきよしの風也」と説く。片桐洋一（『中世古今集注釈書解題三（下）』赤尾照文堂。解題篇Ⅳ「東常縁から宗祇へ」）は、このような政教的教誡的説が、為家周辺の注にはみられず、東常縁・宗祇の伝授に多くみられることから、武士階級との関連を指摘している。智仁親王の古今伝授之箱入目録には毛詩序抄も見える（横井金男『古今伝授の史的研究』臨川書店、三四六頁。また四〇三頁には伝授と儒学との関係が述べられている）から、古今集序の六義との関連で毛詩序が参照されれば、古今集歌の解説が毛伝的教誡性へと広がっていくのは必然の勢いともいえる。特に古今集を、詠作のためではなく教養として読む者には、古今集を読む効用（利益）が必要だからである（第九章参照）。和歌解釈における「裏説」「下心」の説は、もとより伊勢物語のそれをも配慮しなければならないが、「古今集を読む（和歌を詠むではない）効用・利益は何か」という問への、毛伝的和歌観からの対応という観点から見直してみる必要があるように思う。それはちょうど中世源氏学の「源氏物語を読む効用・利益はなにか」という問と同じ関係にあるはずだからである。なお古今集の「裏説」については、片桐洋一のほか、新井栄蔵「宗祇流の古今集注釈における「裏説」について」（『文学』四七巻七号、昭和五四年）寺島樵一「二つの稲負鳥――宗祇流古今注「裏説」の性格」（『連歌論の研究』和泉書院、平成八年）を見た。とくに後者は、第九章に述べる読者にとっての「用」(効用)との関連で参考になる。
(6) 中村幸彦「五井蘭洲の文学観」(『中村幸彦著述集第一巻』中央公論社、昭和五七年)を参照。
(7) 例、四四段「人によき事をあたふれば、我にもよき事あり。陰徳陽報なり」(惟清抄・闕疑抄)四九段「詩三百篇も男女の事をもちて政道のたすけとしたる事おほし。源氏伊勢物語も其心して見る事歌道のたすけとしたる事おほし」(闕疑抄)など。
(8) 一条兼良の愚見抄に「和歌知顕集に業平中将は馬頭観音、小野小町は如意輪観音の化身といへり」とある。
(9) 河海抄・料簡に「誠に君臣の交、仁義の道、好色の媒、菩提の縁にいたるまで、これを載せずといふことなし。」また細流抄にも「終には中道実相の悟におとし入るべき方便の権教也」など。なお本書第五章を参照されたい。
(10) 高橋正治『大和物語』塙書房、昭和三七年。早く西下経一『日本文学史第四巻』(昭和一七年)が「運命をはかなく哀れなものと悟り、ただ歌の徳や情の美など純粋晴朗なるものを求めてゐる」という。この理解を批判した論文に伊藤一男「笑いの『大和物語』」(北海道教育大学『語学文学』三九号、平成一三年)がある。
(11) 益田勝実「歌語りの世界」(『季刊国文』四号、昭和二十八年)「歌物語の方法」(『説話文学と絵巻』三一書房、昭和三十五年)等。注10高橋著や久保木哲夫「大和物語と歌語り」(『鑑賞日本古典文学第5巻伊勢物語大和物語』角川書店、昭和五〇年)等に経緯が簡潔に述べられている。仁平道明『伊勢物語』と『大和物語』」(『解釈と鑑賞』平成一五年二月号)は近年での「歌語り」論の総括といえる。
(12) 柳田忠則『大和物語の研究』(翰林書房、平成六年)の第六章「大和物語の創作性」所収の諸論文。拙稿「大和物語の史実と虚構――第二・三五段をめぐって――」(『福岡教育大学国語国文学会誌』一八号、昭和五〇年）。

（13）柿本奨「事実と物語」『国語と国文学』昭和五二年一二月号。中田武司『王朝歌物語の研究と新資料』（桜楓社、昭和四六年）新田孝子『大和物語の婚姻と第宅』（風間書房、平成一〇年）など。

（14）池田亀鑑「伊勢物語と大和物語との成立に関する考察」（『国語と国文学』昭和八年一〇月号）の歌物語の分類についての提案は、歌語り論の影響で消え去った観があるが、いまでも検討の価値はあると思われる。

（15）阿部俊子『校本大和物語とその研究』（三省堂、昭和二九年）同『大和物語』（明治書院校注古典叢書、昭和四七年）解説。増淵勝一『平安朝文学成立の研究散文編』（笠間書院、昭和五七年）は、成立を康保末年（九六七〜八）ないし天禄初年（九七〇〜一）以降、天元五年（九八二）頃以前の間とする。

（16）事件年次の確認できる段のみ。例えば第六段、「朝忠の中将の、人の妻にてありける人に」云々の「中将」は整理の時点の官職であって、中将の時の事件とは見なさない。鈴木知太郎「大和物語の成立時期について」（『平安時代文学論叢』笠間書院、昭和四三年）。柿本奨『大和物語の注釈と研究』（武蔵野書院、昭和五六年）やや広くて村上朝と推定できるもの四章段、可能性があるもの一五章段を挙げる。なお、新田孝子『大和物語の婚姻と第宅』（風間書房、平成一〇年）に柿本著書に関連して事件年次をめぐる考察がある。

第九章　本居宣長の矛盾——「物のあはれを知る」の教誡的効用

一　物のあはれを知ることの効用

源氏物語をめぐる細川幽斎以降の動向に関しては第五章と第六章の末尾にわずかに触れるにとどまっている。本居宣長に至る流れについては多くの詳細な論が備わっているし[1]、いまそれらを補うほどの用意もない。ただ最後に、中世源氏学の准拠説を含む儒学的注釈・享受を強く排撃し、いわゆる「物のあはれを知る」の説を主張した本居宣長は、源氏物語を読む意義（効用）をどのように考えていたかを検討し、儒教的文学観と源氏物語受容の変遷のまとめとしたい。

本居宣長は「あはれ」の説明に毛詩大序の「感鬼神」を引用し（玉の小櫛）、また「大よそ此の物語五十四帖は物の哀れを知るといふ一言にて尽きぬべし」（紫文要領）[2]と、論語の「一言以てこれを蔽へば、曰く思ひ邪無し」を意識した言い方もしている。さらには「世にあらゆる、見る物聞く物につけて、心の動きて」詩歌も物語も出で来るのだという、「物のあはれを知る」の説における詩歌・物語発生についての理解は、毛詩大序の「詩は志の之く所なり。心に在るを志と為し、言に発するを詩と為す。情、中に動きて言に形《あら》はる」と同じ認識であることも明らかである。

宣長は物語の趣旨について源氏物語玉の小櫛[3]（巻一「大むね」の末尾部分）に、

> 物語は、儒仏などのしたゝかなる道のやうに、迷ひを離れて悟りに入るべき法にもあらず。又国家をも家をも身をもをさむべき教へにもあらず。たゞ世の中の物語なるがゆゑに、さる筋の善悪の論はしばらくさしおきて、さしもかゝはらず、たゞ物のあはれを知れるかたのよきを、取り立ててよしとはしたる也。

と、仏教的あるいは儒教的教誡ではないことを強調しながらも、では源氏物語を読むことに何の効用があるかに関しては、巻二「なほおおむね」に、

> 物語の中に見えたる善き悪しき人の仕業心の趣きをよく考へみれば、しかしかの物を見聞たる時はかやうに思はるゝもの、しかしかの事にあたりたる時の心はかやうなる物、善き人の仕業心はかやうなるもの、悪ろき人はかやうなるものとやうに、すべて世中の有様、なべて人の心の奥の隈々までいとよく知られて、物の心をわきまへ知りて、漢籍にいはゆる人情世態によく通ぜんこと、此物語を読むにしく物はあらじとぞおぼゆる。

と、これもまた儒者たちの詩経について言うところと同じで、詩経が源氏物語に置き換えられただけ

のことである。宣長自身もそれを意識していることは「漢籍にいはゆる人情世態」に表れている。宣長の言うところは、要するに、他人の心がわかる、物の道理がわかるということである。

しかし、更に踏み込んで、物のあはれを知ることに何の益（効用）が有るかとなれば、政治的道徳的教誡にも言及せざるを得ない。同じく玉の小櫛巻二に言う。

物のあはれを知るといふことを押し広めなば、身を修め、家をも国をも治むべき道にもわたりぬべき也。人の親の、子を思ふ心しわざを、あはれと思ひ知らば、不孝の子はよにあるまじく、民のいたつき奴のつとめを、あはれと思ひしらむには、よに不仁の君はあるまじきを、不仁なる君、不孝なる子も世にあるは、言ひもてゆけば、物のあはれを知らねばぞかし。されば、物語は物のあはれを見せたる書ぞといふことをさとりて、それを旨として見る時は、おのづから教誡になるべき事は、よろづにわたりて多かるべきを、はじめより教誡の書ぞと心得て見たらむには、中々の物損ないぞありぬべき。

始めから教誡の書と思って読むと却って間違いが起こるとは言いながらも、物のあはれを知るということを拡張すれば、修身斉家治国平天下にわたる教誡も孝も仁もおのずから有ると言う。あの激しい儒仏的教誡説批判とこれとはどこに整合性があるだろうか。

「身を修め家をも国をも治むべき道にもわたる」教誡、これこそが儒教の主張した詩経を読む意義であり、毛詩大序の論理でもあり、詩経解釈に新風を吹き込んだ宋学も勧善懲悪の読みもまたその流れの中にある。我が国の詩経解釈も当然その流れの中にあった。それ故に、中世源氏学における源氏物語の意義付けもこの儒教的文学観に同調させることを究極の目標としていたのである。そのためにこそ准拠説も寓言説も勧善懲悪説もあったのだ。宣長は、その中世源氏学の主張を徹底的に排撃し、紫式部の作意に教誡や勧善懲悪の意図は無いと繰り返し繰り返し強調した。にもかかわらず、源氏物語を読むことの効用をいうときに、なぜ儒教的教誡説に近づいてしまうのか。

そこには中世源氏学と別の意味で、源氏物語は単なるそらごとではない、そしてその注釈は社会的に有意義なる営為であるとする意識が、おそらくは働いているであろうが、それだけではなく、読者に向かって源氏物語（源氏物語に限らないが）を読む意義を説こうとすれば、「物のあはれを知る」のみでは済まないことは、今現在でも江戸時代でも変わらない。宣長は中世の源氏物語注釈書の准拠説・儒仏的教誡説を一蹴したが、中世源氏学にとってそれらは「源氏物語は何を言おうとしたのか」「源氏物語を読むことは何の役にたつのか」に対する答えとして用意されたものであった。「何を言おうとしたのか＝物のあはれを知ること」を越えて、それが「何の役にたつのか」を論じようとするとき、宣長はかえって中世の源氏学に接近することになった。

二　詩経の本意と効用

詩を「詩は志の之く所なり。心に在るを志と為し、言に発するを詩と為す。情、中に動きて、言に形はる」と理解するかぎり、詩が人の志（情）を言として表現したものであることに何の疑義もない。仁斎はそれを「詩は以て性情を道《い》ふ」と言った。詩として表現された性情、これは仁斎の語孟字義の用語を借用すれば、詩の「本意」である。それを読者としてどのように読み解き、どのように実生活の中にはたらかせるか、即ち詩を読むことの効用、もっと俗に言えば利益、これは語孟字義にいう詩の「用」にあたる。この「本意」「用」の理解を本居宣長の物のあはれ論に応用すれば、宣長の論が儒学の詩経解釈に類似している論理の道筋も、物のあはれを知ることの教誡的効用を言わなければならなかった事情もよりわかりやすくなるであろう。

詩経解釈の流れをごく大づかみに言えば、毛伝鄭箋は、詩の志（情）を作者の本意とし、詩序（小序）もまたその作者の本意を美刺（讃美と諷刺）として読む。唐の毛詩正義もこの流れにある。その詩序（小序）に集約される美刺を以て、道徳的政治的教誡として読み用いる故に、本意と効用とに齟齬はない。

ところが、宋の朱子の解釈は、詩集伝序・論語集注・詩伝綱領等により要約するに、「詩は性情に本づく（詩本性情）」（集注泰伯第八）「詩は人情に本づく（詩本人情）」（同子路第十三）ものであるが、国風の詩の多くは里巷の歌謡、男女の詠歌より出たもので、特に邶風以下は国々の治乱も、人々の賢否も異なり、その感じて発する言には正邪是非が有る（集伝序）という。それがいわば詩の本意である。詩序の美刺の説を部分的には否定し、詩を読む者にとっては、その善なる詩は人の善心を感発することができ、悪しき詩は人の逸志を懲創することができるとし、詩の「用」は人をして其の性情の正しきを得しむるに帰するのみ（其用帰於使人得其性情之正而已）」（詩伝綱領）という。

詩が性情（人情）に本づくというのは毛詩大序と大きな違いはないが、その性情に善悪があり、それゆえ詩に（詩の本意に）正邪是非があるとしたところが、毛伝鄭箋以来の解釈にはない新しさである。勧懲の説はそれに対する読者の読み方である。即ち詩の本意と用とが分離されたことになる。しかしながら、儒教が、その大小は問わず、政事に携わる者の教えである限り、詩経を読むことの効用は、論語に説くところをはじめとして政治道徳から逸脱することはありえない。

さて、我が国の近世の詩経解釈における「本意」と「用」との論理構造を「詩は以て性情を道う」[4]の語で知られる伊藤仁斎（一六二七〜一七〇五）を例として見てみよう。ここでは仁斎の詩経解釈の内容は問わず、宣長の「物のあはれを知る」の説との比較のためにその論理構造のみを問題とする。

仁斎は童子問下巻第五章（問各経之大意）[5]に、

詩は以て性情を道《い》ふ。天下の人衆《おほ》しと雖も、古今の生窮り無しと雖も、其の情たる所以の者を原《たづ》ぬるときは、則ち三百篇の外に出る者無し。

と、あらゆる人の性情は詩経三百篇に尽くされていると言う。これが詩の「本意」に該当する。この点は毛詩大序にも朱子集伝の解釈にも通ずる。

之に順《したが》ふときは則ち治り、之に逆《さから》ふときは則ち乱る。故に先王之を保って傷《やぶ》ること無く、之を愛して斲《そこな》ふこと勿《な》し。（中略）此を知らざるときは、則ち以て天下国家を治ること莫《な》し。申商の徒、是のみ。此に由らざるときは、則ち以て教を立つること莫し。仏老の学、是のみ。詩の学びずんばあるべからざること此の如し。且つ、古書に詩を引く者、多く章を断ちて義を取る。蓋し古人詩を用るの通法なり。此れまた詩を読む者の當に知るべき所なり。

右の説明は詩の「用」にあたる。この理解は毛詩大序のそれ、「治世の音は安く以て楽しむ。其の政和すればなり。乱世の音は怨み以て怒る。其の政乖《そむ》けばなり。亡国の音は哀しみ以て思ふ。其の民困《くるし》めばなり」云々の認識と基本の理解は同じである(毛詩大序のこと第一章に述べた)。天下国家を治めるためには、民の性情を知らねばならず、そのためには詩経を学ばねばならぬ、という論理はまったく正統的儒者のそれである。後半の「且」以下の断章取義の読詩法も、論語以来の詩経の読み方、例えば論語学而篇の切磋琢磨の話のように、詩の原義(本意)から離れて、読者の情況に引きつけて解釈し応用する読み方への注意喚起である。そのことは語孟字義(思想大系『伊藤仁斎伊藤東涯』)に、朱子の勧善懲悪の読みを一応は肯定したうえで、「しかれども詩の用、もと作者の本意に在らずして、読む者の感ずるところいかんに在り(然而、詩之用、本不在作者之本意、而在読者之所感如何)」云々の条(巻下、詩の条)に例示されるところである。

その詩の用については、論語古義巻七の(6)「子曰、誦詩三百、授之以政不達、使於四方、不能専対、雖多亦奚以為」(子路第十三)の条に次のようにも言う。

詩之用広矣。可以興、可以観、可以群、可以怨。可以興、則足興好善悪不善之心。可以観、則足察人情識事変。可以群、則温厚和平之心生。可以怨、則乖戻褊急之心消。好善悪不善、則為政之本立矣。察人情識事変、則為政之用備矣。温厚和平之心生、則得尽其言。乖戻褊急之心消、則与物不忤。故可以達於政、可以奉使独対也。

B詩の用や広し。

b1以て興すべく、以て観るべく、以て群すべく、以て怨むべし。以て興すべくんば、則ち善を好み不善を悪《にく》むの心を興すに足る。以て観るべくんば、則ち人情を察し事変を識るに足る。以て群すべくんば、則ち温厚和平の心生ず。以て怨むべくんば、則ち乖戻編急《かいれいへんきゅう》の心消ゆ。

b2善を好み不善を悪めば、則ち政を為すの本立つ。人情を察し事変を識らば、則ち政を為すの用備る。温厚和平の心生ずれば、則ち其の言を尽くすを得む。乖戻編急の心消ゆれば、則ち物と忤《そむ》かず。故に以て政に達すべく、以て使に奉りて独対すべきなり。

右の「可以興」云々は論語陽貨第十七に見える語であるが、それを踏まえ、詩の道徳的効用政治的効用を説明する。古義巻九ではまた「可以興」云々について、

此、夫子為門人、論読詩之益也。

此、夫子の門人の為に、詩を読むの益を論ずるなり。

という言い方をしている。効用はまた利益でもある。

この仁斎の言い方を宣長の玉の小櫛（大むね）と対比してみよう。

Aすべて物語は、世にある事、人の有様心をさまざま書けるものなる故に、
B読めば、おのづから世の中の有様をよく心得、人のしわざ情のあるやうをよくわきまへしる、これぞ物語を読まむ人のむねと思ふべきことなりける。

いま一文をABに分けたが、Aが物語の本質、仁斎では「詩は性情を道ふ」にあたり、Bが物語の用（効用）、仁斎の古義ではb1「可以興、則足興好善悪不善之心。可以観、則足察人情識事変。可以群、則温厚和平之心生。可以怨、則乖戻褊急之心消」にあたると、大雑把には言ってよかろう。宣長の「物のあはれを知る」の説は、このABを手を変え品を変えして、こまごまと繰り返している。しかしながら、古義にいうb2「善を好み不善を悪めば」以下の効用に、宣長はほとんど言及しない。玉の小櫛で言えば、「世の中の有様をよく心得、人のしわざ情のあるやうをよくわきまへ知」れば、それで何の効用（利益）があるか、それがb2で言うべきことである。

仁斎の童子問の「之に順ふときは則ち治り」云々の説明も、実はb2に当たる説明なのである。仁斎のみならず、仁斎の学を継いだ伊藤東涯はもとより、荻生徂徠（一六六六〜一七二八）にしても、徂徠先生答問書（古典大系『近世文学論集』）において、詩経は我国の和歌と同じようなもので別に修身や治国平天下の道を説いたものではない、詩経を学んだとて道理を知る便宜があるわけでもないとは言うが、同時に、

A言葉を巧にして人情をよくのべ候故、

b1其力にて自然と心こなれ、道理もねれ、又道理の上ばかりにては見えがたき世の風儀国の風儀も心に移り、わが心をのづから人情に行わたり、高き位より賎き人の事をもしり、男が女の心ゆきをもしり、又賢きが愚なる人の心あはひをもしらるゝ益ありて、

b2人を教え諭し諷諫するに益多く候。

とも言う。(7) 詩の効用の説明として、どうしてもb2まで言わなければ、説明は完結しない。それは毛詩大序はもとより、論語の「誦詩三百、授之以政不達、使於四方、不能専対、雖多亦奚以為」のような言及自体が、b2の効用（実際の生活の中での効用）なのである。

ところが、宣長は源氏物語を読むことの現実的な効用（b2）を言うことに消極的である。おそらく意識してそれを避けたのであろう。なぜ宣長は日常的効用を言うことを避けるのだろうか。

三　宣長の矛盾

宣長の源氏物語論を考えようとするとき、日野龍夫の考察からは多くの知見を得ることができる。日野龍夫は『本居宣長集』（新潮古典集成）の解説(8)において、「物のあはれを知る」の語の由来から始まって、それが宣長の文学論の原理の説明に用いられ、そして文学の外部にまで拡張され、儒仏に負けないだけの価値を「物のあはれを知る」心に付与しようとして神道説へと移行したことを、宣長に即して詳細に論じている。

これをいま拙論の流れに引きつけて解すれば、宣長は当初は「物のあはれを知る」の説を文学の内

部にとどめて、文学が道徳とは別個の価値基準を有する自立した営みであることを明らかにし、源氏物語をそれまでの勧善懲悪論的批評から解放した。これは物語の本意の解明であり、前記のAに該当する。

ところが、宣長は儒仏の道徳に正面から関わり批判することによって、文学をその抑圧から救出するために、しだいに文学の外部（Bに該当する）に踏み出していく。日野龍夫は言う。

文学の内部にとどまる『紫文要領』には、「物のあはれを知る」心を文学の外部にまで及ぼすこの種の議論はありえないが、『紫文要領』を後年改稿した『源氏物語玉の小櫛』には、この解説の冒頭に引いたように（工藤注、本章第一節に引用した「物のあはれを知るといふことを押し広めなば」云々の文章を指す）、『石上私淑言』とほぼ同じ主張が見えていて、宣長が文学の外部へ出たことを明瞭に示している。（解説五三七頁）

日野龍夫は、文学の枠内でなされた「物のあはれを知る」心についての規定が、規範、すなわち道徳になった新しい「物のあはれを知る」心にそのまま持ちこまれた、という言い方もしている。常識で考えればわかることだが、藤壺や朧月夜尚侍等との不義、柏木の密通の物語を読んで、その男や女にたとえあはれの心を生じ共感しても、それを読者が実生活で実行すれば、それはやはり人として社会として困ったことなのである。物のあはれを知る心も現実の生活の中ではその発現としての行動はおのずから規制されなければならない。では、あはれを感ずる心をどの方向に導くべきか。

文学の内部にとどまれば、「道」になることも「教え」になることもないが、儒教は「道」であり「教え」であるから、必ず詩（文学）の実生活上の「用」を説く。それ故、詩経の詩にも是非善悪があるとした朱子は勧善懲悪の読みによって性情が正しきに帰すべきを主張したのであるし、仁斎は詩序（小序）を認めることによって詩の用を善なる方向に向けたのである。仏教的には、源氏物語に描かれる邪淫は無常を悟らせ中道に導く手段（方便）という言い方で、読みを方向付けた。

儒仏的教誡的読みを排撃した宣長も、現実の生活の中でも不義密通を推奨するのかとなれば、そうではなくて、たとえば源氏と空蝉朧月夜藤壺とのことにしても、

物に感ずる事には善悪邪正さまざま有る中に、理に違へる事には感ずまじきわざなれども、情《こころ》は我ながらわが心にもまかせぬことありて、おのづから忍びがたきふしありて、感ずることも有るもの也。（中略）さりとて、かのたぐひの不義をよしとするにはあらず、その悪しきことは、今更言はでもしるく、さるたぐひの罪を論ずることは、おのづからその方の書どもの世にこゝら有れば、物遠き物語をまつべきにあらず。（巻一　大むね）

と、不義であり悪しき事であるのは当然として認めている。だが、その是非の判断に物語は関知しない、不義密通してよいかどうかは、言うまでもないこと、道徳関係の書は沢山あるからそちらにまかせる、という。このようないわば逃げた言い方は文学論としては許されるかもしれない。だが、源氏物語を読んで心を蕩かし、それをまねようとする者がいないともかぎらない。その危惧があるかぎり、物語は善悪の判断に関知しないというような物語観（思想といってもよい）が、現実の人々の生活の中に広く受け入れられるのは難しいであろう。

いま現在でも、いわゆる悪書をどう扱うかは大きな社会的問題である。悪書でなくとも、夏目漱石の「こころ」を高等学校の授業の中でどう読むか。芥川龍之介の「羅生門」をどう読むか。読書の影響をまじめに考えれば、容易なことではない。登場人物の心を理解することが、その行為を許容したりあるいは自ら実行したりすることに直結すれば、それは時として困った事態になる。教科書の文学教材の読みがややもすると道徳的になるのは、決して理由のないことではない。常識的な平衡感覚のある教員ほど教材の扱いに困難を感ずるであろう。

近世もまた同じ疑問が提起されていた。いまその二三を示す。[9]

・辻原元甫『女四書』序　明暦二年（一六五六）刊

此物語草子のたぐひは大かた淫乱好色の事のみをあらはしたる物なれば、見るにしたがひて、いつとなく心うつり、をのづから心を蕩かし、志を乱す端となるべければ、これらのたぐひは読み翫ぶべきことにあらず。

・藤井懶斎《らんさい》『徒然草摘議』第三段　貞享五年（一六八八）刊。

源氏物語一部の趣向此段にありとは、勧善懲悪の心を知れとや。（中略　源氏物語の勧善懲悪にあらざることの主張）かの源氏物語なども勧善懲悪その本志なりとはいへど、それまで尋ね求むる人も稀なるべければ、たゞ淫蕩を勧むるにこそあなれ。（中略　秀吉が伏見城の造営を巡見した折に、障子に玄宗・楊貴妃の絵があるわけを絵師に問うたところ、絵師は）玄宗かく貴妃を愛せられしによりて天が下乱れたりと云ことを後代の人主に思し知らしめむために候と答へければ、公うち頷かせ給ふて、しばらくありて、そこにはさいふ事を知ればこそあれ、我がごとく物知らざるは、たゞ玄宗をまねんとこそ思はめ、しかじ、たゞ絵かゝざるがまされるには、とのたまひしとぞ。誠に殊勝の一言ぞかし。紛れたる戒めは戒めとはならで、かへりて人をそこなふ。源氏物語の勧善懲悪、是なり。

・石川雅望『ねさめのすさび』巻一　雅望は文政三年（一八三〇）歿。

（方便の権教、人情世態風儀用意、婦人の諷喩、勧善懲悪等の説）これらの説、みな強ひ言にてうけがたし。この物語読みて淫奔の心は起これるとも、いかで教戒の益となるべき。あまりに式部を褒めんとせる心より、かゝるひがごとをも言ふなりけり。かゝる物語の教とならざることは、式部が書けるものにも見えたり。（中略。螢巻に、紫上が明石姫君に読ませる物語の選択に、色恋の物語を避けたこと）こは、かゝる物語は、女子の教とはならで、なかなかに、世にかゝることも有けりと、おのれが心ゆるして、あだなる方に心ひかるべかめれば、女子には読み聞かすまじきふみなりと、いさめ給へるなり。さらば、警戒のためとはならで、淫奔のなかだちたるべきこと、式部が書けるをもて証となすべし。

懶斎『徒然草摘議』の秀吉の逸話は、真偽はともかく、譬喩としてまことに面白い。女四書が言うとおり、おのずから朱に染まるのが人の習いであるから、どのような理屈を付けても、源氏の倫《みち》ならざる色恋沙汰、柏木の密通等が読者に悪影響を与えるかもしれない危惧はある。それ故の方便権教の読み、勧善懲悪の読みの主張ではあるが、藤井懶斎や石川雅望の言うとおり、そのいかがわしさを払拭することは難しい。それでも源氏読みとしては「教戒の益」を言わざるを得ない。すでに早く岷江入楚（大意）が箋（三光院実枝説）を引いて「風流好色の事とばかり見なすは悪（しき）ぞとなり」「よく此物語に心をつけて、道の正しき所を守るべしとぞ。学者これを思へと也」と言っていたのは（第六章参照）、同じ危惧に対する注意でもあったであろう。

本居宣長もまた「物のあはれを知る」ことが読者に及ぼす影響、即ち効用を言おうとすれば、本章冒頭に引用したように、とりあえずは「物のあはれを知るといふことを押し広めなば、（中略）おのづから教誡になるべき事は、よろづにわたりて多かるべきを」云々と、その効用を善なる（有用なる）方向にもって行かざるを得ない。宣長の時代としてはその方向でしか源氏物語の読みはありえない。そうしてやっと実生活につながる批評（要するに、作品の内部世界を越えた、読者にとっての効用に言及した批評）として完結する。そして近世以前、物語の効用を言おうとすれば、和歌において毛詩大序を利用した古今集序がそうであったように、それを承けた石上私淑言がそうであったように、詩経解釈になぞらえた儒教的教誡の説を採用せざるを得なかった。儒仏的教誡を排撃した宣長には大きな矛盾である。再び日野龍夫の見取図を借りれば、その矛盾の解消を求めることが、宣長が神ながらの道へ接近することの一因となる。

中世源氏学は、源氏物語作者の本意をも儒仏的教誡に置いていたので、作者の本意と読者にとっての効用とは一致していた。宣長は作者の本意を儒仏的教誡ではなく「物のあはれを知る」に置いたので、読者にとっての効用を言うときも、作者の本意から離れない限りは「物のあはれを知ること」としか言えなかったのである。読者としての現実生活に応用可能な効用を言うには、作者の本意（物のあはれを知るといふこと）を作品から切り離し、拡張し（押し広め）なければならなかった。そして押し広めたときに、儒教的教誡の説に向かわざるを得なかった。その道は、和歌にせよ物語にせよ、淵源に詩経解釈が規範として存する文学論の定めでもあり、時代の然らしめるところでもある。

注

（1）『中村幸彦著述集第一巻　近世文芸思潮論』（中央公論社、昭和五七年）『日野龍夫著作集第一巻　江戸の儒学』（ぺりかん社、平成一七年）野口武彦「伊藤仁斎における文学論の成立過程（上）（下）」（『国語と国文学』四四巻二、三号、昭和四二年二、三月）『『源氏物語』を江戸から読む』（講談社学術文庫、平成七年）所収の諸論文に、儒学者（仁斎、東涯、徂徠等）の詩経観、儒学と文学との関係が論じられている。また宣長の「物のあはれを知る」の説の淵源が伊藤仁斎の「詩は人情を道う」の説にあることは『近世文学論集』（日本古典文学大系、中村幸彦校注）の源氏物語玉の小櫛の頭注に東涯・徂徠・堀景山が引用されなどして既に常識に属する。大谷雅夫「近世前期の学問——契沖・仁斎」（『岩波講座日本文学史第8巻 17・18世紀の文学』平成八年）には宣長に至る道筋が簡明に述べられている。

（2）紫文要領は『本居宣長集』（日野龍夫校注、新潮日本古典集成）による。

（3）源氏物語玉の小櫛は『本居宣長全集　第四巻』（筑摩書房）により、適宜漢字を当てる等の措置を加えた。また日本古典文学大系『近世文学論集』を参照した。

（4）土田健次郎「伊藤仁齋の詩経観」（『詩経研究』六号、昭和五六年）は、人情の強調と政教性（小序に拠る読み）の両面から仁斎の詩経観を論じている。

（5）童子問は日本古典文学大系『近世思想家文集』（岩波書店、昭和四一年）の訓読によるが、送り仮名等を改めたところがある。

（6）論語古義は文政十二年改刻本を底本とする『日本名家　四書註釋全書』（鳳出版、昭和四八年）によるが、新字体に改めた。訓読は一般的訓読法による。

（7）若水俊「徂徠学における詩経」（『詩経研究』九号、昭和五九年）に徂徠の諸書に表れた詩経観の考察がある。徂徠は、詩経（特に国風）が人情の書であり、勧善懲悪の義理は説かれていないとしながらも、純粋に民の人情の書と見なしえておらず、徂徠の詩経観は、依然として、詩経を為政者が人間の感情に疎通するための道具と考える、儒教の本質である政治思想から脱しきれていない、という。しかし、儒者としては政治思想の一環として読むのが詩経の正統的な読み方であるのは言うまでもない。

（8）『本居宣長集』（新潮日本古典集成）の解説では「「物のあはれを知る」の説の来歴」と題されているが、後に「宣長における文学と神道」と改題されている。『日野龍夫著作集第二巻　宣長・秋成・蕪村』（ぺりかん社、平成一七年）。

（9）木下綾子「源氏物語についての近世儒教言説資料集」（明治大学『古代学研究所紀要』一九号、平成二五年）による。取意の便宜により漢字を当てたところがある。

【初出一覧】

序（新稿）

第一章　【原題】古今集の成立――和歌勅選への道――
『古今和歌集研究集成第一巻』（風間書房　平成一六年一月）

第二章　詩経毛伝と物語学――源氏物語螢巻の物語論と河海抄の思想
『源氏物語重層する歴史の諸相』（竹林舎　平成一八年四月）

第三章　源氏物語螢巻の物語論義――「そらごと」を「まこと」と言いなす論理の構造
『源氏物語の展望第五輯』（三弥井書店　平成二一年三月）

第四章　紫式部日記の「日本紀をこそ読みたまへけれ」について
『紫式部の方法』（笠間書院　平成一四年一一月）

第五章　【原題】「いづれの御時にか」解釈の思想史――准拠とまこと・そらごとの文学観――
『源氏物語の始発――桐壺巻論集』（竹林舎　平成一八年一一月）

第六章　源氏物語享受史における宋学受容の意義――岷江入楚の大意における大全の引用を中心に
『源氏物語と東アジア』（新典社　平成二二年九月）

第七章　源氏物語享受史における寓言論の意義――そらごと・准拠・よそへごと・寓言
『源氏物語の展望第十輯』（三弥井書店　平成二三年九月）

第八章　【原題】大和物語——撰集と物語の間で——
『平安文学史論考』（武蔵野書院　平成二一年一二月）
第九章　本居宣長の矛盾——「物のあはれを知る」の教誡的効用（新稿）

あとがき

　本書に収めた論文のうちの七篇は大学での講義に基づいている。講義概要には「源氏物語・伊勢物語・古今集等の享受史・研究史を通して我が国における文学観の流れをたどる。古典文学の注釈や研究はそれぞれの時代の文学意識を反映しており、そこに時代特有の文学観をうかがうことができる」云々と記して、平安初期の大学政策に始まって宣長に至るまでを扱った。講義の具体的内容は毎回すこしづつ変化していったが、このテーマで本務校と他学の集中講義とで幾度も繰り返した。

　平成十七年だったか、日向一雅氏から『源氏物語　重層する歴史の諸相』への執筆のお誘いを受けたとき、何を書こうと具体的には決めないまま承諾の返答をした。当時は会議の合間に講義をするという状態だったので、他に新しく調べる余裕もなく、締切りが近づくままに、やむを得ず講義を文字にしたのが第二章の「詩経毛伝と物語学」である。いつか論文にしたいとは考えていたが、多忙が却って論文化を早める結果になったのは幸いであった。第三章（螢巻の物語論）第五章（桐壺巻の注釈思想史）の二篇はそのとき書き残した事を取りあげたので、やや重複が目立つ。第六章（宋学の影響）七章（寓言論）は講義では軽く触れる程度であったのを、あらためて調べたものである。第一章（和歌勅撰への道）は第二章より早い執筆だが、やはり講義の一部に拠っている。

第九章（本居宣長の矛盾）はその執筆に最も苦労し、時間を要した。講義では近世期にたどり着く頃にはほとんど時間切れで、物のあはれを知るの説は中世源氏学の儒仏的教誡説からの解放という方向でざっとした説明をする程度だったのだが、本書では日野龍夫氏の見取図を下敷きに、宣長説の限界を強調するかたちになった。近世期の記述として私としても甚だ物足りないが、知識不足を嘆くばかりである。物のあはれを知るの説が文学の外に受容される時いかなる様相を呈するか、それも既に論究され始めているようだから、その展開に期待したい。

講義の折にも、また本書のために原稿を整理しつつ、つくづく思ったことだが、文学の効用についての考え方は、今現在でも、結局は伊藤仁斎の説くところ、もっと言えば論語・毛詩大序に尽きる。儒者にとっては、もともと詩経（文学）は道徳的政治的効用のために存するのだから、社会的効用の主張は当然のことである。教誡説を排撃した宣長が、後年、物のあはれを知るを拡張すれば身を修め家を斉え国を治める道にも通ずると言わざるを得なかったのは、おそらく宣長が師と仰がれる立場に立ち、師の説の社会的効用を求める弟子が出現したからである。これはいま国文学の教員が学生から「就職の面接で、文学を学んで何の役に立つのですか、と尋ねられたら」と質問されたとき、どう答えるかに通ずる。おそらく常識的な答としては、以可群、以可観……を現代風に「人の心の動きが想像できる、人の心が想像できれば人間関係を形成する力、コミュニケーション能力がつく、そうすれば……」等々と説明することになるであろう。このような社会的効用をその時代の価値観と整合させつつ説明しない限り、社会的存在意義を主張することが難しいのは、本書に見たとおりである。古典文学関係の一般書でも人生論的あるいは処世術的な解説を加えた本が多く出版されるのは、けっして故無きことではない。求められているのは「物のあはれを知る」のその先なのだ。

本書の論文は序と第九章以外はみな出版社の論文集に収められたものである。各出版社と編者には心からお礼を申しあげる。ことに日向一雅氏、仁平道明氏、坂本共展氏には、本書関係以外にも一再ならず執筆をお誘いいただいた。論文を書かない理由はいくらでも見付けられる時期に、なんとか論文執筆が続けられたのは、ひとえに編者の方々のお誘いによる。深く感謝している。

論じ残したことは多い。論じ残したことが多いというよりも、幾つかの点を論じたのみである。気になることの幾つかは注に触れたが、それを調査し形にする余力が私には既にない。いずれ誰かの手で明らかにされるであろう。だからそのことに心残りはない。むしろ、新しい観点を提示できたとひそかに思う所々もあるので、これまでの論文を一書にまとめておきたい気持が強かった。

それで、そのことをおそるおそるに笠間書院にお願いしたところ、本書のような内容の本がすらすらと売れる見込みはあるはずもないのだが、にもかかわらず有難いことに笠間書院で刊行してくださることになった。池田圭子社長をはじめ笠間書院の方々に心から感謝している。あまつさえ、活字を大きくしてほしいという希望も受け入れてくださった。近年、辞書の小さな字はもとより頭注脚注を読むのにも苦痛を感じるようになり、虫眼鏡は私の常備品である。ゆったりした組版は本当に有難いことであり、編集を担当してくださった大久保康雄氏に心からお礼申しあげる。

平成二十六年七月　　　工藤重矩

【書名・人名索引】

＊書名は本書の論旨との関連により、人名は研究史の観点により、これを取捨した。
＊書名（人名）の項目は、人名では再掲出しない。
＊章・節の題目に書名・人名が存する場合はその頁のみを、数頁にわたって連続する場合は最初の頁のみを掲出した。

【あ行】

【か行】

【さ行】

【た行】

【な行】

【は行】

【ま行】

【や行】

【ら行】

【わ行】

●著者紹介

工藤重矩（くどう　しげのり）

昭和21年（1946）、大分県生まれ。
昭和49年、九州大学大学院文学研究科博士課程単位取得退学。九州大学助手。
昭和50年、福岡教育大学講師。同教授を経て、平成22年（2010）、定年退職。
福岡教育大学名誉教授。博士（文学）（九州大学）

著書
『金葉和歌集詞花和歌集』（新日本古典文学大系。詞花和歌集を担当。岩波書店）
『後撰和歌集』（和泉書院）
『平安朝律令社会の文学』（ぺりかん社）
『平安朝の結婚制度と文学』（風間書房）
『平安朝和歌漢詩文新考　継承と批判』（風間書房）
『源氏物語の婚姻と和歌解釈』（風間書房）
『源氏物語の結婚』（中公新書。中央公論新社）
編書
『今井源衛著作集３　紫式部の生涯』（笠間書院）

平安朝文学と儒教の文学観―源氏物語を読む意義を求めて

2014年10月20日　初版第1刷発行

著　者　工　藤　重　矩

装　幀　笠間書院装丁室
発行者　池　田　圭　子
発行所　有限会社 **笠間書院**
東京都千代田区猿楽町2-2-3
NS ビル302　〒101-0064
電話　03（3295）1331
fax　03（3294）0996

NDC分類：913.36

ISBN978-4-305-70740-6
落丁・乱丁本はお取り替えいたします。
出版目録は上記住所までご請求下さい。
http://kasamashoin.jp/

印刷／製本：モリモト印刷